Hermann Kant

KINO

Hermann Kant

KINO

Roman

Aufbau-Verlag

ISBN 3-351-03036-3

1. Auflage 2005

Einbandgestaltung Andreas Heilmann, Hamburg
Druck und Binden GGP Media GmbH, Pößneck
Printed in Germany

www.aufbau-verlag.de

Was zum Henker ich da mache, fragte meine einstige Freundin Dorit, als sie mich im Schlafsack auf dem nassen Pflaster von Hamburgs Spitalerstraße liegen sah. Zwar nicht inmitten, aber auch nicht am Rande der Fußgängerzone. Nicht zu stiller Mitternacht, sondern zu lautem Mittag. Nicht wie nach einem Unfall zum Transport vorbereitet, vielmehr in der Weise verwegener Bettler. Oder solcher, die Herr Peachum im Laubsack hatte auslegen lassen, wo es einträglich schien.

»Hau ab«, sagte ich, »es ist Kunst!«

Das verstand sie, wie die meisten es verstanden hätten. Obgleich der Behälter zwei Aufkleber trug, auf denen *Sinnstudie! – Nicht stören und nichts spenden!* stand, streute Dorit einige von den Euros, die sie beim Shoppen griffbereit hält, über mich aus und schritt durch den Regen davon. Vermutlich zu der Parfümerie, die jeden auf die schwarze Liste setzt, der nach minderen Rasierwässern fragt.

Auch wenn Hamburg eine große Großstadt ist und die Spitalerstraße ein Vielvölkerplatz, hätte ich mit Dorit rechnen müssen. Immer schon tat sie, was andere zu meiden suchten. So ist aus unserem jungen Glück kein älteres geworden, weil sie unser beider Namen unter der Anzeigen-Schriftzeile *Wir haben uns befreundet* in die Zeitung setzen wollte. Als ich fand, das gehe niemanden etwas an, fragte sie, wo meine berühmte Neugier bleibe. Sie sei gespannt, was die Leute sagten, und mich finde sie begrenzt. Weshalb ich keine Lust hatte, ihr vom Unterschied zwischen berühmter und berüchtigter Neugier zu sprechen. Es war eine Unlust, die bald auf Dorit übergriff.

Dennoch hätte ich ihr aus meinem Iglu auf dem nassen Boulevard gern nachgerufen, nicht Kunst, sondern zwingende

Neigung habe mich in diese Lage gebracht. Das stimmte zwar, nur zählte nicht, was ich hätte tun mögen. Ginge es danach, kampierte ich kaum im geliehenen Trekking-Zubehör in Höhe von Daniel Wischers Fischbratküche unter Hamburgs porösem Himmel auf dem feuchten Gestein von Hamburgs beliebter Einkaufstraße, sondern säße an Wischers Tisch und äße Wischers gebackenen Fisch. Mit Salat, der aus Kartoffeln, Salz, Pfeffer, Zucker, Essig, Öl, geriebenen Zwiebeln und einem durchtriebenen Geheimnis besteht.

Die unerwünschten Taler der zeitweiligen Gefährtin zogen andere nach sich. Ich sah es nicht, erfaßte jedoch einen Vorteil harter Währung. Indem im Umweltlärm jede Münze deutlich zu hören war, die auf den Pflasterplatten landete. Man zahlte mir trotz der abweisenden Inschrift, zahlte aber eigentlich meiner früheren Freundin. Weil sie aus der Verlegenheit geholfen hatte, die aufkommt, wenn man im Regenschatten von Daniel Wischers Giebel steht und sieht, was nach geltender Sitte nicht zu sehen sein, nicht angehen sollte. Daß einer, zu dem es nicht paßt, auf der Straße liegt wie einer, der sich da hingelegt hat. Ein Wegelagerer, wenn man je einen traf. Gehüllt in hochtechnischen Stoff, aber bei Wetter, wegen dem der Hund hinterm Ofen blieb.

Mein Hund hätte, wäre er noch unter uns gewesen, mit in den Schlafsack gedurft. Ich müßte nur verhindern, daß er zu weit in die Höhle kröche. Sein Kopf und mein Kopf in all der hanseatischen Nässe, dagegen käme das trägste Touristenherz nicht an. *Kuck ma, den nassen Mann!* würden sich viele verkneifen, aber *Kuck ma, den nassen Hund!*, das sprengte jedes Schweigegebot.

Weil Jokko längst tot war, mußte mein verregnetes Antlitz als Blickfang in der verregneten Passage genügen. Zumal ich die kordillerentaugliche Hülle nicht an der Grenze der Einkaufsschneise abgelegt und bestiegen hatte. Unnötig zu betonen, daß so logistisches Planen mir kurz zuvor noch unvertraut gewesen war. Wer gerät schon im halbwegs geregelten Leben an das Problem, wohin unterm offenen Elbhimmel er sich am besten bette, wenn der in Aussicht genommene Campbereich ein vielbeschrittener Marktplatz ist.

Auch in solchem Fall regieren Zwecke. Willst du an ungewöhnlichem Ort lediglich ruhen, bleibst du besser am Rande. An einem Punkt, wo du keinem im Wege bist und, der Räuber wegen, nicht aus aller Augen. Wer denn um Himmels willen den, der ohne Obdach scheint, auch noch berauben solle? Der so fragt, ist schon tot. Bei meinen Jahren war ich das fast, doch hatte es mich letzthin dringend verlangt, noch einmal am Leben zu sein.

Das bist du nur, wenn andere davon wissen. Weshalb ich mich, um zu sehen und gesehen zu werden, so öffentlich wie möglich placierte. Nicht in einen Winkel, in dem es überwindig, aber unterbelebt zuging. Ebensowenig taugt der Mittelpunkt als Lagerplatz. Das ist Raum, den jeder will. Wer sich da ausbreitet, liegt allen verquer. Mir war es recht zwischen ihm und dem Rand. An der Drittelgrenze eher als an der Viertelgrenze, mit einer Tendenz mehr zum Zentrum als zur Peripherie. Nahm man den Regen hinzu, konnte ich besser kaum liegen. Woran mir lag, weil einige Verweildauer nötig war.

Mir war sie nötig, niemandem sonst. Keiner ahnte von meinem Trachten und Tun. Mein Neffe, der mir auf Anhieb seinen Freilicht-Schlafsack geliehen hatte, war mich zu sehr gewöhnt. Dafür schrieb ich ihm mehrfaches Nichtgefragtwerden gut. Einmal, als ich das halb entrollte Nylongehäuse vom Parkhaus am Gertrudenkirchhof vorbei durch den Regen über Rosen- und Lilienstraße trug, fragte ein Mann, ob er sicherheitshalber mein Gepäck unter die elektronische Lupe nehmen dürfe. Er wies sich höflich aus und nannte seinen Namen dazu. Ich sagte meinen auf und durfte passieren. Sollte noch wem nach Erkundigung gewesen sein, enthielt er sich ihrer. Wir hatten längst Zeit, in der *Ganich um kümmern!* galt.

Was für die Zeile zwischen Hauptbahnhof und Rathaus nicht heißt, früher sei es dort besser gewesen. Ich lasse das im ungewissen, weil ich das Wort *früher* nicht mehr leiden kann und im längeren Teil meines Lebens selten in Hamburg war.

Als Kind bin ich kaum auf die Mönckebergstraße gekommen, als junger Mann wohnte ich länderfern von ihr, in meiner ersten Geschichte kommt statt ihrer ein sandiger Weg in Lurup vor. Wieso ich mich neuerdings des öfteren im *Centrum* geschriebenen Zentrum herumtreibe, das zwischen Speersort und Brandsende annähernd die Mitte der Siedlung bildet, kann ich nicht sagen. Beinahe leichter erklärte sich, warum ich zu Oktoberanfang in des Neffen Hülle im Umbau- und Basarlärm der Spitalerstraße lag, wo ich hinter Regenschleiern östlich den nahen Bahnhof und hinter Regenschleiern westlich das unferne Rathaus ahnte.

Leichter erklärt es sich, aber nicht leicht. Obwohl es um einen Zwang geht, der mich nicht genieren müßte. Ein Quentchen Neugier ist jedem eigen. Ohne sie wären wir nicht, könnten nicht sein. Es hat seine Richtigkeit mit ihr, solange nicht Gier die Oberhand bekommt. Bedauerlicherweise – daher mein Zögern, es beim Namen zu nennen – ist das bei mir zuweilen der Fall. Über bloßes Interesse und notwendigen Wissensbedarf hinaus meldet sich das pressende Verlangen, von einer Sache, einem Verhalten oder Verhältnis alles zu erfahren. Es ist ein unbändiger Drang, der mich in Fällen, die mich im Grunde nicht berühren sollten, beinahe unweigerlich fragen läßt: Wie geht denn das?

Um ein Beispiel zu nennen: Bei flüchtiger Lektüre lese ich, womöglich zum fünfzigsten Mal, das Wort *Magersucht*. Da ich Süchte wenig anziehend finde, habe ich mich auch mit dieser nie aufgehalten. Diesmal hält sie mich auf. Sobald ich mir die Frage stelle, wie Magersucht denn gehe, bin ich verloren. Mit einem Blick ins allgemeine, dann ins medizinische Lexikon ist es nicht getan. Verläuft der Anfall gutartig, begnüge ich mich mit dem Besuch einer Sonntagsvorlesung; verläuft er schlecht, bin ich imstande, mir im Selbstversuch einschneidenden Nahrungsentzug zu verordnen.

Bis zu einem bestimmten Punkt sind die Attacken anhaltbar. Im Hintergrund meines Kopfes habe ich vor einiger Zeit einen Posten aufgestellt, den ich Brainguard nenne. Seines

Amtes ist es, auf Zeichen meiner Neugier zu achten. Bemerkt er ein interessiertes Zögern an mir, ein Verharren, das ins Fragen übergehen will, besitzt er Vollmacht, die Sache zu prüfen, ehe sie Gelegenheit findet, sich innig an mich heranzumachen, und ich Gelegenheit finde, *Wie geht denn das?* zu denken. Falls die Aufsicht keinen Erkenntnis- oder auch nur Kenntnisbedarf ausmacht, hat sie Lizenz, mich in Bewegung zu halten. Und sei es auf die ruppige Weise, in der ich einstens das Hündchen Jokko hinderte, an jederlei Baum oder Busch oder Stein forschend zu verweilen.

Kürzlich haben der Wächter und ich uns trotz aller Vigilanz beim Anblick einer fremden Frau, die in mittlerem Regen mitten im regen Publikumsverkehr auf belebtem Trottoir im Schlafsack zu schlafen schien, fahrlässig verhalten. Der Aufpasser merkte nicht beizeiten, wie sehr sich mein Augenmerk steigerte, und ich hetzte nicht vor der herbeieilenden Frage *Wie geht denn das?* davon. Vielmehr duldete ich, daß sie sich in mir niederließ. In einem Maß, das nur Unmaß heißen kann, räumte ich ihr regelnde Rechte ein.

Mit welchem Ergebnis, ist gesagt. Oder mit welchem vorläufigen Ergebnis: An einem unwirtlichen Oktobertag legte ich die Wildlife-Matte meines Neffen in der Spitalerstraße aus, bestieg sie auf eine umsichtig eingeübte Weise, zog ihren großgliedrigen Reißverschluß, der von der zweifachen Aufschrift *Sinnstudie – Nicht stören und nichts spenden!* eingefaßt war, weitgehend zu, paßte meinen Kopf in die eingesteppte Polsterung der Kapuze und mußte nur noch entscheiden, ob es sich besser bei offenen oder geschlossenen Augen mache, ein Fels in der Brandung vor Daniel Wischers Fischbratküche zu sein.

Im Himmel stand keine Antwort. Er war grau, wenn ich hinaufsah, und blieb grau, wenn ich die Lider senkte. Der Regen kam ab und an aus Kannen, dann wieder verhalten auf die vielbesungene nieselige Art. Wasserstaub fing sich in den Brauen und machte die Augengläser blind. Das schlug mir nicht weiter zum Schlechten aus, da ich vorerst weder sehen noch hören mochte. Nur fühlen wollte ich. Was bei meiner neuartigen Lagerung auf der gefliesten Kuppe zwischen Flußsee und Fluß vor allem einfühlen hieß.

Einfühlen im Sinne von Empathie, nicht Sympathie. Von Verstehen, nicht von Bestärken. Einfühlen letztlich in meine, nicht so sehr anderer Lage. Schon gar nicht in fremder Seelen Sozialumstand. Ich hatte zu tun, mich in meinen zu finden. Kaum aus Mitleid lag ich auf dem Pflaster. Mehr aus einer banalen Neugier, die öfter, als mir guttut, Gewalt über mich hat.

Als ich Erstkläßler war, ging ich in der großen Pause ins Lehrerzimmer, um zu erfahren, was sie dort machten. Dies gab ich als Grund meines Erscheinens an. Eine pädagogische Kraft hat mich am Ohrläppchen aus dem Raum geführt, nicht ohne mir und dem Kollegium mitzuteilen, bei soviel Wissensdurst warteten die Erzieherlaufbahn und vorher ein hingebungsvolles Fibelstudium auf mich. Unser Auftritt wurde Erzählgut in der Schule.

Als ich Letztkläßler war, bin ich längere Zeit hinterletzter Schüler gewesen. Nur weil ich hatte wissen wollen, auf welche Weise man das werden und es aushalten könne. Ich tat mich unter hoffnungslosen Fällen um, fragte, wie es gehe, so wie sie zu sein. »Einfach Luft anhalten«, sagte einer. »Lange genug, und du bist tot.« Ich gab alles Zuhören, Hinsehen, Mitschreiben, Nachlesen auf und konnte mich beinahe am Denken hindern. Es reichte gerade zum Befund, nun wisse ich Bescheid.

Als ich gefangen saß, fielen mir Wege ein, auf denen die Helden so manchen Buches, so manchen Films ins Freie gelangt waren, und die Überlegung fiel mich an, ob ich deren Verfahren gewachsen sei. Einen Kameraden fand ich, der konnte die Landessprache. Am Werktag brachen wir, Besen und Schaufel geschultert, auf. Bei Licht nahm keiner Notiz von uns, im ersten Dunkel scholl es *Halt, wer da?* Was er sagen solle, fragte der Gefährte. Man hat uns, diesmal nicht an den Ohren, abgeführt und wegen Wissensdurstes nicht nur mit Durst bestraft.

Auch wenn derart Drakonisches kaum in Aussicht stand für einen, der sich in der Freien Hansestadt eine kleine Freiheit erlaubte, wollte ich mich nicht schon am Anfang mit möglichen Folgen befassen. Um zu denen nicht hinzudenken, gab ich über das Hinterteil hinaus sämtlichen hinteren Teilen, also Hacken, rückwärtigen Waden, Ellenbogen, Schulterblättern und Hinterkopf, den Auftrag, herauszufühlen, ob die überwölbte Matte halte, was vom Neffen, der eigentlich ein Großneffe ist, versprochen worden war. Selbst nackt und bloß, so wußte er mir zu singen, könne man dank der dämmenden Folie, die ein Beiprodukt der Raumfahrt sei, beliebig viel Zeit bei wohliger Wärme in ihr verbringen. Was aber für den Mond tauge, werde meinen irdischen Zwecken gewachsen sein.

Falls seine Beteuerung eine leise Erkundigung einbegriff, hat sie nicht verfangen. Wer weiß, ob er mir Wernher von Brauns Spacehütte ausgefolgt hätte, wäre ich ihm mit Daniel Wischers Fischbratküche gekommen. Vor deren Eingang bin ich schon deshalb ordentlich gewandet in das NASA-Erzeugnis gestiegen, weil alle Spitalerstraßen-Toleranz bei Entblößung endet. So genau sich die Isolierkraft des Hüllenbodens, der letztlich aus Vorpommerns Peenemünde stammt, bei blankem Arsch ermitteln ließe, so sicher wäre ich unbedeckt nicht in die Meßstation gelangt. Viele der Passanten, die mir nach Dorits Vorbild Münzen warfen, hätten sich, wäre ich aller Kleidung bar gewesen, im Namen des Gesetzes, namentlich des Jugendschutzgesetzes, auf mich geworfen.

Ich lag still, so gut ich konnte, war bemüht, nach aller Vorschrift angezogen zu wirken, und versuchte, mittels Bodenhaftung ein feinfühliges Thermometer zu sein. Wohl hätte ich die Kontur des Straßenbelags, von dem mich nur Mikrofasern und ein tapetendünnes Teflongeflecht trennten, profilgetreu wiedergeben können, doch von den Hackenballen bis zu den Haarwirbeln spürte ich keine Änderung der Temperatur meiner Außenfläche. Was weniger von Dickfelligkeit als von deutschamerikanischem Erfindergeist zeugte.

Da ich landläufig empfindlich bin, entsinne ich mich einiger Gelegenheiten, bei denen ich mich wundgelegen habe. Oder Gegebenheiten, die mich, wäre es nach allgemeiner Physik und meiner speziellen Physis gegangen, im vereisten Schnee zum vereisten Schneemann hätten machen müssen. Vom Maschendraht der Pritschen blieb ein Tattoo in meinem gegerbten Fell; nach kriegsbedingtem Piercing lag Bedarf an ziviler Durchlöcherung nicht vor. Doch sosehr sich mir manches eingerieben hat, so untief ist es unter die Haut gegangen. Wie ich unmutig befand, als sich von allen Lage-und-Liege-Episoden, die sich im Leihsack spucknah neben dem Bürgermeister-Johann-Georg-Mönckeberg-Brunnen zu meiner Ablenkung herbeidenken ließen, nur unblutige, harmlose, ja lächerliche behaupteten.

In einem Nachwendejahr wollte ich am Ende ungut verlaufenen Verwandtenbesuchs haushälterisch sein und erwarb auf der Fähre von England retour keinen Kabinenplatz. Ein grober Fehler, denn in dem Nachen ging es überbevölkert zu. Ich suchte die Reise durch einen Bordrundgang mit Abendimbiß zu stückeln – der Fisch schien frisch, was Wunder bei all dem Wasser ringsum, der Salat aber nahm sich aus, als habe es Daniel Wischer nie gegeben –, doch hatten wir, als ich gegen Mitternacht mehr als müde wurde, noch viel Kanal zu queren. Von Europas Jugend ein größerer Teil lag über die sparsam montierten Stühle gebreitet, ein kleinerer zog in energischen Trupps von Deck zu Deck, lärmte Niedergänge hinunter und Aufgänge hinauf, setzte sich singend, um gleich darauf tonlos davonzuspringen.

An Schlaf kein Gedanke. Das heißt, an Schlaf durchaus, nur an Schlafplatz keiner. Es sei denn, ich belegte einen schmalen Streifen, der zwischen Treppenschacht und Zubehörschapp vakant schien. Da traf es sich, daß ich nicht breit geraten und in engen Verhältnissen öfter gewesen bin. Die Reisetasche als Kissen war ähnlich Routine. Was tat's, daß sich mein Körper beim Hinüberturnen in die Spalte wie einer betrug, der lange schon sportlichen Trainings entbehrte.

Endlich auf die Bootsplanken gelagert, fühlte ich mich geborgen. Niemals zuvor war so wiegendes Liegen gewesen; nie wieder würde – vom Schlafsack auf Hamburgs Spitalerstraßen-Platten ahnte ich noch nicht – so gediegenes Verweilen sein.

Selige Floßfahrt; jähes Erschrecken, das jähem Erwachen folgte. Ich lag, wie ich mich gebettet hatte, doch lag ich mit offenem Mund. Keinem schweigenden, sondern einem, aus dem, wer wußte, wie lange schon, Töne drangen, die Humorzeichner lautmalerisch mit Sägen und Raspeln anzudeuten lieben. Meine Brille hing am Ohr, übers Kinn lief ein Spuckerinnsal bis in die Halsgrube. Entgegen dem Ruf, zu dem man in meinem Beruf leicht kommt, war ich nicht eitel genug, mir das Bild, das ich in entrückter Blödheit abgeben mußte, nicht machen zu können. Ebensowenig übersah ich, daß auf der Treppe, welche seemännisch Niedergang heißt, in der Formation gemischter Chöre eine Passagiereinheit aufgebaut stand, die sich vermutlich auf dem Weg vom Casino in die Kabinen befand und mich besah wie einen, den sie kennt. Den sie aber so nicht kennt. So verrutscht und besabbert, so aus der Ordnung gefallen, so von jäher Wende gefällt. – O Hamlet, welch ein Niedergang!

Zweifellos lag ich unter den Augen von Leuten, denen ich in ihren jungen Jahren Schulstoff gewesen war. Zweifellos hatten sie es weitergesagt. Zweifellos vermuteten sie mich in Schnaps und Schande. Und verharrten nun, Gebildete und Ungebildete endlich wieder ein und desselben Volkes, erheitert und angewidert im Schiffsaufgang, von dem mich nur ein großzügiges Gitter trennte.

Ohne Scheu sei es eingestanden: Hätte uns in diesem allerscheußlichsten Augenblick ein Tanker gerammt und mit ausfließendem Öl den Seevögeln angeglichen oder hätte sich ohn' Fremdverschulden unser Kiel vom Rumpf getrennt, so daß wir schlingernd im Kanal versinken müßten, oder hätte uns der heilige Moby Dick auf den Walbuckel genommen und die Arche samt mir und geeinter Nation in die Kreide von Dover oder den Sand von Dünkirchen geschmettert – schmalen Mundes, kalten und trockenen Auges wäre ich dem Vorgang gefolgt. Ohne ein Wort der Klage, mit einem des Hohnes allenfalls. Hohnes einzig auf mich und des Inhalts: Wer sich gehenläßt, ist bald vergangen.

Eine Erkenntnis, die fortan die Zügel hielt. Beim Hingeworfensein in der Einkaufstraße war sie mächtig im Spiel. Neben hypertropher Neugier hat mich philanthrop Forscherisches in Bodennähe getrieben. Eine Tat aus dem Ersttätergeist, in dem du Herzkatheter am eigenen Leib probierst. Nicht mit der Seele suchen wollte ich, sondern sehen, was Mitmenschen in Knöchelhöhe sehen, wenn sie, umgeben von feuchtem Sohlenabrieb und trubeligem Basar, öffentlich ausliegen. Weil aber solcher Ehrgeiz nichts bringt, solange man seine Augen des Regens wegen geschlossen hält, öffnete ich meine.

Zögernd zunächst. Womöglich war von der Touristenschar, von der ich auf der Kanal-Fähre fast zu Tode gestarrt worden wäre, ein Teil erneut unterwegs. Wechselfreudig Mobile, die beim diesjährigen Ausflug, anstatt in Hoek van Holland aufs Festland zu rollen, den längeren Seetörn bis Cuxhaven und den nördlichen Landtörn über Hamburg gewählt hatten. Um vorm Absturz nach Randow im Landkreis Demmin oder nach Wittstock an der Dosse im hansischen Centrum noch einmal welthaltige Luft zu atmen. Und bei Daniel Wischer zu knusprigem Fisch von einem Salat zu kosten, wie er sich weder in Wittstock noch Randow findet.

Wie aber von meinen Wasserstraßen-Mitreisenden keiner zu sehen war, schienen sich die Spitalerstraßen-Mitmenschen an mich zu gewöhnen. Soweit sie nicht ungesäumt in den Regen traten, warteten sie im Lokaleingang, den etliche Verkaufs- und Verzehrstände beengten, auf günstiges Wetter und nutzten die Zeit zur Einnahme von Lachsbrötchen oder zum Erwerb von Tintenfischringen. Für den Heimweg oder eine Liebe daheim. Aus der Vielzahl gelber und blauer Goretex-Stiefel und grobkarierter wie beigelilamelierter Pelerinen zu schließen, waren es umsichtige Leute. Auf Unbilden vollkommen eingerichtet und gegen das Unbild von mir in Maßen verschlossen.

In Maßen und nicht ganz. Ein Kerl, seinem Äußeren nach ein Penner, und ein anderer Kerl, kein Penner dem Äußeren nach, behielten mich sichtlich im Auge. Der eine wirkte, als könne er aus Gründen der Finanz nicht einmal Fisch bei Wischer essen, der andere, als würde er es aus Hoffart nie tun. Des einen Bart war im Wachstum unbegrenzt, des anderen in jedem Haar coiffeurumhegt. Dumm wirkten beide nicht, dreist alle beide. Als Pflanze hätte der eine Nessel heißen können, der andere Mispel. Oder Efeu. Oder Poison Ivy.

Dem einen war ich live nie begegnet, den anderen kannte ich nur zu gut. Sehr mißfiel mir, daß eben dieser auf mich zukam, während jener an Wischers Hauswand verharrte. Um gegen den Heranwieselnden blind zu sein, wandte ich mein Augenmerk, soweit Perspektive und Näßlichkeit es erlaubten, dem restlichen Umkreis zu. Kleinkinder benutzten die Ärmel ihrer Begleiter als Klingelzüge; die Bescheide dazu hätte ich gern gehört. Jüngere Schulpflichtige richteten Laserkanonen auf mich; ältere taten es den Eltern gleich, nachdem sie kurz Notiz von mir genommen hatten. Ein puppenhaftes Mädchen kam zwei Schritte näher und fragte in eine Lärmlücke hinein nicht ohne verstohlenen Zählerblick, der den Münzen auf mir und neben mir galt, ihre Bezugsperson in der Menge, was denn wohl eine Sinnstudie sei. Auch auf die Antwort hierauf war ich gespannt.

Ich hörte sie weder, noch sah ich ihren Absender, weil eine Älterengruppe, die unter Schirmen eingehakt ging, zwischen uns geriet. Waren die Ausflügler auch bei Jahren, so waren nicht alle unbehende. Die letzte, eine Dame in gelben Stiefeln, die nach Zitronenseife roch, hob in fließendem Vorübergehen und ohne das vorletzte Riegenglied loszulassen, Münzen vom Pflaster und legte sie zu denen auf dem Schlafsack.

Ums Haar hätte ich *Brave Frau!* gerufen, da ihre Sammelgebärde zu einer Ährenleserin stimmte, die hinter der Hungerharke über magere Felder schreitet, um noch den geringsten

Halm zu Gunsten der darbenden Familie einzuziehen. Mein Dank unterblieb, weil Schirme und Wettermäntel mir die Sicht auf die duftende Passantin versperrten. Ebenso auf die Mönckebergstraße, in die Fischmann Wischers Spitalerstraße am Burger-King-und-Bürgermeister-Mönckeberg-Brunnen im spitzen Winkel mündet.

Ich hätte gewünscht, auf ähnlich sperrende Weise wäre jemand zwischen mich und den graumelierten Schlängel getreten, der in gehobenen Gesellschaftsregistern als geölter Fritz eingetragen steht. Gebückt und doch hurtig schob er sich nach nochmaliger Prüfung heran und sagte mit einer rauchverrohten Stimme: »Mir geht es ganz ähnlich, mein Lieber. Wie, wenn ich zu Ihnen schlüpfte?«

Das möge er besser ein paar Häuser weiter bei Ole von Poppenspeel versuchen, antwortete ich.

»Gottchen nein, zu einseitig, der Mann«, sprach der Mann, der ungebeten für Sekunden neben mir hockte. Um sich gleich darauf geschmeidig zu erheben und spornstreichs davonzueilen. Aus meinen Augen Richtung Hauptbahnhof. Was in seinen besseren Tagen Richtung Reinbek gewesen war. Himmelsrichtung Rowohlt. Diesmal endete der Weg zu Gedrucktem meines Vermutens wenige Schritte aufwärts im Thalia-Laden. Wo sein soeben erschienenes Beschwerdebuch, wie ich hoffte, nicht auf Halde lag. Ich hoffte es kaum zugunsten des Verfassers, wohl aber zugunsten der Literatur. Wenn des armen Teufelchens Memoiren auch weder edel noch hülfreich heißen konnten, waren sie doch gut geschrieben. Zuweilen niedrig, widrig bis widerlich, überstiegen sie das Übliche. Die Mären in ihnen nahmen sich leserlich aus, und nicht jede ältere Wahrheit schien ihrem Autor entfallen. Seinen Narzißmus wog für mich sein Antinazismus auf. Einen ganzen Kerl konnte ich ihn nicht nennen; ganz unterhaltsam fand ich ihn schon.

In welcher Verbindung der Geölte zu dem Struppigen stand, neben dem er in der Menge aufgetaucht war, wußte ich nicht, doch zeigte sich letzterer im Begriff, eine Beziehung zwischen uns anzubahnen. Während ich mich noch fragte, ob ich ihn aus der Sesam- oder der Lindenstraße kenne und er der Harri-Bär oder so ähnlich sei, baute er sich über mir auf und bat mich in kräftigem Ton und wie urvertraut um Gehör und Urteil.

Er suche einige der Redensarten, ohne die kein Mensch mehr auszukommen scheine, beim Wort zu nehmen und auf andere Weise in Dienst zu stellen. »Ein Exempel? Kein Problem«, sagte er und fuhr nach einer beinahe unmerklichen Pause fort: »Sehen Sie, was ich meine? Ich meine dieses automatische *Kein Problem!* Anstatt *Bitte, gern!* zu rufen und das Exempel folgen zu lassen, beteuern die Leute, sie hätten kein Problem mit dem Problem, und lassen erst dann ihr Exempel folgen. Ich hingegen stelle die verdächtige Phrase *Kein Problem!* völlig anders in Dienst. Auch dazu ein Exempel: ›Kein Problem!, antwortete der Finanzminister auf die Frage, was er sich von Herzen wünsche.‹ – Nun, wie finden Sie es?«

»Hm«, sagte ich und fragte mich, wie »Hm« in Ohren klingen mochte, auf denen ein hochkrempiger Homburg saß und an denen ein feuchter Vollbart hing. Ihr Besitzer bedachte meinen unentschiedenen Laut gesenkten Hauptes und kippte dabei eine Hutrinne Regenwasser über mich aus. Sodann räumte er ein, sein Exempel sei wahrscheinlich nicht transparent genug; er liefere ein transparenteres: »›Ich denke mal‹, sagte der Journalist und nahm sich vor, es nicht Gewohnheit werden zu lassen.« Ohne eine Bewertung abzuwarten, versicherte er, auch zu dem törichten *Das kann ich nachvollziehen* habe er etwas. Es laute: »›Das kann ich nachvollziehen‹, tröstete der Henker den verspäteten Delinquenten.«

»Sehr transparent«, sagte ich. »Mir scheint, ich verstehe das Verfahren. Mit Ihrer Erlaubnis möchte ich es auf den Schnack *Das ist nicht der Punkt* anwenden: ›Das ist nicht der Punkt‹, klagte sie und ging ihm zur Hand. – Falls Ihnen das zu freizügig ist, nehmen wir *Davon gehe ich aus*: ›Davon gehe ich aus‹, hauchte das Licht, als man es unter den Scheffel stellte.«

»Hm«, machte der Harri-Bär und tappte davon. Kam aber nicht weit. Hatte ein Problem, das er loswerden mußte. Er musterte mein Behältnis und das Pflaster ringsum und fragte: »Wo ist denn die blanke Pinke geblieben, die eben noch auf Ihrem Mumiensack lag? Ich jedenfalls, soviel steht fest, habe sie nicht genommen.«

»Davon gehe ich aus«, hauchte ich. Er zuckte ein wenig und machte sich erneut auf den Weg. Kam auch diesmal nicht weit, weil er – was Regen, was Hagel, was Schnee – am Passantenring, durch den unser Freund Fritz wie geölt entschwunden war, Autogramme geben mußte. Der Sesam- oder der Lindenstraße wegen, gleichviel.

Mir gleich schon gleich. Hauptsache, das Manegenlicht wurde abgezogen und über den signierenden Harri Limelight ausgegossen. Weil ich im jähen Schatten meine Brille von der Nase ziehen konnte, um eine Güterarmut anzuzeigen, die der Ansässige von Fremden erwartet, welche auf seinem geliebten Heimatpflaster herumliegen. Vor allem tat ich es der Tarnung wegen, die sich bei mir aus dem Wegfall von Augenglas ergibt. Als ich einmal unvermutet an mein nacktes Antlitz im Spiegel geraten war, unterließ ich nur knapp die Frage, was es in meinem Bad zu suchen habe. Optischen Zubehörs entkleidet, sei mein Gesicht wahrhaft ein Nullsummen-Gesicht, hat Dorit bei erster Gelegenheit gesagt. Sowenig ihr Bescheid unsere Verbindung kräftigen konnte, sosehr stärkte er im Spitaler-Revier meine Hoffnung, ich könne für ein Quentchen Zeit im Passagenradau vor Daniel Wischers Fischküchentür unerkannt und ungestört verbleiben.

Schließlich wollte ich nur wissen, was der sah, der kunststoffummantelt die Welt besah. Und wollte nicht immerfort bekunden, wie gut einerseits und wie nicht so gut andererseits es mir gehe. Wobei *immerfort* übertreibt. Da meine Rückkunft an den Ort meiner Herkunft nur besuchsweise zustande kam, waren neue Bündnisse fast unterblieben. Oder zerfielen früh, wie sich an der befristeten Dorit zeigte. Auch unser Familienkreis zerlief mit den Jahren. Seit meine Schwester Isa tot war, fand hamburgische Verwandtschaft nur noch zweiten Grades statt. Oder dritten Grades, zu welchem auch die Männer von Nichten gehören. Und Großneffen, an die sich stets wenden kann, wer in stürmischer Zeit einer Wetterhöhle bedarf.

Zum Glück stand Begegnung mit dem jungen Verwandten, der mir sein Eigentum geliehen hatte, nicht zu befürchten. Er wollte Landvermesser werden und der Hohen Schule auf kürzestem Weg per Fleiß entkommen. Ähnlich ihm hätten sich seine Eltern, denen ich ein alter Onkel war, entschieden gehütet, zur besten Geldverdienenszeit in der Gutesgeldausgebezeile zu erscheinen. Wenn aber doch, wären sie eher erblindet, als des uralten Oheims im Schlafsack des Sohnes vorm Haus des Fischkochs gewahr zu werden.

Blieben die wenigen nordelbischen Freunde. Sosehr ich ihnen als Meinungspartner gemeinsam war, so gemeinsam war ihnen eine Abneigung gegen drangvoll enge Speisehäuser. Meine Liebe zur Spitalerstraße teilten sie von Herzen nicht. Ohne jemals vom dortigen Salat gekostet zu haben, ließ einer von ihnen, der als Diplomat – beinahe hätte ich gesagt: zu Pferde – durch die Küchen der Welt gekommen ist, nur die Kartoffelzubereitung eines Delikatessenhändlers in Berlin-Charlottenburg gelten. Keinesfalls wollte er an meinen Ausflügen hinauf auf das Mönckebergstraßenplateau beteiligt sein.

Ein anderer Lebensnachbar ahnt kaum, wo dieser Lebensmittelpunkt mit seinem Gastmahl des Meeres liegt. Dabei ist er seine Advokatenlaufbahn lang nahe der Spitaler unterwegs gewesen, um in den Pressemassiven an Speersort und Ost-West-Magistrale für die unverbrüchlich unveräußerlichen Urheber- und Gegendarstellungsrechte seiner Mandanten den flinken Speer, den schützenden Schild zu führen.

Von allen elbstädtischen Geistkampfgenossen wäre mir der schwierigste im Schmuddelwetter vom letzten Oktober der willkommenste gewesen. Weil er und sein entschieden linkes Ansichtenmagazin mich ohnedies als Mumie taxieren, so daß mein Eingewickeltsein sie nicht schockieren müßte. Und weil der Herausgeber und ich prägende Erlebnisse teilten. Darunter eines, dessen Anfang in meiner Überfahrt von Harwich nach Hoek van Holland lag. Ehe ich es ausführlich wiedergebe, muß ein methodischer Hinweis sein:

Natürlich besteht zwischen dem, was mir im Leihsack durch den Kopf gesprungen ist, und der Form, in der ich es hier liefere, ein Unterschied wie zwischen einer Mikropunkt-Meldung und deren penibler Ausschrift. Identität des Inhalts aber ist gegeben. Was jeder tut, tat ich vor Wischers Spital. Ich dachte in Microdots. Und mache in dieser späten Geschichte, was jeder mit Gespeichertem macht: Löse es ins Es-war-Einmal auf und erzähle nicht nur, was war, sondern füge auch Dinge ein, die der Rede wert scheinen und zur Sache beitragen könnten.

Während der Kanalüberfahrt konnte man mir nicht nur als blödem Passagier, sondern auch beim allerletzten zollfreien Einkauf begegnen. Da auf europäischen Beschluß Schluß mit Duty-free sein sollte, meine Börse jedoch selbst für akziselosen Johnnie Walker nicht strong genug war, sah ich mich im niederländischen Bord-Laden nach Waren um, durch deren Ankauf ich nichts als sparen konnte. Weil aber die Holländer ihre seegängigen Regale spätestens seit der Ostindischen Handelskompanie kaum noch unter diesem Gesichtspunkt füllen, fand sich wenig, für das ich bei balanciertem Budget Verwendung hatte. Gummibären wären gegangen, doch übe ich wegen der Pusher-Spots eines Fernsehschalks dahingehend Konsumverzicht.

So blieb vom Preis-Leistungs-Verhältnis her nur etwas Eingetütetes, auf dem das vielversprechende niederländische Wort *Hostebolchers* und der allesversprechende deutsche Dichtername *Dr. Hacks* geschrieben standen. Da ich unter plattdeutsch-nordelbischen Sachsen aufgewachsen bin, erfaßte ich rasch, bei den Hostebolchers hatte ich es mit Hustenbonbons zu tun. Mit Dr. Hacks' Hustenbonbons eben. Wenn das kein wunderbarer Zufall ist! dachte ich im Intershop der gegen Hoek van Holland laufenden Fähre. Just auf dem Hinweg nach Harwich hatte ich im Freundesblatt eine Hymne auf den anderen Dr. Hacks gelesen und überlegt, ob ich meine Zustimmung signalisieren könne, ohne den gestrengen Aufsatz-Verfasser, dem ich zugleich laxheits- wie linienverdächtig bin, in Zweifel zu stürzen. Die Lösung lag mit der Tüte, auf die *Dr. Hacks' Hostebolchers* geprägt stand, gewichtig auf der Hand.

Für Leser, die erst kürzlich unserem nordöstlichen Kulturkreis beigetreten sind, noch einmal: Neben dem Dr. Hacks, der in Holland Hustenlöser kocht, ist hier die Rede vom deutschen Dr. Hacks, der als Dichter ebenso genial und radikal wie als Denker war. Was ich, abgewandelt ins Publizistische, von meinem Freund, dem Herausgeber, kaum anders sagen würde. Er ist ein Meinungsfester, der allenfalls schwankte, wenn es galt, zwischen dem Herd von Paulino in der Alsterbucht und dem von Cuneo auf St. Pauli zu wählen.

Ich habe die Hostebolchers des einen Dr. Hacks angekauft und sie dem Lobredner des anderen gleich nach dem Ausschiffen zugesandt. In einem Karton, dessen Volumen dem des Beutels so treulich entsprach, daß es der Quadratur des Kreises nahekam. Auf einem Beipack-Zettel stimmte ich dem Magazin-Artikel zu. Ich bedauere nur, schrieb ich, das Fehlen der Pharma-Bonbons (Probe anbei) in der Liste Hacksscher Verdienste. – Sincerely yours im Fährhafen Hoek van Holland am Soundsovielten und ab die Post nach Hamburg hin. Aber nicht Spitalerstraße 12, sondern Ruhrstraße 111.

Nach der mählich verwundenen Niederlage am Schiffsniedergang wieder friedlich, dachte ich während der Fahrt durch Niederlande und flaches deutsches Land, die handliche Schwere meines kompakten Päckchens dürfe einem postalischen Versandideal nahekommen. Zunehmend gelockert, fragte ich mich, ob ich nicht, um Gulden zu sparen, das vakuumstramme Versandgut mit der Aufschrift *Büchersendung* hätte versehen sollen. Oder, da ich mich der königlich niederländischen Post bediente, *Boekenzending*. Vielleicht auch, wenn schon verwegen, dann gleich ganz, *Hostebolchers*.

Nahe Osnabrück fuhr nahe der Autobahn ein Zug, dem anzusehen war, wie sehr es ihn nach Hamburg zog. Was Wunder, barg er doch mit meinem Kollo eine Fracht, deren Brutto-Netto-Tara-Relationen ihr vorbildliche Gestalt verliehen. Weil aber, wie der Meister lehrt, auch der Kampf gegen das Unrecht die Sinne stumpft und den Blick für Schönes verschliert, durfte man fragen, ob die Kämpfer in der elbnahen Ruhrstraße überm Widerstand ein Auge noch für Ästhetisches hatten.

Kaum wollte ich das in aller Freundschaft bejahen, geriet meine Vorstellung vom Eintreffen des ebenso ergonomischen wie ökonomischen Kleinpakets bei der Redaktion ins Konkrete: »Vermutlich ein Buch«, sagt der Bote. »Zu schwer«, sagt die Pförtnerin. »Ist vielleicht mit Bleisatz«, sagt der Bote. »Oder von üblicher Brisanz«, sagt die Pförtnerin. »Könnte von Al Qaida sein«, sagt der Bote und geht, nicht daß er an so etwas glaubte, in Eile vom Hof.

Ich aber, anders glaubensgewiß, fegte entschieden beeilter voran ans nächste Telefon. Marit, deren Name mich stets an Dorit erinnert, war dran. Um nicht mit Tüte und Tür ins Haus zu fallen, fragte ich nach dem Wohlergehen des Monatsblatts und kündigte, der Fernsprechgebühren wegen vielleicht etwas knapp, mein Päckchen an. So anmutig wie seine Form sei auch sein Sinn, versicherte ich; sie könnten es bedenkenlos öffnen.

»Gut zu wissen bei den finsteren Verheißungen alle nasenlang«, sagte Marit.

Klick, machte das Kartentelefon, doch weil mich demokratische Verhältnisse umgeben, maß ich dem keine Bedeutung bei. Zu Recht, denn gleich darauf hieß es digital, mein Guthaben sei erschöpft. Da für die fernmündliche Durchsage ähnliches galt, setzte ich meine Reise fort. Obwohl sie vorm Nord-Süd-Ost-West-Kreuz von Hannover merklich an Traffic-Hektik gewann, gab ich der Versuchung nicht nach, am Leine-Fluß auf Unterelbkurs zu gehen. Wobei ich Materiellem, das sich aus Kroßgebackenem und Zwiebelversetztem baute, leichter als idealistisch Ideellem entkam. Fast übermächtig setzte mir die Empfehlung zu: Die Elbe im Hamburg-Tunnel untertauchen, die Spitaler- zugunsten der Ruhrstraße meiden, wie nebenbei in Nr. 111 der letzteren erscheinen und bezüglich der anreisenden Hostebolchers vorauseilend Beschwichtigendes sprechen!

Ich bin aber geradeaus gefahren, habe die Elbe bei Magdeburg oberirdisch gekreuzt und begegnete einen Monat später im Leserbriefteil der Zeitschrift meinem Beipackzettel nebst abgelichteter Heilsüßzeugtüte, auf der in ruhigen Zügen *Dr. Hacks' Hostebolchers* stand. Was mir recht war und immer noch recht ist. Im nassen Nachtsack vor Daniel Wischers Fischbratküche jedoch hätte ich milieugerecht Explosives lieber gehabt. Sagen wir, der grundsatzfeste Editor wäre Ecke Spitaler- und angelehnt *Mö* genannter Mönckebergstraße erschienen und hätte zuerst, ich hatte ja meine Brille nicht auf, gezögert, um dann mit alter Bestimmtheit zu sagen: »Auch gut, du liegst hier rum, und ich hätte beinahe, mög's Herrgöttle mir verzeihn, das Bombenkommando angefordert. Willst du es hören?«

Natürlich hätte ich gewollt. Und hätte den Herausgeber der einsam linken wie einsam guten Monatsschrift sagen hören: »Marit sagt zu mir, es hat einer angerufen. Klang wie du, sie ist aber nicht sicher. Im Hintergrund war Autobahnlärm, und du warst kurz. Du hättest was geschickt, keine Sorge, es sei lieb gemeint. – Ich frage Marit: Was hat er geschickt, einen Leserbrief? – Sie sagt: Er sprach von einem kleinen schweren Päckchen. – Ich: Klein und schwer und lieb gemeint? Da will uns einer verarschen. – Sie: Oder es war Bin Laden. – Logo, sage ich, morgen wissen wir es.

Anderntags schwenkt sie Post und ruft: Klein und schwer; der Absender stimmt! – Nun muß es nur noch lieb sein, sage ich. Thomy warnt davor, Kleinschweres leicht zu nehmen; Marit soll es nicht schütteln. Seit *Lohn der Angst* weiß man, was Nitroglyzerin für Löcher reißt. Wolfgang schließt Nitroglyzerin als Versandgut aus. TNT, sagt er, kommt in Frage, Hexogen oder Nitropenta, was PETN abgekürzt wird. Ob es abgekürzt in so kleine Päckchen paßt, will Kathrin wissen. Eins wie dieses reicht, um aus Redaktion und Verlag ein *Lohn der Angst*-Loch zu machen, sagt Wolfgang. Thomy behauptet, sogar bei der halbfernen Panasonic-Niederlassung flögen die Scheiben raus, und die Nachbarn Steinway & Sons müßten ihre Jahresproduktion neu stimmen. Wenn Brendan Behan noch lebte, riefe sie ihn jetzt an, sagt Marit. Der habe wegen so was eingesessen und wisse Bescheid. Ist aber leider tot, sagt Wolfgang. Dafür halten seine literarischen Erben für Dynamit, was ihren Federn entfließt, sage ich. Zum Stand der Sprengtechnik könnte Marit ebensogut Alfred Nobel anrufen, findet Wolfgang. Vorausschicken muß sie nur, es ist nicht wegen eines Preises, sonst legt er auf. Nun öffnen wir das unverlangt Eingesandte, sage ich. Marit reicht es mir, Wolfgang gibt mir sein Messer, und Thomy geht mit dem Bemerken zur Tür, einer müsse bezeugen können, wie alles gekommen sei. Wie ich an dem Päckchen schnüffle, findet Kathrin, das soll ich den Hunden überlassen; Golden Retriever seien gut darin. Thomy ruft vom Ausgang, ein Bekannter in Groß Borstel hat einen Golden Retriever; ob er den ausleihen soll? Noch besser, du nimmst das Päckchen, sage ich, und öffnest es in einem stillen Teil von Groß Borstel. Dann können gleich mehrere bezeugen, wie alles gekommen ist, sagt Marit. Wolfgang eilt Thomy mit dem Rat zu Hilfe, um den Personen- wie Sachschaden gering zu halten, soll ich den kleinen, schweren, lieben Packen morgen mit auf meine morgendliche Rennradrunde nehmen und an einem geeigneten Platz überprüfen. Führt nicht, fragt er, dein Trainingsweg an der Führungsakademie in Blankenese vorbei?«

Wäre der hochgeschätzte Herausgeber bis hier in dem Bericht gekommen, der ihm leider nur von mir in den Mund gelegt worden ist, hätte ein betagter Disput über individuellen Terror wieder eingesetzt. Diese Kampfesart liebt er sowenig wie ich, haßt sie aber weniger als ich. Mich steuere da eine Linientreue, die ich sonst ja oft bereue, reimt er und kehrt den Großlatinumbesitzer mit der Vermutung heraus, meine Disziplin gehe auf eine falsche Auslegung des Wahlspruchs *Nulla dies sine linea* zurück.

Doch ist der rühmliche Publizist anders als Dorit, Harri und Fritz nicht in der Spitalerstraße erschienen. So daß ich aufs Erfinden verwiesen war, wenn mir zum Austausch die

Genannten so wenig genügten wie jene Unbekannten, die in großer Zahl an meines Neffen Freilandbett vorbei vom nassen Glockengießerwall bis zum nassen Alten Wall für und wider wogten, um per Verkehr und Verzehr an Aufschwung oder zumindest Schwung beteiligt zu sein.

Eine Lage und eine Stimmungslage, aus denen sich gefährliche Gesichte ergeben. Bin ich auf Phantasie zurückgeworfen, regiert der Konjunktiv, herrscht Literatur als Möglichkeitsform des Lebens. Wartet aber auch mit Unmöglichem auf, Ahistorischem gar. Springt der Zeit voraus und wird Ereignis. Geschehen kann, wenn von Verkehr und Aufschwung die Rede ist, daß voll Schwung der Verkehrsminister an meiner Liegestatt in der Spitalerstraße erscheint und einen guten Tag entbietet.

Frage ich: Ist es wahr, daß Maut bezahlen soll, wer Arbeit hat? – Sagt er: Nein, wer keine Arbeit hat, soll Maut einziehen. – Frage ich, anstatt mir aufs Maul zu klopfen: Wie geht denn das? – Worauf ich erfahre, alle Joblosen sollen, verteilt auf die Fernwege, Maut-Münzer werden. Wozu ich sage: Klingt riskant, eine von Arbeitslosen gesäumte Autobahn. – Sagt er: Hauptsache, sie sind von der Straße.

Gottlob vertrieb der Fußgängerverkehr in Hamburgs Centrum bald den gespenstischen Minister und rief eine betriebswirtschaftliche Frage auf, die längst eine volkswirtschaftliche ist: Wie konnte geschehen, was dem Hause Brinckmann, an dessen Einfriedung neben dem Gasthaus Wischer ich eingesackt und mitweltumbraust lagerte, vor kurzem geschehen war? Einem berühmten Unternehmen, dessen verbliebenes Glück darin bestand, im konkursumstellten Lager vom Brett bis zum Nagel, vom Minibagger bis zum softwaregespickten Computer alles vorrätig zu haben, was sich für die Errichtung eines Bauzauns um seine verlöschende Niederlassung nötig machte.

Es dürfte ein Zeichen des Alterns sein, daß ich zunehmend Selbstgedachtes benörgle. Selbst, wo es nichts Wesentliches bringt. Was bringt es zur Sache, die mit Konkurs beschrieben steht, wenn ich den erwähnten Minibagger durch einen Minitraktor ersetze? Nichts außer sachlicher Richtigkeit. Die immerhin, da die Baupalisade nicht mit Pfählen in den Pflasterboden der Passage eingelassen war, sondern aus scharnierverbundenen Segmenten bestand, die auf Rollen ruhten. Auf metallenen, der Untergrundschonung wegen kunststoffummantelten Rollen. Es werde, dachte ich, die zeit- und kostensparende Operation verkehrsarmer Morgenstunden zwischen Katz und Hund gewesen sein, die eingefalteten Partien vom Laster zu laden und mit dem Kleintrecker, der an vielen Transportern wie ein Beiboot hängt, vor Ort zu schieben. Was von Baugepflogenheitswandel zeugte, doch meinen Satz, außer dem Austausch von Minibagger gegen Minitraktor, keinem weiteren Wandel unterwarf.

Leicht verwundert – was ging mich der Konkurs dieses Krämers an – sann ich dem dichtgemachten Laden der hunderttausend Dinge weiter nach. In ihm hatte ich mich umgesehen, sobald Leib und Seele durch Einnahme von frischem Fisch und Zurkenntnisnahme neuer Bücher zu ihrem Recht gekommen waren. Mußten unsere Beziehungen auch fast platonisch heißen, konnte das ihre Innigkeit – man kennt es von anderem Schwärmen – nicht beschneiden.

Verwundert wohl, aber leicht beglückt, erfaßte ich im Sack auf dem Pflaster, daß einstige Wonnen gegebene Unbill lindern können. Ob zahlungsunfähig oder nicht, Brinckmanns Alles-für-alle-Bude hat mir lange als Berg Sesam gegolten. Als verfluchtes Warenlager der Überflußgesellschaft. Als ein verdammter Produktivkraftprotzpunkt, aus dem ich, wäre ich ein Public-Relations-Mann des Westens gewesen, neidzeugende Programmteile des auch im Osten beliebten Vorabendfernsehens gemacht hätte. – Nur war ich nicht des Westens, sondern des Ostens Ideenverbreiter, weshalb es dauerte, bis Volk und Vaterland begriffen, wozu ein handwerklich begabter Gott ihre separierten Teile mit Nut und Feder versehen hatte.

Die Schraubensektion vom Eisenwarenladen des Handelshauses verfügte, so glaubte ich zu dessen Lebzeiten, über je einen Tresen für Schlitz- und Kreuzschrauben. Folglich hörten sich die Verkäufer, der eine für Schlitz, der andere für Kreuz, wie Altgesellen der Schraubenzieherzünfte an. In der Porzellansparte hielt man, glaubte ich ferner, nicht nur für jeden Pott ein Stülp bereit, sondern auch für jederlei Trinkgefäß oder Eßgeschirr eine porzellanglatte Spezialistin. Bei Villeroy & Boch, um nur eine der hundert Marken zu nennen, wurde man, glaubte ich felsenfest, durch Fachkräfte von Villeroy & solche von Boch beraten und bedient.

Zwar besuchte ich nur selten Brinckmanns Special-Etage für Allfallsigen Bedarf, doch dürften sie Schlafsäcke am Lager gehalten haben, die für Sinnstudien wie geschaffen waren. Womöglich hätten sie mir über das Allwetternachtzeug hinaus ihr Leih-Programm empfohlen und mich auf eine Idee gebracht, auf die ich am Ende auch ohne sie gekommen bin. Jedenfalls hielt die Frage, warum von allen Goldgruben ausgerechnet dies umsatzstarke Unternehmen habe schließen müssen, mich stark besetzt, als ich letzten Oktober nahe den Eingängen des florierenden Gasthauses W. und des fallierten Kaufhauses B. vorsätzlich am Boden lag.

Hinzu kamen Geräusche, die mich zunehmend beschäftigten. Die Abfolge ein und desselben Geräusches vielmehr. Kräftige Töne, die etwas von klatschendem Klopfen oder klopfendem Klatschen hatten. Laute Laute, wie du sie ungefähr, bist du ein haushaltsvertrauter Mensch, vom Teppichreinigen kennst. Laut, aber wesentlich nasser, wenn man so will. Von einem Teppich, der nasser und härter als ein Teppich, und von einem Klopfer, der weicher und feuchter als ein Klopfer war.

Weil dieses salvadordalíhafte Gemenge eine befremdliche Mixtur aus vertrauten Tönen darstellte, konnte ich nicht glauben, es sei nichts als Umbau- und Bauzaunaufbauradau, was mir klatschklopfend zu Ohren kam. Auch wenn Akustisches hinzutrat, das auf Trommelbuben und Lautenschläger als Maurenbrecher und Gerüstmonteure schließen ließ. Die Schläge im Lärm gehorchten einer Ordnung, hielten sich an Muster, stellten durch Wechsel und Wiederholung einen nie gehörten, unerhörten Rhythmus her.

Von mir nicht gehört, für mich unerhört. An den Passanten jenseits des Ovals um mich sah ich kein Zeichen, das von Aufhorchen oder Aufmerken zeugte. Weil mein Eindruck mit einer Überschärfe der Sinne zu tun haben konnte, die sich aus einer Überschärfe der Lage ergab, war Prüfung und somit Rückkehr unter die Augengläser angezeigt. Diese vollzogen, jene in Gang gesetzt, bestätigte sich meine Vermutung. Niemand außer mir schien die präzisen Teppichtrommler, obwohl sie sich hörbar genähert hatten, wahrzunehmen.

Ab und an geriet ein Mitglied der vorüberflutenden Menge unversehens an die Aussparung zwischen den Häusern Wischer und weiland Brinckmann, in der ich wie in einer Luftblase lag. Oder in deren Regen ich wie im Papyruskorb schwamm. Oder in der ich, um halbwegs im Bild zu bleiben, im geborgten Polyamidfaserbeutel geborgen war wie in Abrahams Schoß. Doch auch die unvorbereiteten, wenngleich von Natur aus auf Hindernisse eingerichteten Fußgänger neigten zu wenig mehr als kurzem Stutzen, sachtem Stocken, leichtem Schwenken, sobald sie auf mich trafen. Sie umgingen mich großräumig, machten mehr Platz als nötig und ließen im seitlichen Spitaler-Strom eine linsenförmige Insel entstehen. Als hätte, wo ich lagerte, die alte Kino-Wochenschau ihre Kamera aufgebaut.

Trotz wechselnden Niederschlags und oft verstellter Sicht war es leicht, zwischen lediglich durcheilenden Leuten und solchen zu unterscheiden, die sich am Ziel ihrer Wünsche wußten. Oder wähnten. Also vor Haus W. oder vor Haus B. Den künftigen Gästen des einen sah ich an, wie hoch ihnen das Wasser im Munde stand; in den Mienen der einmarschbereiten Kundschaft des anderen stand schriller Alarm. Aus Büsum und Borkum, aus Lychow und Dannenberg waren sie herbeigebrettert, um beim Zugriff auf das Endlos-Sortiment des Haus-Hof-Keller-Garten-Ausstatters kein Ende zu finden, doch fanden sie ihr geliebtes Ticktack-Klickklack-Schnickschnack-Paradies nunmehr vernagelt vor. Ihre Ehen hatten sie an diesem Platz komplett bestückt, und nach der einen oder anderen Scheidung war das neue freie Leben von hier aus in neuartige Hobbys eingemündet. Kein Umzug, keine Feier, kein Willkomm, kein Abschied, zu dem es nicht in der Spitalerstraße die Klötzer, Kneten, Gläser, Pinsel, Farben, Löffel, Zangen, Schuber, Alben, Kamine, Konsolen, Regale, Modelle, Gestelle und Sammeltassen gegeben hatte. Und nun nicht mehr gab. Weil Brinckmanns Haus für Unmittelbare Bedürfnisse binnen kürzester Frist schließen mußte. So eine Pleite!

Da ich infolge einer mir jahrzehntelang verordneten Gepflogenheit unfähig war, kleine Dinge nicht in große Zusammenhänge zu zerren, dachte ich, als ich die jähe Verstörung vor dem Bretterzaun sah: So muß es gewesen sein, als sie die Mauer bauten. Oder genauer: So muß es für die einen gewesen sein, als die anderen die Mauer bauten. Oder noch genauer: So muß es für die hier gewesen sein, als wir da die Mauer bauten. Und fügte der Vollständigkeit halber hinzu: So ähnlich wird es für manche gewesen sein, als ihre Mauer nicht mehr stand.

Meine Rede ist vom Schock als solchem, von Erschrecken, das ähnlich heftig mit Küchen- wie Kuba-Krisen einhergehen kann. Der Mensch reagiert auf Gleiches verschieden und auf Verschiedenes gleich. Im geliehenen Behältnis auf der Spitalerstraße sammelte ich hierfür mehr Belege, als ich verwahren konnte. Mühelos ließ sich der Status ehelicher Verbindungen von weitgereisten Gesichtern lesen. Und aus Gesprächsfetzen zusammenreimen: Sagtest du nicht, du findest es wieder? Und hier soll das nun gewesen sein? Erst neulich hast du die Köhlbrandbrücke nicht gefunden. Was ist los mit dir? – Da war Nebel, aber dies ist eine glatte Frechheit! Die machen einfach zu! Ist ja wie in der Zone!

Am liebsten hätte ich gerufen: Habt ihr eine Ahnung von deren umsichtiger Planung! Die hat so krisengefährdete Anstalten gar nicht erst aufgemacht. – Doch dieses Verlangen wie auch den Wunsch rang ich nieder, den verdatterten Konsumenten vorm verriegelten Tor B. zum Eintritt durchs offene Tor W. und zum Verzehr von Fisch mit Wischers Salat zu raten. Ein Verzicht, den ich um so leichter leistete, als ich mich von dem mehr als unmutigen Starren einer tücherverhangenen Frau mehr als getroffen fühlte.

Andere Blicke gingen von Männern zumeist mittleren Alters aus und kehrten sich mir erst zu, nachdem sie suchend über die Planken gestrichen waren. Es brauchte zweifacher Wiederholung, bis ich begriff, man fahndete nach Bauschildern, auf denen in besseren Zeiten gestanden hätte: *Für die umfassende Erweiterung der Spitalerstraße 8–10 stellen wir diverse Fach- und Hilfskräfte ein.* Wenig Gedankenlesens bedurfte es, um in den finsteren Mienen einen Zusammenhang zu erkennen zwischen dem fehlenden Angebot auf Anzeigentafeln und dem Anblick, den ich auf den nassen Steinen bot. Nicht, daß irgendwer mir Schuld an seinem Joblos-Los zugemessen hätte, doch ließ sich an mir ermessen, was alles künftig noch möglich war.

Obwohl gedacht, solches Irren zu verhindern, hat das zweifach auf dem Schlafsack angebrachte Wort *Sinnstudie* wenig vermocht. Die Männer nahmen es einfach nicht zur Kenntnis, die ungehaltene Frau schien es doppelt und dreifach nicht lesen zu können. Frei von femino- und fremdenfeindlichen Antrieben, erlaubte ich mir, aus ihrem Gewand wie Gehabe zu folgern, sie sei nicht nur des Deutschen nicht mächtig. Sie stand wie hingestellt und bar jeder Einsicht da. An den Platz beordert und ohne ein Wort für das, was sie sah. Oder für den, den sie ansah, nämlich mich. Sie war in härene halbdurchnäßte Tücher gehüllt und hielt, wie der Kenner leicht erkannte, einen zusammengerollten Schlafsack unterm Arm. Im anderen trug sie ein Bündel, das ihre Fassung von *Le Bag* sein mochte. Was mir half, in ihr eine Person von der Art zu erkennen, die mich jüngst entgegen allem Vorsatz *Wie geht denn das?* fragen ließ.

Was freilich die Frau sowenig wie irgendwelche Männer berechtigte, mir meine Wißbegier zu verargen. Diese überdehnte Neugier beschwert mein Leben mehr als genug und geht weder Geesthachter noch Buxtehuder noch anders Auswärtige etwas an. Finde und fand ich und hatte den Wunsch, es der Frau am Rand der mich umschließenden Ellipse mitzuteilen.

Weil ich weder Worte noch Gesten wußte, mit denen sich die Botschaft hätte transportieren lassen, und weil meine Körpersprache in der Nylonhöhle ungehört verhallen und ungelesen bleiben mußte, nahm ich mir vor, der zürnenden Fremden wenigstens eine freundliche Miene zu zeigen.

Aber als nach mehreren Probegrimassen endlich das passende Gesicht aufgesetzt war, sah ich die Dame nicht mehr. Dort, wo sie mir eben noch grollte, baute sich die Heilsarmee auf. Mit einer Teilstreitmacht in Gruppenstärke. Gegen das Centrums-Gewimmel gerechnet ein Grüppchen, ein Trüpplein nur. Womöglich erklärte sich der Erfolg der enthusiastischen Seelenretter aus diesem Zahlenmißverhältnis. God's Underdogs im Angesang gegen die unerweckten Massen. Tapfere Schneiderlein und Schneiderinnen und der gleichgültige Riese.

Mit ihrem verbrieften Gründungsvorsatz, unter entkirchlichten und sittlich verwahrlosten Großstädtern läuternd zu wirken, gehörten die *Salutisten* oder *Seligmacher* genannten Armisten nur bedingt in die Spitalerstraße. Entkirchlicht, das mochte sein. Zumal viel Ostvolk wie ich durch die langentbehrte Konsum-Gasse trieb. Ob man aber Leute sittlich verwahrlost nennen durfte, die Wischers Speisenhaus besuchten und Brinckmanns Spartenhaus, wenn auch vergeblich, suchten, wagte ich nicht zu bejahen.

Auch war weder aus geklauten Melodien noch anverwandelten Texten erkennbar, warum die Männer in der oft gefilmten Uniform mit Flöten und Trompeten ersichtlich auf mich zielten und die Frauen unter ihren Heilige-Johanna-der-Schlachthöfe-Häubchen alles das, was ihnen auf Deibel komm raus von der Seele mußte, bevorzugt mir ins Gesicht sangen. Daran gab es nichts zu deuteln: Mir vor allem anderen Spitalerstraßenvolke brachte sich der melodiöse Stoßtrupp dar. Für mich zuvörderst intonierte, ja jubilierte er lauten Halses: »Es kann der Frömmste nicht in Frieden leben, / solang im Herzen er nicht stets bedenkt, / daß Gott der Herr ihm hat so reich gegeben, / damit er Schlechtgestellten davon weiterschenkt.«

Mir auch, der ich abgesondert und eingetütet auf der teuer getäfelten Fußgängerstraße lag, tuteten und tirilierten die Heilsarmisten energisch, wenn nicht gar militant nach Art ihres Zentralorgans *War Cry* das Bekenntnis ins Gesicht: »Manchmal möchte ich gern mit dir / den Weg zum allergrößten Glück zu Ende gehen. / Denn hier schon im irdischen Seinsrevier / soll unser Himmelreich entstehen.«

Am Eingang der Marktzeile lagerte ich, der ich zu Schlagerkenntnissen außer im Lichtspielhaus nur wie durch Pollenflug gekommen bin, einer Heerschar gegenüber, die den Kaiser der Ohrwürmer enteignet hatte, um das Stehlgut zu Zwecken der Umkehr und weiterer Wenden einzusetzen. Ich hätte rufen mögen, diesbezüglich sei ich bedient, doch sagte ich mir begütigend, jener Propaganda-Mann, der die Gottsarmisten mit Text versah, habe immerhin *Deutschland. Ein Wintermärchen* gelesen. Was zwar in einem Stadt-Centrum naheliegen könnte, in dem Neffe Heinrich der Göttin Hammonia begegnet und Onkel Salomon Haus- und Bankbesitzer war. Was aber in Hamburg, das über den Heinrich-Heine-Weg im stadträndischen Bergedorf hinaus eine Heinrich-Heine-Straße im stadträndischen Wilstorf vorweisen kann, nicht allen und jedem nahelag. Zumal Salomons Haus so gründlich im frühen Brand verging wie in späteren Bränden unzählige Häuser, in denen längst keine Heines mehr wohnten. Mochten sie nun Salomon oder Heinrich geheißen haben. – Auf der Spitalerstraße immerhin, im Barkhof, dem heute Wischer gegenüberliegt, fand jenes von Österreichs Sissy gestiftete Heine-Denkmal Asyl, das Wilhelm II. aus dem Achilleion auf Korfu entfernen ließ, kaum hatte er den berühmten Park erworben. Das Bildnis konnte nicht lange bleiben, weil es, wie ein Zeitgenosse schrieb, »von parteipolitisch verhetzten Menschen aufs schmählichste besudelt wurde«.

Es hat, gar nicht so lange her, Zeiten gegeben, da wäre ich, gründlich anders parteipolitisch verhetzt, dem Leihsack zwischen Barkhof und Wischer entstiegen und hätte mich den verklärenden Choristen der Heilsarmee aufklärerisch entgegengestellt. Hätte einen fanatischen Oboisten Schnarchsack genannt und eine händeringende Altistin Gnädige Frau. Hätte die Seelenreiniger an Pfeffersäcke und Windbeutel verwiesen. Hätte von den Salutisten Gottesbeweise gefordert und wäre ihnen mit Feuerbach und der *Heiligen Familie* gekommen. Wäre laut geworden und hätte Ruhe verlangt. Möglich allerdings auch, ich hätte des Neffen Futteral eingerollt und mich still getrollt.

Wahrscheinlich aber wäre ich doch dem Feuer mit Feuer begegnet. Hätte mein Repertoire gegen den Bittbettel herausgejubelt und unterm Spitaler Himmel von *Spaniens Himmel* gesungen. Vorm Hause Wischer vom *Gras auf der Wiese*, das wie *die Fische im Fluß* zur Heimat gehört. Wie diese uns gehört. So der mächtige Text, der zweimal vorgetragen werden muß. Als Solostimme und im Chor. Weshalb ich ihn den Soldatinnen und Soldaten Christi vor Daniels Fischrestaurant doppelt in die Ohren geschmettert hätte. Danach wäre ich zum Fall von Aufstieg und Fall von Versorgungsfestungen übergegangen und hätte den Reim *Sing man to, sing man to, Brinkmann is nu to, jojo!* ein wenig übers Knie gebrochen und mit angebrochenem Herzen vorgetragen. Wäre, um meiner Stimmung und den Stimmen der frömmelnden Überschwängel im verschmuddelten Oktober zu entkommen, auf ein Lied von Dr. Hacks gekommen, das ich bei entsprechender Gemütslage aus hostebolchersklarer Kehle anzustimmen pflege. Als hätte es Stalin und Jelzin und Gorbin und Putin nicht gegeben. Ein Gesang, der von einem heroischen und historischen Aufstand handelt und sich an Genugtuung gar nicht genug tun kann. Ein arg verstiegenes Liedchen, das also ausklingt: *Und das war im Oktober, / als das so war, / in Petrograd in Rußland, / im siebzehner Jahr.*

Sechsundachtzig Oktober später in meiner Stadt in Deutschland unterließ ich es, dem frommen Heer mit unfrommen Weisen entgegenzutreten. Zum einen hatte es mich viel Kraft gekostet, mich auf das Pflaster zu legen, zum anderen erschien, wie ich in meiner Schwäche noch schwankte, die hären gewandete Frau zu seiten des Musikkorps, bewegte sich rasch auf mich zu, beugte sich über mich, wie es die verflossene Dorit und die vorbeifliegende Münzsammlerin vorgemacht hatten, duftete mehr nach Rosenöl als nach Zitronenseife, patschte mir, anders kann ich es nicht nennen, einen Zettel auf den Schlafsack dort, wo Reste vom gerade pausierenden Regen versammelt waren, und schlug sich rasch in die Spitalerstraße. An den Heilsmusikanten vorbei an derselben Stelle, an der unlängst der geölte Fritz entschwunden war.

Ob nun der Zufall die Szene dirigierte oder ob eine Dienstvorschrift der Heilsarmee deren Werbern befiehlt, sich in Züchten abzuwenden, wenn ein alter Kerl die Post eines jungen Weibes liest – ich weiß es nicht. Ich weiß nur, sie haben im Augenblick des Zettelabwurfs mit Pauken und Trompeten kehrtgemacht und sind die Gasse hinauf davonmarschiert. Je mehr sie bahnhofwärts verschwanden, desto vernehmlicher trat von Mönckebergs Brunnen das rätselhaft rhythmische Klatschklopfen wieder nach vorn und kam, wenn nichts trog, mit seinem geordneten Lärmen mählich, aber merklich näher. Was hingegen vor Wischers umlagerter Pforte unverändert blieb, war die Luftblase um mich und die Briefschaft an mich in der Pfütze auf der Kunstfaserhülle. Ich fischte das Papier von der Nylonhaut und führte es mir vor Augen. Es stellte vorderseits eine Quittung über 3,59 Euro für einen, so stand da bläßlich ausgedruckt, *Schrauben Dreher* dar und trug auf der Rückseite eine handgefertigte Botschaft. Die ging: »dass mei plass du verpiss«.

So schreibt man mir nicht, ohne daß ich es doppelt und dreifach läse. So etwas lese ich nicht, ohne es mehrfach zu bedenken. So kommt man mir nicht, ohne mich störrisch zu machen. Mir reichen im Parkhaus die besitzanzeigenden Kennzeichen. Und im Parkraum die Anwohnerreservate. Auch wenn ich beider Rechtmäßigkeit anerkenne, klingen mir beide wie *du verpiss* und bringen mich in Gefahr, unsachlich zu werden. Oder auf eine Weise sachlich, die beim Umgang mit auswärtigen Persönlichkeiten als sarkastisch gilt. So richtig es sein mag, daß *verpissen* rückbezüglich ist und ein *dich* verlangt hätte, so angebracht war es, davon zu schweigen. Vorsorglich befahl ich meinem Lehramtswitz, sich an anderem Wortlaut zu reiben und statt einer verlorenen Einzelperson eine mächtig ausgreifende Bauwerkermarkt-Organisation anzugehen.

Als *Schrauben Dreher* hatte das Unternehmen OBI auf der Vorderseite der an mich gerichteten Rückzugsforderung jenes Werkzeug bezeichnet, das mir ein Elektrikerleben lang *Schraubenzieher* hieß. Obwohl die Schrauben mit seiner Hilfe nicht nur angezogen, sondern auch gelöst wurden. Lediglich gedreht, also sinnlos und zwecklos bewegt, wurden sie nicht. Wenn sie sich nur drehten, sobald ich sie drehte, waren sie abgebrochen. Das gab Ärger, weil es nicht einfach war, nach dem Oberteil auch das Unterteil zu entfernen. Die Schraube, so hatte mich die Berufsschule gelehrt, zählte zu den einfachen Maschinen und war eine Anwendung der wahrhaft einfachen Maschine, die schiefe Ebene heißt. Die Berufsschulhefte habe ich nicht mehr, aber das elektronische Nachschlagewerk *Encarta* habe ich. Es nennt die Schraube eine Abwandlung der schiefen Ebene, »bei der die schiefe Ebene um eine Achse verschraubt ist«.

Um nicht für mich zu behalten, was *Encarta* zur *Schraube* weiß, reiche ich einiges davon bei dieser Gelegenheit weiter. Zum Stichwort gehören dreiundsechzig Unterstichwörter. Henry James und Fernand Léger stehen verzeichnet, weil der eine den Roman *The Turn of the Screw* geschrieben und der andere Bilder gemalt hat, auf denen man Schrauben sieht. Die Mendesantilope (Addax nasomaculatus) wird ihrer Hörner wegen aufgeführt, die »in großen, flachen Schraubenwindungen nach oben gerichtet sind«. Wozu das gut sein soll, steht nicht da, obwohl von anderen Horn-und-Klauen-Teilen derselben Tiere dasteht, wozu sie gut sind: »Als Anpassung an das Leben in der Wüste haben Mendesantilopen verbreiterte Hufe, durch die ein Versinken im Sand verhindert wird.«

Wo sie einmal bei Naturgesetzen ist und wir eben von den fehlenden Offerten am Bauzaun in der Spitalerstraße sprachen, gibt Microsofts *Encarta* in der Hauptabteilung *Schraube* auch Auskunft zur Unterabteilung *Wertgesetz*: »Die kapitalistische Anwendung von Arbeit, so Marx, stehe unter dem Imperativ, daß die Arbeit rentabel sein müsse; andernfalls finde sie nicht statt. Dies schließe ein, die verlangte Leistung immer höher zu schrauben und die Lohnsumme (durch Entlassungen) zu drücken; insofern sei Arbeitslosigkeit eine notwendige Konsequenz kapitalistischer Kalkulation.«

Als hätte Bill Gates sie zum elektronischen Dolmetsch programmiert und ihr aufgetragen, anders als bei Antilopenhörnern von allen Teilen deutlich zu sagen, wozu sie da sind, gibt die Enzyklopädie auch den Marxschen *Wertgesetz*-Satz wieder, der selbst in dieser milden Fassung in den Ohren von Bankern wie Regierungs- und Hinterbänklern aufwieglerisch klingen dürfte: »Nach Marx ist die Armut auf der einen Seite der Grund für den Reichtum auf der anderen.«

Zur Erinnerung: Dies geht auf kein agitatorisches Apropos zurück, sondern auf einen Kassenzettel, dessen Vorderseite das wohl unabsichtlich, aber doppelt falsche Wort *Schrauben Dreher* trug, wie sein Rücken mit einem wahrscheinlich absichtlich falsch geschriebenen *dass mei plass* glänzte. Beim Versuch, dem nachzugehen, geriet ich, wie es in Zeiten von Pleiten vorkommen kann, nach wenigen Worten an Zentralbegriffe des Dr. Marx. Zum gesuchten Gegenstand aber mußte ich die Computer-Auskunft lesen: »Schraubendreher (früher auch Schraubenzieher)«.

Mir altem Einfachmaschinisten, der seine Lehrzeit keineswegs mit eitel Schraubendrehen vergeudete, sondern sie beim Festziehen oder Lösen von Schrauben auf Sinnvolles wandte, wird mit diesem Zusatz nahegelegt, mich als Zeitgenossen Agostino Ramellis zu empfinden, der 1588 in seinem Standardwerk – hieß es nicht *Hammer und Sichel und Zirkel?* – als erster ein Werkzeug beschrieben hat, das ich in Lehr- und Gesellentagen immer nur Schraubenzieher nannte. Und anders nie nennen werde.

Ein Wort noch in dieser Instrumentensache, ehe ich zum Handschriftlichen auf der Rückseite der Baumarkt-Quittung zurückkomme: Man schiebe den Schrauben-Dreher-Frevel nicht auf den vierhundertjährigen Ramelli. Im Falle des nicht nur falsch bezeichneten, sondern auch getrennt geschriebenen Schrauben Drehers führt eine Suche nach Tatgenossen zu Zeitgenossen. Führt zu so manchem Dr. phil. Eisenbart, der im Zuge der verordneten Rechtschreibreform unserer Muttersprache auf brachiale Art zu Leibe ging und nach allerflüchtigstem Bedenken flugs trennte, was spätestens seit Agostino Ramelli zusammengehört. *Schraubenzieher* z. B. Oder von mir aus, wo es einem Wechselbalg wie *Schrauben Dreher* gilt, *Schraubendreher*. Als Kompromiß böte sich ein Wort wie *Schraubentreiber* an. Denn Treiben ist, was dieses Werkzeug bewirkt, wenn wir es drehen: Es treibt die Schrauben entweder ins Holz hinein oder aus dem Holz heraus.

Das gesagt, wende ich mich erneut dem Bon auf dem Schlafsack zu, dessen Rückseite die Botschaft trug: »dass mei plass du verpiss«. Der Inhalt war ebenso klar wie die Gestalt, und wie jener störte mich diese. Wenngleich ich mich hütete, an der Symmetrie des Satzes mit dem dreifachen Doppel-*s* Anstoß zu nehmen, kam mir das erste der *s*-Paare verdächtig vor. Wer *verpiss* schreiben kann, sollte *das* schon gar schreiben können, dachte ich und hörte mich weiterdenken: Wer die 70°-Schrägschrift der Bauhandwerker so akkurat hinkriegt wie der Verfasser/die Verfasserin dieser Note, sollte auch *Das ist mein Platz, verpiß Dich!* annähernd akkurat hinkriegen.

In dem Satz *dass mei plass du verpiss* wohnten Widersprüche. Rechtlich klarem Inhalt stand rechtschriftlich unklare Form gegenüber. Dem Pidgin-Deutsch war ein Schriftbild entgegengesetzt, das zu Zeiten, in denen ich mit dem Schraubenzieher umzugehen lernte, zur Berufsschule gehörte wie der Ellbogen zum Arm. Zugleich schien auf den Vorsatz, der über das graphische Ganze aus 70°-schrägen Buchstaben bestimmte, eine willkürliche Verstümmelung vieler Teile zurückzugehen. Willkür aber setzt Können voraus. Ein Können, das ich dem armen, nassen, verlorenen Weib nicht zutrauen wollte.

Ich traute es ihr sowenig zu, wie ich mir ein Recht auf den Denkton zugestand, den ich angeschlagen hatte. Tatsächlich fuchtelte ich mit Folgerungen, wie mein Werkstofflehrer mit seiner Schieblehre gefuchtelt hatte, als er uns die 70°-Schrägschrift abverlangte. Vor mehr als sechzig Jahren war das. In einer Berufsschule, die, seit die Einheit der Deutschen von Zinnwald bis Glücksburg reicht, auch im Beitrittsgebiet genannten Gebiet *berufliche Schule* heißt.

Im Konflikt mit der verregneten Fremden brachten hohnuntermengte Überlegungen nicht viel. Ich konnte nicht gut vom Platz weichen, weil einer mittels eines Zettels auf ihn pochte. Jemand, der außer der zugereisten Frau sonstwer sein mochte. Herr OBI vielleicht oder Mr. Peachum. Oder die aktiven bzw. erloschenen Unternehmer Wischer und Brinckmann, die eine ihnen bekannte Unbekannte vor ihrer Tür einem unbekannten Unbekannten vorzogen. Oder ein emeritierter Berufsschullehrer, der an der Pensionärskrankheit litt, die ihm allruhstandstäglich auftrug, wenn schon nicht die Heilstrompete, so doch das Banner der Guten Zwecke sacht angeschrägt in den Elbwind zu stellen.

Die Annahme, ein Gewerbepädagoge könne der *verpiss*-Verfasser sein, ließ ich bald fallen. So einer würde eher vom Schraubenzieher zum Schrauben Dreher überlaufen, als von einer Quittung zu lassen. So einer machte sich die Erde untertan, indem er auf stets präsenten Notizblöcken Notizen von ihr machte. So einer war besser für ein schriftliches Leben ausgestattet als so eine Frau für ihr Leben ohne alle Schrift.

Die Vorstellung von einem unschriftlichen Dasein gehörte zu denen, in die ich mich trotz aller Wißbegier nicht lange verbiß. Sie schien mit dem Versuch verwandt, sich ein Leben ohne Leben auszumalen. In diesem Fall mußte mir kein Brainguard das neugierstämmige *Wie geht denn das?* aus dem Kopfe halten. Es ging nicht. Punkt.

Es ging nicht, Komma, soweit es mich betraf. Unmöglich konnte ich mich des Alphabets, in dessen Besitz ich nun einmal war, entledigen, um herauszufinden, wie es ohne dasselbe sei. Wohl aber konnte ich als Schriftinhaber, als Eigentümer also, der dem Gemeinwohl verpflichtet war, zu ermitteln suchen, was den auch in dieser Hinsicht Besitzlosen widerfahre. Zum Beispiel der zürnenden Frau, die mich dort, wo sie mich gesehen hatte, nicht sehen wollte. Jener fremden Person, an deren angestammter Stelle ich ihrer Behauptung nach auf den Spitalerplatten lag. Das heißt, weniger sie als der Zettel, dessen Überbringerin sie war, behauptete dies. Ein Kassenzettel, auf dessen Vorderseite unter anderem *Schrauben Dreher* und auf dessen Rückseite ohne alles andere *dass mei plass du verpiss* geschrieben stand. Was die Frau nach meiner Ansicht weder auf die Rückseite noch auf die Vorderseite geschrieben hatte. Sowenig, wie sie es zu lesen vermochte. Sehen konnte sie es sicher; sie war ja, soweit ich wußte, nicht blind. Rein optisch mußte sich auch für den, der nicht lesen konnte, der bläßliche Ausdruck von den kräftig gestrichelten Zeilen unterscheiden, deren zu Gruppen gefügte einzelne Zeichen leicht angeschrägt in Reihe gingen, als zögen sie in einen Kampf.

Weil just, als ich so detektivisch dachte, das klopfende Klatschen am Mönckebergbrunnen einen Rhythmus gewann, der zu den Worten *dass mei plass du verpiss* zu stimmen schien, legte sich ein Schein von Ferdinand Hodler über das Baumarkt-Papier. Des Malers *Auszug der Jenenser Studenten* fand akustisch bestärkt auf dem Rücken des Kassen-Ausdrucks statt. Wie in der hochbekannten Knabenreihe malte sich Entschlossenheit in der Buchstabenreihe von unbekannter Hand. Klatschbum, tärämtätäm; im Gänsemarsch boten sowohl vaterländische Gesellen als auch eine vaterländische Gesellenhandschrift dem Feind um 70° geschrägt die Stirn und zogen in befreiende Kämpfe.

Was die Buchstaben und Wörter auf dem durchnäßten Blatt wahrhaftig taten. Zeichen für Zeichen zogen sie in den Krieg gegen mich. Die Frau war nur ihr Bote, korrekt: ihre Botin gewesen. Kein Grund, den Dschingis Khan zu geben und sie in die Steppe zu peitschen, aber auch kein Grund, freundlich mit ihr zu verfahren. Schließlich schien nach allem, was ich sehen konnte, der Text eine Folge ihrer Beschwerde zu sein. Von ihr war er weder verfaßt noch geschrieben worden; wohl aber hatte sie etwas gesagt, das ihn zur Folge hatte.

Weil ich spürte, wie nahe es von diesem Standpunkt bis zum Piedestal war, auf dem man deutsch wie der *Trigema*-Affe tönt, fragte ich mich, ob eine Person, die weder lesen noch schreiben konnte, als rechtlich voll verantwortlich galt. In der Spitalerstraßenwelt, meine ich, in der außer Brinckmann und Wischer und deren Klientel vermutlich auch die meisten Kunden von Douglas und selbst die von Thalia das Alphabet beherrschten. Wohl schien es mir von Herzen unmöglich, die Welt wie einer zu sehen, der nicht lesen konnte, aber aus des Neffen Nylonhöhle heraus ins Centrumstreiben zu sehen, als könne ich nicht lesen, sollte nicht unmöglich sein.

Es galt nur, Geschriebenes auszuschwärzen oder dort auszublenden, wo es im Spiele schien. Wenn ich einen Passanten sah, der seine Begleiterin den Schirm halten ließ, weil er seinen Straßenplan entfalten wollte, war ich, so ich Analphabet war, bei des Mannes Umgang mit Papier gerade noch beteiligt, aber nicht mehr bei dem, was Stadtpläne oder Landkarten in ihrer graphischen Ungeheuerlichkeit bedeuten. Schon deshalb nicht, weil ich, wenn ich nicht lesen konnte, auch nicht lesen konnte, welche Angaben in die maßstabgerechte Wiedergabe der Orte eingeschrieben standen. Ich vermochte die Mönckebergstraße weder zu suchen noch zu finden, weil sich keine von den Zeichenreihen, die soviel wie *Mönckebergstraße* oder *Brandsende* oder *Speersort* oder *Alte Mühren* oder *Spitalerstraße* besagten, von mir entziffern ließ.

Wenn ich als Analphabet eine Frau gewahrte, die ihrem kartonbeladenen Begleiter im nassen Wind ein bedrucktes Doppelblatt unter die Nase hielt, wobei ihr Zeigefinger auf bestimmte Stellen pochte, dann konnte ich, da ich zwar nicht blind, aber buchstabenblind war, nicht wissen, daß ich Zeuge der tausendsten Aufführung des Dramas von der späten Entdeckung anstößiger Klauseln im Kleingedruckten wurde.

Einer Auftrittsweise des Schriftlichen, die, wenn man mich fragt, verboten gehört. Oder mit der gesetzlichen Auflage bewehrt, in Garantieerklärungen wie Verträgen aller Art seien nur Textstellen rechtsverbindlich, die, sagen wir, den Schriftgrad 14 der Schriftart Times New Roman nicht unterschritten. (Lesenkönnen einmal vorausgesetzt.)

Um bei der skizzierten Szene zu bleiben: Als Alphabetisierter würde ich des Vorgangs wie auch der Warnung innewerden, die in ihm steckte. Ganz anders eine bedauerlich unausgestattete Person, deren Anteil am Schriftverkehr sich im Botengang erschöpfte. Wohl konnte sie im Bündel am Boden liegen und Vorübergehende sehen, aber Wesentliches würde sie nicht bemerken. Zwar gewahrte sie den Jüngling, der an Brinckmanns Umbaupalisade neben einem wohlgeratenen Menschenkind lehnte und ihm etwas flüsterte, aber der Textzusammenhang zwischen der geröteten Stirn der jungen Frau und den geröteten Ohren des jungen Mannes einerseits und andererseits einem zerknüllten Fetzen, von dem Verliebter Verliebter etwas mit bebenden Lippen las, müßte einer Schriftlosen verborgen bleiben. Weil sie in jeder Hinsicht analphabetisch war und weder von Papier noch Lippen lesen konnte, was vor dem Fischbrathaus vom Zettel gelesen wurde: »Du schönes Fischermädchen, / Treibe den Kahn ans Land; / Komm zu mir und setze dich nieder, / Wir kosen Hand in Hand. / Leg an mein Herz dein Köpfchen, / Und fürchte dich nicht zu sehr; / Vertraust du dich doch sorglos / Täglich dem wilden Meer. / Mein Herz gleicht ganz dem Meere, / Hat Sturm und Ebb' und Flut, / Und manche schöne Perle / In seiner Tiefe ruht.«

Ja, ich bin unterrichtet, eine derartige Ansprache rötete heutige Ohren so wenig, wie ein Heutiger sich traute, *Meere* und *Perle* auf einen Halbreim zu bringen. Ins aktuelle Buch der Lieder trägt man sich anders ein, aber Zettel, von denen Liebster Liebster seine Liebe proklamiert, tun, ich wette, ihren Dienst an allen Planken, die gibt es an Rändern und gibt es central, die kommen auf gefliesten und ungepflügten Plätzen vor, am Herde vom Fischmann, am Zaun vom Eisenwarenmann, auf der Königsallee zu Düsseldorf wie in Hamburgs Spitalerstraße. Und arm ist dran, wer weder Botschaft noch Geschehen lesen kann.

Das galt besonders für die migrantische Frau, die mir starke Post hatte schreiben lassen. Eine Zeile, die sie trotz der 70°-Bemühung ihres schrägen Schriftgehilfen, der ihr Herr wohl war, nicht lesen konnte. Wie sie selbst es selbst dann nicht hätte lesen können, wenn es BILDgroß auf dem Blatt stünde. Die Ärmste konnte Größtgeschriebenes nicht lesen; sie konnte Kleinstgeschriebenes nicht lesen; sie konnte Aufrechtes wie Schräges nicht lesen; sie konnte nicht lesen. Wie konnte, wie mußte eine so verlassene Person da unter Lesenden leben?

Ganz wie es sich für existentielle Fragen und mich gehört, schreckten mich diese im Schlafsack des Kollateralverwandten auf. Obwohl ich sein Gehäuse vor allem deshalb mit der Deklaration *Sinnstudie* versehen hatte, weil ich mir Aufseher aller Art vom Leibe halten wollte, kam die großmäulige Behauptung nun zu einigem Recht. Selbst wenn es den Worten *dass mei plass du verpiss* nicht auf den ersten Blick zu entnehmen war, stand mit ihnen eine Seinsparole auf dem angeschmuddelten Zettel. Ähnliches, ob nun geknurrt, per Keilschrift oder Emser Depesche, hatten die Menschen einander bei jeder historischen Gelegenheit wissen lassen.

Wen wollte wundern, daß mich Schauder überliefen. Und zwar solche, die nach wie vor nicht vom regenkühlen Fußgängerzonenbelag herrührten. Wiewohl gegen jeglichen Kältebiß hightechnisch abgeschottet, war ich gegen andere Bisse weniger gefeit. Die Rede ist nicht von Gewissen, denn ebensowenig wie Stellenangebotsschilder am Bauzaun von Brinckmann haben am Eingang zu Wischer Stellenanspruchs- oder Liegeverbotsschilder gehangen. Was das betraf, ging die Spitalerstraße durch freies Land. Was mich betraf, war ich artig genug, ältere Rechte zu achten. Gesetzt nur, es waren Rechte.

Weder eine Kälte, die sich in Minusgraden, noch eine, die sich in ausbleibenden Seufzern mißt, regierte den Augenblick. Ein befremdendes Mitgefühl hatte das Sagen. Ein Mitfühlen mit der zornigen Fremden im groben nassen Tuch, die, wenn es um Buchstaben ging, nicht einmal wissen konnte, was ihr fehlte. Genaugenommen galt mein Bedauern weniger der Person als dem Zustand, in den sie gefesselt war. Ich fand es barbarisch, daß Zeichen sie umstellten, mit denen sie nichts anfangen konnte.

Gesetzt, sie wäre in Tagen davor in aller Gepflogenheit die Bewohnerin der granitenen Parzelle gewesen, auf der ich jetzt lag, dann hätte sie, wie ich es trotz des Regens vermochte, hoch über sich und über dem Lokalportal die Leuchtbuchstaben D und W sehen können. Hätte zwar die stromgespeisten Röhren, weil sie einen milden Schein abgaben, deutlich wahrnehmen, aber in ihrer Eigenheit, elektrifizierte Kleineinheiten von Schrift zu sein, nicht einmal undeutlich erfassen können. Soweit es die weither gekommene unwissende Prätendentin auf meinen Liegeplatz betraf, mochte das bläuliche Licht ebensogut ein Richtfeuer auf dem Seeweg nach Indien sein. Oder mit *H* und *T* ein Wegweiser zu *Hagenbecks Tierpark.* Oder, was weiß denn ich, mit strahlendem *N* und strahlendem *C* ein Denkmal für *Nicolaie Ceauşescu.*

Wenn ich einen besonders bestimmten Teil der Frauenbewegung verstanden habe, tritt abgefeimter Manns-Chauvinismus dort zutage, wo ein männlicher Mensch einem weiblichen Menschen mit mehr Rücksicht begegnet, als er es gegenüber einem anderen männlichen Menschen täte. Nicht Hoch-, sondern Verachtung liege vor, wenn einer einer an der Tür den Vortritt lasse, heißt es im harten Kern dieser Kreise. Sehr kam mir da die Schlafsack-Solitüde zupaß, in der ich mich der protestierenden Frau nicht erklären mußte und allein auf mich verwiesen war, wenn etwas beredet werden sollte. Oder, da lautes Bereden als Verkehrsform zwischen ein und derselben Person verdächtig ist, bedacht werden wollte.

Leugnen kann ich nicht: Wenn mir ein Mann mit der nötigenden Note auf der Rückseite des Eisenwarenzettels gekommen wäre, hätte er mit meinem Bedauern wegen seiner Leseschwäche nicht rechnen dürfen. Obwohl ich wußte, wer arm war, war auch in diesem Punkte elend dran, hätte ich im maskulinen Fall kaum gedacht: Du armer nasser Hund ahnst nicht einmal, von welchen Wonnen das doppelte Licht zu deinen Häupten kündet. Gedacht, sogar gesagt hätte ich vermutlich: Du frecher Hund, was kömmt dir ein, mir so zu schreiben? Wenn einer von uns beiden sich, du weißt schon, dann bestimmt nicht ich. Ich lagere hier, o Mann, auf dem Granit meiner Vaterstadt. Genauer gesagt, auf dem meiner Mutterstadt. Oder insofern doch mehr Vaterstadt, weil mein Vater inniger als meine Mutter unsere gelegentliche Einkehr bei Daniel Wischer betrieben hat. Wobei er sich nicht scheute, gegen das Zögern seiner sparsameren Frau ins Feld zu führen, daß ihr voller Mädchenname Luise Valeska Daniela Visser laute.

Weil mir der tatsächliche Besuch in der Fischbratküche weit wichtiger als die bloß gedachte Rede gegen einen bloß gedachten Mann in Wischers Eingang ist, bleibe ich kurz bei ersterem. Ich behaupte keineswegs, mein Vater habe meiner Mutter die auf Heilsarmeeart angereicherten Gedichtzeilen *Du schönes Fischermädchen Daniela Visser, treibe den Kahn bei Daniel Wischers Fischbratküche an den Strand!* vorgetragen, aber etwas von einem, der einer – pfeif auf den Regen, pfeif auf die Ebbe im Portemonnaie – tiefgefühlte Zettel verliest, muß an ihm gewesen sein. Denn am Ende aller haushälterischen Erwägungen, bei denen ein nahegelegener Bouillonkeller, der Pferdeschlachter in Lurup und die Kostengunst unseres heimischen Herdes eine Rolle spielten, sind wir zu Wischer gegangen.

Nicht in der Spitalerstraße, wo er zu dieser Zeit noch nicht war, und nicht in der Steinstraße, wo er später war, sondern in Altona, wo er meines Wissens nicht blieb. Leuchtbuchstaben standen damals nicht an der Hausfront; die kamen erst kurz vor dem Kriege auf und verloschen, als Hamburgs Himmel eine der Fronten wurde. Auch lag wohl zu der Zeit eine Bekanntheit des Hauses Daniel Wischer noch nicht vor, dank derer es sich mit den Initialen D und W begnügen konnte.

Aber ein verheißender Nimbus lag vor, ein lockender Schein, der nicht nur von salatgekrönten Speisen und nicht allein von dem aus gewöhnlichen Wörtern zusammengesetzten ungewöhnlichen Wort *Fischbratküche* ausging, sondern von den Preisen, welche meine Eltern, als hätten sie über Jahrzehnte im Broker- und Analystenstab der Hamburger Börse gedient, angemessen nannten.

Sobald die Bestellung aufgegeben war und wir des Bestellten harrten, verlas meine Mutter mit starker Betonung Wischers Werbespruch »Ihr werdet es nicht gereu'n –, der billige Preis wird euch erfreu'n«. Demselben Blatt entnahm sie mit derselben Emphase eine Kurzmitteilung, die nach ihrer Ansicht die kundenfreundliche Kalkulation begründete. »Weitaus größter Umsatz« lautete er. Ihr Mann pflichtete seiner Frau und dem Hausgedicht bei und wußte von Zeiten, in denen in Anzeigen vom Hausgericht geschrieben stand: »Portion (ausreichende Mahlzeit) 50 bis 60 Pfennige«.

Meine Schwester Isa hielt unseren Vater vom Bericht über weitere Preiswunder ab, indem sie ihn in schöner Scheinheiligkeit fragte, was ein Umsatz sei. Hauptsatz, Nebensatz, Aufsatz, Absatz kenne sie, Absatz sogar zweimal, aber Umsatz kenne sie nicht. Solche Interventionen der Kinder überließ mein Vater seiner Frau. Diese belehrte Isa und im gleichen Zuge mich und meine Schwester Edith und auch, so nehme ich an, ihren Mann, von Umsatz spreche ein Gastwirt, wenn er angeben wolle, wie viele Gäste seine Gaststätte besuchten. Welchem Umstand zufolge der Reklamesatz »Weitaus größter Umsatz« besagen solle, daß von allen Fischbratern der Stadt zum Fischbrater Wischer die weitaus meisten Gäste kämen.

Worauf sich Isa über Daniel Wischer und unsere Mutter nur wundern konnte. Der Wirt gebe mit seinen Gästen an und sage, sie brauchten es nicht zu gereu'n, sie könnten sich freu'n, weil er so viele von ihnen habe. Unsere Mutter dagegen hoffe oft, wie jeder von uns von Kindergeburtstagen wisse, es kämen diesmal nicht allzu viele Gäste.

Nicht oft hoffe sie das, sondern nur in besonders klammen Zeiten, sagte meine Mutter und führte den Begriff des zahlenden Gastes in die Disputation mit ihrer Tochter ein. Außerdem gebe Daniel Wischer mit den vielen Gästen nicht an, sondern gebe nur bekannt, warum er seine Preise so billig machen könne. Wegen des weitaus größten Umsatzes, wie gesagt.

»Ihr werdet es nicht gereu'n –, der billige Preis wird euch erfreu'n«, rezitierte meine Schwester Edith, und ich warf gegen allen Krämergeist an unserem Tisch die sprachwissenschaftlichen und schöngeistigen Fragen auf, ob es nicht *niedrige* Preise heißen müsse und warum in der Speisekartenreklame *gereu'n* und *erfreu'n* mit Apostroph geschrieben stünden.

Weil des Reimes wegen Buchstaben ausgelassen worden seien, sagte unsere Schwester Edith, die gelegentlich gern die Älteste gab, unter Vernachlässigung des ersten Teils meiner Erkundigung. In *gereuen* und *erfreuen* habe man das e ausgelassen, was durch einen Apostroph angezeigt werde.

Ich wandte ein, *gereuen* und *erfreuen* hätten sich mit e und ohne Apostroph auch gereimt, aber meine Mutter sah, obwohl sie es schätzte, wenn ihre Kinder neunmalklug redeten, eine Gelegenheit, ihre friesische Herkunft und eine daraus abgeleitete Seeverbundenheit ins Spiel zu bringen. Womöglich habe Daniel Wischer durch den zweimaligen Apostroph in seinem Gedicht auf ein seemännisches Wort und Fischerwort hinweisen wollen, in dem der Apostroph gleich dreifach vorkomme. Dieses Wort sei das englische Wort *forecastle*, das *Vorschiff* bedeute und *fo'c's'le* geschrieben werde.

Vielleicht wegen dem Wind, sagte mein Vater, vielleicht wegen der Nutzung des Windes. Er könne sich vorstellen, er höre es geradezu, wie bei schwerer See jede dritte Böe durch je eine Apostroph-Lücke puste, wenn der Bootsmann *Alle Mann aufs Vordeck!* oder *Alle Mann ans fo'c's'le!* befohlen habe. Da müsse er sein Kommando nicht noch extra in die Bootsmannspfeife pfiffeln; das besorge allemal der blanke Hans. – Sogleich machte er mit dem Bierglas vor, wie es sich anhört, wenn der Sturm durch ein Wort fegt, dem an drei

Stellen die Buchstaben fehlen. Verständlich, daß seine ältere Tochter und sein zu dieser Zeit einziger Sohn sich mit ihm unter Einsatz ihrer Brausegläser zum Trio verbanden.

Das Dalbern ihrer Geschwister hinderte Isa nicht, dem Begriff *Umsatz* weiter nachzufragen. Während sie wie alle anderen beim Verzehr von Scholle mit Salat dafür sorgte, daß sich Daniel Wischers größter Umsatz noch vergrößerte, begrübelte sie, ohne sich dabei an den Gräten zu vertun, einen Zusammenhang zwischen Umsatz und billigen oder niedrigen Preisen. Am Ende ließ sie meine Mutter vorsichtig wissen, mit dieser Bratküchengröße sei wohl weniger die Zahl der Gäste als vielmehr die Zahl der von den Gästen verspeisten Fische gemeint.

Mit ihrer Antwort zeigte Luise Valeska Daniela Visser an, daß sie von einem Rudel besserwisserischer Gören die machtbedachte Verwandte war. »Kann alles sein, aber wenn schon genau, denn schon genau«, sagte sie und wollte *verspeist* durch *bezahlt* ersetzt sehen. Es gebe schließlich Zechpreller, und die könnten schwerlich beim Umsatz veranschlagt werden.

»Vielleicht doch«, sagte Isa und trug ihre Ansicht auch diesmal vor, als verstünde sie sich eigentlich von selbst. Vielleicht müsse man unter Umsatz die Menge Fisch ansehen, die in die Küche gebracht, von den Gästen gegessen, beim Kellner bezahlt und an der Kasse abgerechnet werde. In dem Fall wären Zechpreller nicht direkt, sondern indirekt am Umsatz beteiligt. Nicht durch Zahlung, sondern durch Nichtzahlung. Vor allem durch Verzehr. Je mehr Zechpreller, um so weniger Umsatz. Wir sollten uns vorstellen, sagte die kleine Schwester und tat, als bemerke sie unser Staunen nicht, wir wären die einzigen im Lokal, die ihre Rechnung bezahlten. Dann wäre der Umsatz in Wischers Fischbratküche trotz vieler Gäste und vieler verspeister Fische nur kläglich klein.

Entkräftet, aber erkennbar mit diesem Kind zufrieden, wollte Mutter von Tochter wissen, warum der Fischbratküchenwirt dermaßen viel Wert auf den Umsatz lege, daß er seine Speisekarten mit den Worten »Weitaus größter Umsatz« verziere.

Das wisse sie auch nicht, sagte Isa, ihr scheine nur, Umsatz sei nicht alles. Der erste Teil ihres Satzes klang, als wolle sie sagen, sie könne nicht hexen, der zweite aber, als wisse sie vom Gegenteil. Weil es in unserem Familienkreis nicht der erste derartige Moment war, reagierten wir nach Gepflogenheit. Meine Mutter gab ihrer jüngeren Tochter einen leicht besorgten, aber bewundernden Blick. Edith erquickte sich noch einmal an dem Spruch »Ihr werdet es nicht gereu'n –, der billige Preis wird euch erfreu'n«. Ich beharrte auf dem Einwand gegen den doppelten Apostroph, indem ich aufwendig *gereuen* und *erfreuen* aufsagte. Mein Vater vermutete, Isa werde eines Tages eine umsatzstarke Gastwirtin sein. Dann sang er, der beileibe nicht singen konnte und beileibe nicht mehr als ein Bier getrunken hatte, an der Tafel verhalten ein einschlägiges Lied: *An de Eck von de Steenstroot steit 'ne Olsch mit Stint, / un sei weit noch gornich, dat dat Schellfisch sind. / Dor kummt ein Schutzmann, seggt: Liebe Frau, / das sünd kein Schellfisch, das sünd Kabeljau. / Dor nimmt sei eern Wogen, / schufft dool no'n Hoben / an de Eck vunne Twiet / verkloppt sei den Schiet.*

Auf ein hoheitsvolles Zeichen meiner Mutter ist der Kellner gekommen. Edith zählte beim Münzverkehr mit, und Isa hat den Ober angesehen, als wolle sie ihn zu einem ökonomischen Problem befragen. Ich habe es sehr, aber vergebens gehofft. Dann sind wir mit dem Bus hinaus nach Lurup gefahren. Edith, Isa und ich gingen bald ins Bett. Wir sangen uns mit *An de Eck von de Steenstroot steit 'ne Olsch mit Stint* in die Träume, und eines Tages, und das war im regnerischen Oktober, lag ich im Schlafsack, der meinem Neffen gehörte, an einer Ecke der Spitalerstraße, die mir sowenig wie sonstwem gehörte.

Dort weitete sich der um mich ausgesparte Fleck auf den Fußgängergroßfliesen in die Gasse hinein aus, weil Umstehende in Bewegung kamen und Vorübergehende Kurs auf die

Straßenmitte nahmen. Es hing unzweifelhaft mit dem unerhört energischen Klatschbum, Klatschbum, Klatschbumbumbum zusammen, das ich, wahrscheinlich, weil ich dem leise dröhnenden Bodengestein weit näher war als die Leute ringsum, weit eher als sie vernommen hatte.

Soviel ich sah, sah niemand zu mir hin. Das schien Gelegenheit, mich aufzurichten, aufzustehen und Sicht auf ein Geschehen zu gewinnen, das mir nahe und doch verborgen war. Hatte mich die Neugier auf das Pflaster gezogen, stieß sie mich nun von ihm ab. Auf Zeit, um Einblick zu erlangen, aber auch, weil es Zeit für einen Wechsel wurde. Denn so spürbar mich die Mehrfach-Hülle des Thermogelasses vor Wärmeverlust bewahrte, so wenig hinderte sie die Steine, hart wie Stein zu sein. Mochte sie auch die dämmende Wirkung von Daunen haben, hatte sie deren dämpfenden Effekt weniger. Kam hinzu, daß ich mir, obwohl aus Neigung und Pflicht geübt in flacher Rückenlage, empfindlicher als früher vorkam. Ich war es. War längst ein überjährter Knochenmann, den mürbes Gewebe unter rissiger Haut wie ein zerschlissener Bademantel umschlotterte.

Ganz anders beschaffen schien ein Mensch zu sein, der unvermittelt unmittelbar neben mir stand. Abgesehen vom Unterschied an Jahren, für den wir beide nicht konnten, war er in weit besserer Verfassung als ich und hatte vermutlich bestens dafür gesorgt. Doch wirkte, wenn ich seine Schuhe ausnahm, kaum etwas übertrieben an ihm. In einer *Tenson*-Jacke von der Art, die an mir nur müde herumhängt, steckte unzweifelhaft eine gut gewartete und wohl auch bewährte und keineswegs einfache Bänder-Sehnen-und-Gebein-Maschine.

Falls sich der Mann durch Sport in Form hielt, war es eine Leibesübung, die mit Arbeit in enger Verwandtschaft stand. Hochseesegeln vielleicht oder Kampffischfischen. Oder eine von den Körperkünsten, die unversehens die klotzigsten Körper fällt. Sein geradliniges Gesicht unter einer wenn auch flachen, so doch abgeschmackten Elbseglermütze wäre auf jedem Plakat gegen die Behauptung angekommen, Rauchen sei schädlich. Ohne sein idiotisches Schuhwerk aus unangenehm hellen, unbequem spitzen und unpraktisch hochhackigen Halbstiefeln hätte er etwas von einem nicht mehr ganz jungen, aber längst noch nicht alten Paul Newman gehabt.

Paul Newman, der Mann, den man Hombre nannte. In einem Film, mit dem sich Produzent Fox, Hollywood, USA, und Verleiher Progress, Berlin, DDR, gleichermaßen bewährten. Nach einem Roman, ich staune, von Elmor Leonard. In der Regie von, ich staune gar nicht, Martin Ritt. Ein Werk, in dem Martin Balsam, Richard Boone, Fredric March, Frank Silvera und eben Paul Newman ihr Publikum durch hohe Schauspielkunst einhundertzehn Minuten lang staunen lassen. Ein erstklassiger Western, der sich traut, antirassistisch zu sein und tragisch zu enden. Wenn das überlebende Personal zu den bedauerlichen Worten *The End* in die untergehende Sonne reitet, ist Hombre Newman tot.

Das letztgenannte Wort jagt mich zurück in die Spitalerstraße, in der an jenem Oktobertag keine Sonne schien: Die Stiefel des Mannes, der unversehens in Daniel Wischers Drei-Meter-Zone neben mir aufgetaucht war, verdarben viel, und was er zu sagen hatte, verdarb so gut wie alles. Er fragte, ob ich mich nicht schäme, einer armen Frau den Platz wegzunehmen.

Ich kann nicht sagen, ich hätte nicht begriffen, daß er einen Abgesandten der Mafia gab. Oder einen von Mr. Peachums Gehilfen. Ich kann nicht sagen, es hätten mir diese Möglichkeiten nicht kalt ans Herz gerührt. Ich kann nur sagen, ich wußte nicht recht oder wußte nur theoretisch, was man bei solcher Begegnung tut. Praktisch folgte ich daher der alten Einflüsterung, wonach Angriff die beste Verteidigung sein soll, und fragte, so entrüstet ich es hinbekam, ob er sich nicht schäme, das hinweisende Fürwort *das* mit zwei *s* zu schreiben und dazu noch solche Stiefel zu tragen.

Er besah sein malerisches Schuhzeug, besah dann mich und sagte, diese mexikanischen Boots seien, auch wenn es mich einen Fliegenschiß angehe, vornehmlich Blendwerk, paßten aber in jeden Arsch. Dann fügte er, als sei er mir eine namentliche Vorstellung schuldig, hinzu, vom Volksmund werde er *Bota der Stiefel* oder auch einfach *Stiefel* genannt.

Weil ich nicht wußte, was der Komment bei einem Territorialkonflikt auf der Spitalerstraße verlangt, erwiderte ich, anstatt im Gegenzug nun auch meinen Namen zu liefern und in der von ihm gewählten Bahn zu bleiben: »Holla, der Volksmund kennt Sie? Kennt Sie auf spanisch und auf deutsch? Hat der Dichter Brecht etwa Sie mit seinem Lied gemeint?« Dann hörte ich mich allen Ernstes, wenngleich verhalten, wie mein Vater es mit dem Gesang bei Wischer gehalten hatte, singen: »Und weil der Mensch ein Mensch ist, drum hat er Stiefel im Gesicht nicht gern!«

Nach seiner Ansicht hätte ich bei der Heilsarmee anheuern und mit ihr abziehen sollen, bekam ich zu hören und wurde obendrein, keine Ahnung, wieso, mit viel Betonung *Genosse Genosse* genannt.

Ob ihm schon einmal gesagt worden sei, daß er Putin ähnlich sehe, fragte ich. Das saß; er hatte wohl eher mit Paul Newman gerechnet. Nach einigem Besinnen sagte er, ganz zu Anfang habe er mich etwas gefragt.

Ganz zu Anfang habe er mir geschrieben, erwiderte ich.

Da könne ich viel erzählen, und nun solle ich Leine ziehen.

Ob die Dame eine Verwandte sei.

Hoppla, da müsse er mich aber warnen.

Oder bänden ihn wirtschaftliche Interessen?

Zu meinem Glück verstehe er die Frage nicht, sagte er und hob sich nahe neben mir auf den Spitalersteinen auf seine Stiefelspitzen, um besser sehen zu können, woher das geordnete Lärmen kam. Die akustische Erscheinung hatte sich Zugang in die Passage verschafft und nahm ihren Ausgang dort, wo ein fremdenverkehrsfreundliches und von Künstlerhand geschaffenes Abbild des Hamburger Hoheits- und Wasserträgers Hummel steht. Also näher beim Schuhhändler Görtz als beim Zigarrenhändler Wolsdorff, aber in Höhe der beiden Handelshäuser, die das westliche Einfallstor zum Einkaufsbereich bilden.

»Ja, das Geräusch dahinten, Herr Stiefel. Ich höre es schon eine Weile«, sagte ich. »Klingt mir ganz so, als klopfe eine Kolonne den Rost vom blechernen Hummel.«

»Der Hummel ist lackiert«, sagte Stiefel.

Ich gab zu bedenken, schon so mancher Busch habe sich als Bär entpuppt und unter so manchem Lack fresse heimlich der Rost, schickte aber, weil Herr Bota mit den scharfen Stiefeln scharrte, eine pastorale Reminiszenz hinterher. Wenn vom Wasserträger Hummel die Rede sei, müsse ich unweigerlich an einen erstaunlichen Unfall denken. Auf der Havelbrücke in meiner Nähe habe ein Mopedfahrer, der am hölzernen Hummel-Tragejoch statt der zwei Wassereimer zwei pralle Beutel mit Entenküken heimwärts transportierte, unter meinen Augen einen anderen Mopedfahrer per jäher Meidbewegung, die seinem Sack voller Küken erheblichen Nachdruck verlieh, aus dem Sattel gefegt.

»Per Meidbewegung, ja?« fragte Herr Stiefel, und weil ich verstand, was er mir damit sagen wollte, suchte ich eine Gemeinsamkeit zwischen uns herzustellen, indem ich mich gleich ihm aufrichtete und Ausschau nach den mobilen Trommlern hielt. »Sehr suggestiv, Ihre Stiefel«, sagte ich. »Eben habe ich tatsächlich von meinen Schuhspitzen als von Stiefelspitzen gedacht. Kennen Sie das Lied von Hacks, in dem es heißt: ›Nun zeigt ins fremde Land / die Spitze meiner Schuh. / Den Rücken unverwandt / dreh ich der Heimat zu.‹? Nur gut, daß Hacks Ihre suggestiven Stiefel nicht kannte; mit *Stiefel* hätte er den Reim auf *zu* nicht hingekriegt.«

Um ihm zu zeigen, was damit verlorengegangen wäre, sang ich in meines Vaters dezenter Weise: »Nun zeigt ins fremde Land / die Spitze meiner Schuh. / Den Rücken unverwandt / dreh ich der Heimat zu.«

Er hielt es keineswegs ähnlich mit mir, zog aber die muskulösen Schultern zusammen und entfernte sich, während er ein gemein klingendes »Tatsächlich?« murmelte, mit elegantem Sidestep um gut einen halben Meter.

Ob auf Zehenspitzen oder nicht, ich konnte nichts von

dem Vorgang sehen, der so absonderlich von sich hören machte. Gelegentlich nur, durch rasch aufgehende, rasch vergehende Zufallslücken im Passanten-Hinundher, ließ sich eine helle runde Mütze erkennen, ein Hut vielmehr, eine Kappe wohl eher, aus deren Erscheinen an der einen oder anderen Stelle ich auf eine Gruppe von Kappenträgern schloß. Auf ein Dutzend bemützter oder behüteter Menschen vielleicht, von denen ein gegliedertes Geräusch ausging, für das ich keinen Namen wußte. Zu dem Herrn, den man Bota oder Stiefel oder beides nannte, sagte ich, entfernt, aber zwingend erinnere mich dieses schneidige Tönen, das meines Vermutens rund um die Baumgruppe an der Hummel-Plastik in die Spitalerlüfte steige, an jenen entsetzlichen Laut, mit dem im Zuge einer Meidbewegung der kükenpralle Ledersack des einen Mopedfahrers auf die Lederoljacke des anderen Mopedfahrers getroffen sei.

Wenn ich die Sprache seiner Füße als Teil seiner Körpersprache recht verstand, schickte eines der beiden Glieder sich an, in jenem Zeitraum das Standbein abzugeben, in dem das andere als bestiefeltes Spitzbein diente. Als Spitzhacke, die sich meinem morschen Steißbein schwungvoll vermählen wollte. Dem zu entgehen, wandte ich mich des Neffen Schlafsack zu. Nicht ohne gestenreich nach dem Auftrieb an den Hummel-Bäumen gespäht zu haben. Mit Gewinn, da sich aus der disharmonischen Bewegung der Menge, die den Durchgang zur Mönckebergstraße hin und her hastend nutzte, für die Dauer einer mittleren Kameraverschlußzeit ein Durchblick ergab, der mich mit Informationen reich versah.

Die Mützen waren weder Hüte noch Kappen, sondern etwas Eigenes aus diesem Dreierlei. Waren befremdend Fremdes ähnlich den Gewändern der Fremden. Der fremden Frauen, zweifelsfrei. Nicht besonders großen, sehr aufrecht und fast militärisch bewegten Wesen in knöchellang bleichem Gelb. Welches sowohl in Taillenhöhe als auch an der dreifaltigen Kopfbedeckung ein blaßblauer Streifen zierte. Trotz der Hubble-Schärfe des Einblicks wurde seiner Kürze und Engumgrenztheit wegen so gut wie nicht ersichtlich, woher das peitschende Klopfen kam. Einen Wimpernschlag lang schien mir, als gehe es von der verdeckten Seite der Frauen aus. Von ihren rechten Armen und rechten Händen. Doch wurde dieser Befund sogleich von einem Meteoritenschwarm aus Peek & Cloppenburg-und-Karstadt-Kunden zugeschüttet.

Herr Stiefel hatte an meinen Bemühungen Anteil genommen und meinte nun, ein älterer Kerl wie ich, der armen Frauen den letzten nassen Pflasterstein streitig mache, solle tunlichst nicht nach dieser Horde Weiber schielen. Das seien, was wisse denn er, Vietnamesen, Nepalesen, Tibeterinnen, Berg- und Dschungelwesen allesamt. Statt eines Liebreizes hätten die fernöstlichen Ladies nur geschult Militantes aufzuweisen. Ich höre es ja selbst. Falls ich trotz seiner Warnung auch sehen wolle, solle ich nur zu den Damen gehen. Er passe derweil auf den Schlafsack auf. Schönes Stück, nebenbei.

»Lieber nicht«, sagte ich. »Was, wenn hinterher eine verregnete Frau an meiner Stelle liegt? Zeig ich ihr dann Ihren dassmeiplassduverpiss-Zettel?«

»Meinen was?«

»Ach, Herr Stiefel!« seufzte ich und dachte: Solange er zuhört oder spricht, tritt er nicht. Ich unterließ es, *Stiefel im Gesicht nicht gern* zu singen, fragte aber: »Weil Sie zu einer anderen Generation und zu einem anderen Teil der Nation gehören: Haben Sie je *Schraubendreher* oder *Schrauben Dreher* gesagt, wenn Sie *Schraubenzieher* meinten?«

Schneller hätte auch Paul Newman das handlich gediegene Produktionsinstrument mit der gehärteten Kreuzschraubenspitze nicht aus seiner Jackentasche zaubern können. »Selbstverständlich nicht«, sagte Stiefel. »Ein Schraubenzieher ist ein Schraubenzieher.«

Ich wartete ab, ob er dem Satz mit einem weiteren »ist ein Schraubenzieher« eine literarische Dimension geben werde, doch ließ er Gertrude aus dem Spiel. Weshalb ich das Werkzeug betreffend sagte: »Macht ja einen ordentlichen Eindruck, nur, wie kommen die auf drei Euro neunundfünfzig?

Auf sieben Mark achtzehn für diese einfache Maschine. Aber ehe wir in den Euro/Neuro-Sumpf geraten: Hätten Sie sich, Herr Stiefel, als es hier Brinckmann gab, mit einem Werkzeug von OBI in die Spitalerstraße gewagt?«

Er schien zu sagen versucht, die Straße, in die er sich nicht zu wagen wage, wolle erst noch gepflastert sein, doch fiel ihm wohl ein, wie sehr man ihm ohnedies ansah, daß man ihn *Bota der Stiefel* nannte.

Welch eine Ungelegenheit ihm denn Anlaß gegeben habe, bei OBI wegen eines einsamen Schraubenziehers einzukehren, fragte ich. Woraufhin er wissen wollte, ob hier *Tatort* sei oder was. Für Augenblicke, durch die ebenso nasse wie harte Schläge dröhnten, sah er weit weniger edel als sein Fieldjackett aus. Mochte mir seine Fußbekleidung auch unpraktisch vorkommen, ihr Träger war es ersichtlich nicht. Scheinbar ansatzlos, wie man im Kampfsport diese Bewegungsart nennt, hob er einen Fuß in meine Augenhöhe und klopfte scharf mit dem Schrauber gegen den Bleistiftabsatz seines Schuhwerks, so daß es gleich zweimal stahlhart stählern klang. Dann ratschte er mit dem Schaft des Instruments über die Kanten der Sohle und machte mich das bissige Knirschen einer feingeriffelten Sägeblattschneide hören.

Gar nicht einfach sei es gewesen, erfuhr ich, dem Schuster zu verklaren, wie er die schweineteuren briefmarkenfeinen gezähnten Klingen an beiden Seiten der beiden Stiefel zwischen Obersohlen und Untersohlen einbringen müsse. Tief genug, um niemanden zu verletzen, wenn es nicht sein sollte; herausgehoben genug, um fühlbar zu verletzen, wenn es sein mußte. Der Aufwand habe sich gelohnt. Wenn ich es bewiesen haben wolle, könne er mein Sinnstudienlabor mit Sehschlitzen versehen. Oder mit Abluftkanälen. Oder er werde auf ein Wort von mir mit ein, zwei Meidbewegungen ein Hosenbein abschneiden. Oder mir die Haut überm Schienbein ritzen. Oder dasselbe mit einer blutführenden Rinne ausstatten. Nicht gerade marktief, jedoch schmerzhaft durch Mark und Bein. Durch Mark und Schienbein sozusagen.

»Aufgrund einiger Belesenheit in Schutzgeldsachen nehme ich an«, sagte ich und fragte mich bei aufkommender Angst, woher ich die Luft dazu nahm, »zugleich sind Sie bereit, mich vor allen Unbilden zu bewahren. Gegen ein Entgegenkommen vermutlich, von dessen Richtung mir ahnt.«

Da ahne ich falsch, sagte Herr Stiefel, nicht entgegen solle ich ihm kommen, sondern von ihm weg bewegen solle ich mich und auf diese Weise einen Pflasterfleck frei machen, der eines armen Weibes letzter Pflasterfleck sei. Ob er mir das schriftlich geben müsse.

Das habe er bereits getan, sagte ich und wedelte mit dem Mehrweg-Bon. Wolle er hören, was mich besonders traurig mache?

»Eigentlich nicht«, antwortete er und besah seine Stiefel, als gelte es zu bestimmen, welchem von beiden die Ehre der ersten Feindberührung gebühre.

»Sie werden es dennoch hören«, sagte ich und schickte mich in allen Ängsten an, einen Wortschwall-Wall zwischen ihm und mir aufzuwerfen. »Sie werden sich sagen lassen, wie schandbar es ist, unsere ehrenwerte 70°-Schrägschrift zu entweihen und deren Buchstaben, diese Embleme der Verständigung, einem Geschäft zu leihen, in dem es um nichts als Anmaßung und Blutrinnen geht.

Schon vergessen? Man hat Sie diese Zeichen gelehrt, um Sie in den Stand zu setzen, Lernfortschritt aufzuzeichnen. Also die aufgewandte Menge von Strichen, Pinseln, Farben, wenn sie Maler werden wollten. Den Aufwuchs von Mauern, den Aufwand von Steinen, Kalk und Zement, falls sie Maurer studierten. Das nötige Verhältnis zwischen Bohrer und Gewindeschneider, zwischen Acetylen und Sauerstoff, so sie sich zum Schlosser bildeten. Kurz, die Daten werkerischen Werdens, den Code technique dieser Welt, die behausende Signatur unserer Zeit. Sie aber verkürzen diese Schönschrift, indem Sie ihr gerade noch die Schrägung lassen, zur Drohgebärde und machen ausgerechnet einen Handwerker, einen Zunftenkel des großen Schuhmachers und Sinnstudierers Jakob

Böhme, zum Komplizen. Unterweisen ihn in der gar verächtlichen Kunst, aus einem Schuh einen Dolch und eine Knochenfräse zu machen. Ganz ähnlich jenem Schakal – ich spreche vom Original, nicht vom Remake und nehme an, Sie kennen den Zinneman-Film –, jenem Killer, der einen mißratenen Mechaniker veranlaßt, gegen Geld beziehungsweise Tod, versteht sich, zwei Krücken in ein Sniper-Gewehr umzubauen.

In welchem Zusammenhang ich mir erlaube, Sie noch einmal zu fragen, was es mit diesem Schraubenzieher auf sich hat. Gingen Sie zum Heimwerkermarkt, weil Ihre Stiefel neue Schneidezähne brauchten? Hatte der keine am Lager? Hat Ihnen, das nebenbei, in diesem Moment das bewährte Haus Brinckmann gefehlt? Oder haben Sie den Artikel zu 3,59 Euro nur erstanden, weil Sie ungern mit leeren Händen den Kassenkanal passieren?«

Er habe keine Lust zu antworten, sagte Herr Stiefel, er habe nur Lust, mit Hilfe des preiswerten Schraubwerkzeugs aus mir altem Entensack die faulige Luft abzulassen, vor allem aber habe er Lust, die Wahrheit zu sagen. In Wahrheit kennten seine Stiefel auch einen Eispickel-Modus. Ihr Absatz diene bei diesem als Griff, die Spitze als Spitze. Damit aber keiner der Absätze im Dienst versage, in einem Einsatz also, bei welchem, man müsse ja nicht gleich an Trotzki im mexikanischen Exil dabei denken, beträchtliche Energien zur Anwendung kämen, seien beide mit einem Chrom-Vanadium-Verbinder im Fersenboden befestigt. Einer habe sich gelockert, ein Schraubenzieher sei nötig, jedoch nicht vorhanden gewesen. »Der Rest war OBI, wenn Sie verstehen«, sagte er und schritt im Verein mit anderen Spitalerstraßen-Passanten Richtung Wasserträger Hummel und Klopf-und-Klatsch-Konzert davon.

Ob der Schlucklaut, den ich zu hören meinte, noch von Bota ausging oder von mir, hätte ich nicht sagen können. Hingegen wußte ich peinlich genau, warum ich in aller Eile in die Tramperhülle des Neffen stieg. Wohl war man, solange ich in ihr geborgen lag, mit Münzen und Ultimaten, mit veränderten Sprüchen und geölten wie auch bergenden Griffen an mich herangetreten; mir zu nahe getreten aber erst, da ich sie verließ. Gestiefelt und gespornt ging es zu, sobald ich nicht mehr lag, sondern stand. Auch schrumpfte in dieser Zeit der Respekts-Hof, der mich umgab. Erst in den Minuten, in denen ich wieder die alte Lage fand, weitete er sich zur alten Größe aus. Wo eben noch ein herrenloser Sack im Wege gelegen hatte, lag jetzt ein Herr im Schlafsack auf dem Weg.

Ein betagter zudem, der mit der Doppelaufschrift *Sinnstudie! – Nicht stören und nichts spenden!* unmißverständlich und fast ein wenig herrisch annoncierte, worum es ihm ging. Und worum mitnichten. Las sich nicht, was auf der Hülle geschrieben stand, wie *Störe meine Kreise nicht!*? Hatte im Eingang zu Daniel Wischer ein neuer Diogenes seine Tonne aufgeschlagen? Einer, dem selbst bei diesem Wetter keine Laterne nötig war, um in der Schlucht zwischen Bahnhof und Brunnen auf Menschen zu treffen?

Nichts gegen diese Lesart, auf die ich zurückkommen will, wenn ich bei *Encarta* um nähere Auskunft eingekommen bin. Aber gegen einen Versuch, mich der Schule der Kyniker zuzuschlagen, muß ich mich wehren. Zivilisation als ein unnatürlicher Zustand, dem man entgegentreten müsse – das fehlte noch. Von wegen *Ich stricke mir selbst!* Ich stricke mir nicht selbst, und wenn ich mir was bauen will, gehe ich zu OBI. Gehe nicht in den Wald an die Eiche, um Bretter für die Hütte zu sägen. Gehe nicht, wenn mir nach Fisch ist, in den Oberhavelbusch, um einen Haselnußstecken zum Stecher zu schnitzen. Gehe nicht in die Binsen, um ein Netz zu flechten. Wenn mir nach Fisch ist und nach dem zugehörigen Salat, fahre ich in eine kaum nahe gelegene, aber mir herzlich naheliegende Stadt und suche in deren Centrum die vertraute Fischbratküche auf.

Das hatte ich an diesem Tag im keineswegs güldenen Oktober noch gar nicht getan. Nicht nur, weil ich zu einer für mich zu frühen Mittagsstunde bei Wischer eingetroffen war, und nicht nur, weil ich nicht gut mit dem sperrigen Freilandbett in die Stuhl-an-Stuhl-Gaststätte einreiten konnte, sondern vornehmlich aus autopädagogischen Gründen. Der drängelnden Frage wegen, was ein orts- und sprachfremder Mensch wohl aus einem erdnahen Blickpunkt zu sehen kriege, hatte ich unter bewegten Hamburg-Bewohnern und Hamburg-Besuchern einen festen Punkt bezogen und wollte, so lautete der feste Vorsatz, in verdienter Ruhe erst dann von Wischers Fisch speisen, wenn Gästeflut und Umsatz zur Ebbe abgelaufen und mir die erhofften Einsichten ins Netz gegangen waren.

An Ereignissen gemessen, war ich auf meine Kosten gekommen. Von verschollener Freundin mit Euros beregnet; dem geölten Fritz in seiner Not begegnet; Harri the Pooh als Spruchbegradiger erlebt; durch Zitrusduft und Aufmerksamkeit tief angerührt; den einen und anderen Heinrich vermißt, G. G. aus Reinbek und H. L. G. aus Bahrenfeld nicht minder; aus frommen Mündern besungen und betutet worden und aus unfrommem Maul wie mit scharfem Stiefel bedroht; selber mit selbstgespitztem Mund sowohl bedrohliche als auch beschauliche Melodien aufgeführt. Gesichte von Mutter, Vater und Schwestern gehabt, dazu von lebenden und toten Dichtern, brisanten Hostebolchers und einem schriftlosen Zustand. Über dies alles hinaus hatte ich in der langen Kurzweil einem Rhythmus aus Klatschen und Klopfen nachgehangen. Herz im Schlafsack, was begehrst du mehr?

Nicht viel. Ich war weder wunschlos noch glücklich, doch im Augenblick hätte mir genügt, Herrn Bota-Stiefel vom Hals zu haben. Und den Gebietsanspruch einer landlosen Frau, die von den Geschäften, deren Botin sie war, kein einzig schriftlich Wörtlein verstand. Ich hatte genug gesehen; die Neugier mußte mich nicht länger mit ihrem *Wie geht denn das?* nerven. Bei gestilltem Wissensdurst hätte ich meines Neffen Eigentum schultern und ins Auto im Parkhaus schaffen können. Und mich danach hungrig zu Daniels Restaurant. An einen Tisch für mich allein. Über Teller mit Fisch und Salat für mich allein. Mit ein paar Fragen und mir allein.

Nur bringt sich um Glaubwürdigkeit, die ihm Schutz verleiht, wer an seinen Schlafsack etwas von *Nicht stören!* und

Sinnstudie schreibt, um dann wiederholt in ihn hinein und aus ihm heraus zu schliefen. Insofern konnte ich von einem *Pantomimen* lernen, der seit langem zur Spitalerstraßenkunst gehört. Einem Menschen, der strenggenommen einen anderen Zunftnamen tragen sollte, da er keineswegs alles, wie das Wort Pantomime verheißt, sondern gewissermaßen nur sich selber nachahmte. Indem er zu überspitzten Gebärden fand und in diesen gefror. Atemberaubend lange schien er allen Atems beraubt. Ein vielköpfiges Publikum, das seiner Reglosigkeit wegen die Luft angehalten hatte, schnappte nach Luft, sobald er sich endlich rührte, um eine neue verzuckte Pose zu gewinnen. Neigte ich zum Übertreiben, behauptete ich, in diesen Wagemomenten seien wirbelnde Winde aus allen Straßenmündungen in die Spitaler-Konsumschlucht gefaucht, um ein Vakuum aufzufüllen, das im Zuge kollektiven Atemholens in den Momenten entstand, in denen der Artist aus gestischem Beharren in ein anderes gefunden hatte.

Während der Vorbereitung auf meinen Straßenfliesen-Aufenthalt hat mir der Künstler, dem Reglosigkeit zu Einkommen verhalf, zu einer mehr als angebrachten Überlegung verholfen. Bei jedem Euro, der Eingang in sein Sammelgefäß fand, ahnte mir vom mitzählenden Mitgefühl des Fiskus. Wie ich den kannte, schnitt er seinen Anteil ähnlich schnell, wie der Pantomime bis kurz vorm Erstarren langsam war, aus den fliegenden Münzen. Vergeblich versuchte ich, die Finanzfahnder im Straßenbild auszumachen, und bitte jeden Mann, jede Frau von Herzen um Vergebung, die ich zu Unrecht für Taxmann oder Taxfrau hielt.

Als vertan mußte die Suche nicht gelten, da sich die Idee, zu der ich keine Gestalt gefunden hatte, in meinem Kopf behauptete. Sie half mir, mich mit den Augen von Leuten zu sehen, die von meiner Neugiers-Not nichts wußten. Die mich aber bemerken und, falls sich außer Herumliegen weiter nichts tat, für einen Schnorrer halten mußten. Denn was für den Beharrungsmimen galt, galt ähnlich für jeden anderen, der sich anderen auf ungewöhnliche Art, in ungewöhnlicher

Bewegungsarmut zum Beispiel, präsentierte. Folglich mußte es auch für mich gelten, sobald ich reglos und proper gewandet im Schlafsack auf der Straße lag.

Noch etwas würde ebenfalls gelten, begriff ich während der Zurüstung auf den Spitaler-Versuch. Jener pantomimische Stillhaltemeister, der mir als Modell beim Planen diente, konnte nicht gut für einen Bettler taxiert und als solcher behindert werden, solange er den Passanten und Flaneuren eine Leistung bot. Etwas, das diese als willkommenen Zugewinn anerkannten, indem sie ihm Geld dafür gaben. Wer aber Entgelt für eine Leistung bekam und nahm, galt als Gewerbetreibender. Oder als Künstler. Jedenfalls als einer, der sich nach allem, was man kannte, beim Amt melden mußte. Fragte sich nicht nur, welches zuständig war; fragte sich auch, als was jemand galt, der weder Geld nahm noch eine ersichtliche Leistung brachte.

Weil in diesem Stoff Epen wohnen, liefere ich ihn verkürzt. Mit nichts als der Überzeugung versehen, daß auch im Schlafsack ein reines Gewissen als Ruhekissen willkommen sei, habe ich im September vorm fraglichen Oktober meine Statusklärung betrieben. Die eine und andere Erkundigung, ein Blick ins Telefonbuch, ein weiterer ins Internet, und schon war das Gesuchte gefunden. »Für: Gewerbeanmeldungen/Spitalerstraße ist zuständig: Wirtschafts- und Ordnungsamt Hamburg-Mitte, Klosterwall 2, Block A«, schrieb der Computer unter *hamburg.de*, so daß ich meinen Fragen eine Adresse wußte. Weitere Eingaben hätten weitere Angaben erzielt, doch bin ich nicht der Mann, der in die Nachbarschaft von Daniel Wischer telefoniert oder mailt, so er gute Gründe hat, diese Nachbarschaft aufzusuchen.

Da die Ausfahrt berufsbedingt wie kaum eine andere war, betrieb ich sie locker. Fand Zeit, mich zu fragen, warum sich Hamburg-Mitte nicht Hamburg-Centrum nenne. Und dessen Ordnungsamt entsprechend. Erfreute mich an der ins Entlegene weisenden Adresse Klosterwall, die zu nahe gelegenen Straßen, welche nach Glockengießern, Steintoren, Langen und

Kurzen Mühren heißen und, nicht zu vergessen, nach dem einst nahen Spital. Vergnügte mich am karthographisch verzeichneten Umstand, daß in der Deckung aus vier City-Hochhäusern die Verwaltungsherzstücke Innenbehörde und Finanzamt ihren Platz gefunden haben. Wußte mich mit dem Hauptpostamt am – seltsamer Name – Hühnerposten und dem Zentralen Omnibusbahnhof, mit dem Oberhafen, der ebenso nahe wie der Hauptbahnhof liegt, sowie dem Wallringtunnel, durch den es zu den Elbbrücken, zur Autobahn und auf die Straße nach Hause geht, am Hauptdrehpunkt hanseatischen Verkehrs. Grüßte das jenseits von Röhren und Schienen gelegene *Museum für Kunst und Gewerbe* und betrat Block A von Klosterwall 2, um vorsorglich zu erkunden, was einer amtlich klären muß, wenn er im Trekking-Zubehör just dort, wo Brinckmann einmal war und Wischer immer noch ist, zwar öffentlich ausliegen, jedoch weder Kunst noch Gewerbe ausüben möchte.

Das Inhaltsverzeichnis der hoch aufgeschossenen Verwaltungshäuser war entmutigend umfangreich; ermutigend wirkte nur die Versicherung auf derselben Tafel, alle Mitarbeiter der Behörde seien bereit, Auskunft zu erteilen. Weil ich ein Dezernat für Schlafsack und Neugier nicht eingetragen fand, fuhr ich ins oberste Geschoß zu einer Geschäftsstelle, die schlicht *Geschäftsstelle* hieß. Mehr an Attraktivität hatte sie nicht nötig; ihre Fenster boten einen druckreifen Ausblick über die Innenstadt zu Alster und Elbe hin. Wären wir im Gespräch an Einzelheiten geraten, hätte ich der Dame, die sich unter Einsatz eines Sichtgeräts an einem der Fenster im konzentrierten Ausblicken übte, anhand der markanten Giebel die Stelle näher bezeichnen können, an der ich im nahen Oktober zu lagern gedachte.

Entgegen den Erwartungen an einen, der zurück aus der Behörde ist, kann ich nur Allerbestes melden. Ob mir nun die lange Fahrt oder das hohe Alter oder beide anzusehen waren – die Beamtin räumte ein Bandoneon vom Stuhl und forderte mich lieb auf, Platz zu nehmen. Meinem Ersuchen, zuerst des

Rundblicks genießen zu dürfen, gab sie unverzüglich statt und erstrahlte, als habe sie das Panorama eigens für mich ums Haus gezogen. Wie der Stadtanblick alt und erhaben, sei ihr Kaffee frisch und tadelfrei, sagte sie und kehrte die kundige Amtsperson erst heraus, als noch einmal eingeschenkt und ausgetrunken war, sie einen weiteren Rundblick getan und ich mein Anliegen ein zweites Mal vorgetragen hatte.

Für das Problem sei die Baubehörde im Nachbarblock zuständig, sagte sie und zeigte sich auf Verwunderung eingerichtet. Dieses Teilamt besorge dergleichen, weil es und nur es verläßlich sagen könne, ob ein von einem anfragenden Bürger ins Auge gefaßtes Straßenstück nicht just zu der Stunde für dringliche Baumaßnahmen freigehalten werden müsse, in welcher dieser dort sein Zelt aufschlagen wolle. Soweit sie meine Absicht erfasse, sei für das von mir geplante Tun eine Menge Muße nötig. Die Sicherung dieses hohen Gutes gehöre zum Grundauftrag der Baubehörde.

Vorm Abschied durfte ich noch einmal zur Binnen- und zur Außenalster und in die Gassen und Fleete hinuntersehen und den Blick vom Canadahaus über Hapag-Haus, Presse-Haus und Chilehaus bis zum Afrikahaus schweifen lassen. Wobei das Auge unvermeidlich auf jenes Dach an der Mönckebergstraße fiel, unter dem Geert Geers sein völkerverbindendes Gewerbe versieht. Wovon ich, kaum war es gedacht, der Bediensteten sagte. Beim Vaterstadtbesuch vor Jahren hätte ich einen Batterieausfall meines Hörgeräts bemerkt und mir beruhigend versichert, Akustiker gebe es am Reiseziel so viele wie Optiker. Zugleich aber attestierte ich mir ob des Umstands, daß ich nicht einmal meine Stromreserven vorsorgend überblicke, zunehmende Verblödung. Von Mal zu Mal, höhnte ich meiner, werde ich Ronald Reagan ähnlicher, der zu dieser Zeit noch lebte und mir als globaler Super-Senilissimus galt. Als Schauspieler-Gegenbild zu Paul Hombre Newman sowieso.

Auf der Mönckebergstraße, der ich einen solchen Mangel wirklich nicht zugetraut hätte, fand sich kein Ohrbetreuer weit und breit. In einem Geschäft für Augengläser empfahl man mir ein Haus gleich gegenüber dem Bürgermeisterbrunnen, also in Höhe der Einmündung Spitalerstraße. Falls ich wisse, wo diese sei. Dort unterhalte Geert Geers zwar keinen Laden zu ebener Erde, wohl aber ein renommiertes Fachunternehmen im obersten Obergeschoß.

Weil ich die Batterie nicht zuletzt benötigte, um nachher im Lokal zu sichern, daß meine Bestellung gebackenen Fischs nicht als Bestellung von gekochtem notiert werde und der Kartoffelsalat nicht als Salzkartoffeln, ließ ich mich vom Lift in die vierte Etage befördern, in der neben den Ohrhelfern die Klopstock-Stiftung und eine Great-Lake-South-America-Line zu Hause waren.

Bei Südamerika und Klopstock, der eine kurze Kutschfahrt elbabwärts begraben liegt, seid ihr beiden ja richtig, giftete ich mich Schwachsinnigen und im selben Gedankenzuge den harthörigen Reagan an. Noch vorm Flug nach Feuerland würdest du die Batterien vergessen, und er wird zwar Klopstock nicht gelesen haben, wünscht sich aber – »Tear down this wall, Mr. Gorbachev!« – ein Messias zu sein.

So selbstkritisch gereinigt und patriotisch gestrafft, betrat ich das Studio, in dem mich eine Empfangsdame begrüßte. Ich trug mich vor, sie besah mein Gerät, forderte übers Intercom neue Energieträger an, gab mir das Gewünschte und wollte von Bezahlung nichts hören. Dies sei ein Service, auf den alle Kunden ohne Ansehen der Person Anspruch hätten. »Auch bei diesem Klienten war das nicht anders«, sagte sie und sah mit dem hinweisenden Nachdruck, der sich für den Umgang mit Eingeschränkten empfiehlt, über mich hinweg zu einem ausladenden Foto. Es zeigte im Verein mit Herrn Geert Geers, der stolz auf die von ihm versorgten führenden Ohren sah, na wen schon, Ronald Reagan natürlich.

Ich haßte das Bild auf Anhieb. Belegte es doch unangenehm deutlich, daß trotz avancierten Geschirrs, aufgeladener Batterien und allerkundigster Betreuung ein Hauch von Unanwesenheit über dem einen oder anderen Antlitz schattet, von dessen Inhaber mit einigem Recht gesagt werden kann, er habe, soweit es seine fünf Sinne betreffe, nicht alle beisammen.

Die Verwaltungsfrau hoch überm Klosterwall war freundlich, wie die Dame hoch über der Mönckebergstraße tüchtig gewesen war. Sie hörte, dieweil sie weiter aus dem Fenster spähte, meine Tirade teilnehmend an und versicherte, so deutlich erkennbar sei mein Defekt nun auch wieder nicht. Zwar sehe man auf Anhieb, daß ich die *Messiade* nicht geschrieben habe, deren Lektüre jedoch traue sie mir ohne weiteres zu. Getröstet fuhr ich schnurstracks zum Erdgeschoß hinunter, jedoch nebenan nicht schnurstracks wieder hinauf.

Denn neben dem Stummen Portier stand ein Mann mir im Weg, der seines Alters wegen, das meinem entsprach, kaum der behördliche Portier sein konnte. Stumm war er schon gar nicht. Wie ein theatralischer Wetterverkünder ließ er die rechte Hand über Hinweisschilder wandern, während seine linke einen Vordruck hielt, von dem er Vortrag hielt. So angenehm weit gefächert das Dienstleistungsangebot im Verwaltungsblock auch sei, trug er mehr bekümmert als mißbilligend vor, so unangenehm zerfasert wirke der ausgehängte Öffnungszeitenplan.

Ob ich ahne, was man in diesem Block alles kriegen könne, fragte er mich, der ich gar nicht alles haben wollte, und ließ seine Hand in der Weise über die Einträge an der Kachelwand fliegen, in der Kachelmanns Hand, wenn er uns Aussichten macht, hingeht über Hochs und Tiefs. Zum Beispiel könne ich hier, falls ich welche aufgeben wolle, meine Gewerbeanzeigen loswerden, sprach im Staccato mein Altersgefährte und sparte nicht an Gebärden, die ganze Wetterfronten umfaßten. »An-, Um- und Abmeldungen, eben alles, was so kommt.«

Ehe ich sagen konnte, wie stark es mich freue, bereits am gesuchten Ziel zu sein, verlas er unter begleitenden Fingerzeigen, was sonst noch alles in diesem Trakt zu haben war: »Erlaubnisse für Makler, Spielhöllen, Bewachungsunternehmen …«

Obwohl geneigt, dieser Dreiheit ein Wort zu widmen, warf ich nur ein, Spielhallen meine er wohl, hörte aber, das sei praktisch dasselbe. Dann ging das Vorlesen des Herrn, der allem Anschein nach nicht oft Gelegenheit dazu hatte, begeistert fort: »Beratung von Gaststätten, Großküchen und Kantinen ...«

Wie mich noch das Fehlen von Fischbratküchen wunderte, war er schon bei Verbraucherschutz, Ladenschluß, Feiertags- und Jugendschutz, Warenkennzeichnung, Preisauszeichnung, Jagdscheinen, Fischereischeinen sowie Erlaubnissen nach dem Waffenrecht. Auch die Umsetzung der Hundeverordnung, sagte er, falle laut dessen Merkblatt dem Wirtschafts- und Ordnungsamt zu, das gleichermaßen als Veranstalter von Wochenmärkten auftrete und zur Versorgung der Bevölkerung mit frischen Lebensmitteln und sonstigen Produkten des täglichen Bedarfs beitrage. Darüber hinaus erteile es Erlaubnisse zur Durchführung von Straßen- und Stadtteilfesten sowie Antik- und Trödelmärkten auf öffentlichen Straßen und Wegen.

Gern hätte ich beteuert, er habe in puncto Vielfalt nicht zuviel gesagt, doch wollte er von Lob nichts hören, solange ein Tadel nicht ausgesprochen war. Was nütze alle Konzentration der Ämter, wenn deren Öffnungszeiten sie in sämtliche Winde zerstreuten, fragte er und tauschte den Zettel in seiner Linken gegen einen anderen aus. Allein in Block A habe man es, auf fünf Werktage gesehen, mit vier verschiedenen Büroschließzeiten zu tun. Zwölf Uhr, zwölf Uhr dreißig, fünfzehn Uhr dreißig und sechzehn Uhr.

Was er vom Blatt las, schien Ergebnis langen Bedenkens zu sein. Er hatte herausgefunden, ein vormittags beschäftigter Bürger, der nachmittags aus diversen Gründen diverse Dinge in diversen Büros erledigen wolle, könne das infolge divergierender Öffnungszeiten nicht in einem Zuge tun. Als Fallbeispiel führte er einen Einwohner an, der sowohl Rat in einer Kantinenfrage suchen als auch einen Fischereischein erwerben und über dieses hinaus bei der Vorbereitung eines Stadtteilfestes klären wolle, wo genau die Grenze zwischen Antik und Trödel verlaufe. Zudem trieb den ausgedachten Einwohner die Rechtsfrage um, ob er, falls er sich als ungeübter Verkäufer, der er war, beim Unterschied zwischen diesen beiden einmal vertue, mit Erlaubnissen nach dem Waffenrecht oder aus der Hundeverordnung rechnen dürfe.

Schon um weitere Kombinationen zu vermeiden, ging ich den Herrn um die Sperrzeiten der städtischen Stelle für nichtkünstlerische und nichtgewerbliche Einlagen auf der Spitalerstraße nicht an. Ein Schub eigener Redseligkeit ließ mich aber fragen, wie es ihm gelungen sei, sich mit der pluralistischen Dienstleistungsfülle derart eindrucksvoll vertraut zu machen. Mir komme sie immer noch, ähnlich der Vokabel *gewöhnungsbedürftig*, gewöhnungsbedürftig vor. Ich erlaube mir diese Frage, da er nicht nur wie aus dem Lausitzschen klinge, sondern auch über Ansichten und Ausdrücke verfüge, die eher unserer Ehemaligen als der Jetzigen zugehörten.

»Da bin ich aber gespannt. Da frage ich Sie, welche Ansicht, welcher Ausdruck kann das wohl sein?« sprach mein Generationsnachbar und blickte für kurze Zeit ähnlich drein, wie Herr Bota, auch *Bota der Stiefel* genannt, im kommenden Oktober bei der unmutigen Erkundigung dreinblicken sollte, ob hier *Tatort* sei oder was.

»Vor allem die Angabe auf Ihrem Zettel, das Amt trage als Veranstalter von Wochenmärkten zur Versorgung der Bevölkerung mit frischen Lebensmitteln und sonstigen Produkten des täglichen Bedarfs bei«, sagte ich, fand den Aufwand zwar übertrieben, fuhr aber dennoch fort: »Dazu fällt mir das Lied *An de Eck von de Steenstroot steit 'ne Olsch mit Stint* ein, in dem ein Polizist zur Händlerin sagt, ihr Schellfisch sei Kabeljau. Die Steinstraße ist gleich hier ums Haus, und das Lied könnte ich Ihnen singen. Aber von der Behörde als Versorgerin würde ich Onkel Karstadt und Tante Emma lieber nichts hören lassen. So sahen sich nur die unsrigen. Das Gruselwort *Waren Täglicher Bedarf* hat, wie ich noch weiß, von Zittau bis Vitte gegrüßt.«

Zuerst herrschte, wohl des Verdachtes wegen, er sei an einen verräterischen Wendeling geraten, wache Strenge, doch war ein Zauberwort gefallen, und landsmannschaftliches Bekennen hatte in meinem ehemaligen oder teilweisen Landsmann statt. »Vitte!« rief er. »Hiddensee, Schaprode! Bootsstation Sehnsucht, das, mein Guter, waren die eigentlichen Werte! Da wußte man, warum man sie schützen sollte!«

Was mich ahnen ließ, in welcher Organisation Täglicher Bedarf mein Altersvetter tätig gewesen war. Während er sichtlich wähnte, im Erdgeschoß vom Ordnungsamt Hamburg-Mitte auf einen Kampfgenossen getroffen zu sein. East meets East an der Unterelbe. Schutzwall verweht, Klosterwall gewonnen. Da sei wohl, sagte der ansichtsstarke Mann, unter uns Breitgetretenen ein offenes Wort erlaubt.

Wie die versprengten Schließzeiten zeigten, habe man auch hierzulande längst nicht alles im Griff. Du lieber Himmel, als ob der Zeitfaktor nicht stets der Hauptfaktor gewesen wäre! Der Hauptfeind sowieso. Was spätestens mit dem Wer-zu-spät-kommt-Spruch des kaukasischen Abstinenzlers klar geworden sei. Aber auch vorher sei es klar gewesen. Immer der Zeitfaktor. Er habe das durchlitten. Einmal war er wegen augenfälliger Schmächtigkeit zur Sicherheitsübung *Schild und Schwert* als *Auge und Ohr* abkommandiert worden. Es galt, die natürliche Hohlheit von Standbildern zu nutzen, indem man deren Innenraum mit Kontrollposten bemannte. Er hatte bereits eine Einweisung für das Fritz-Reuter-Denkmal am Bahnhof Neubrandenburg, als der besagte Zeitfaktor dazwischenkam. Längst lag der Befehl vor, die Hauptverwaltung *SSAO* solle aus Rücksicht auf ihre Mitarbeiter während der Heizperiode – der Zeitfaktor! – für die nötige Bewärmung der Literatenbronze sorgen, als ein Eierkopf von Oberstleutnant zu bedenken gab, mitten im kalten Winter und inmitten verschneiter Anlagen könnte, von der nationalen Energiefrage einmal ganz abgesehen, das durch Elektrifizierung eis- und schneefrei bleibende Ehrenmal des »Stromtid«-Dichters die Wachsamkeit der zur Wachsamkeit erzogenen Bevölkerung wie auch der Bahnreisenden erregen. »Immer der Zeitfaktor! In Frühjahr oder Herbst wäre das Problem gar nicht erst aufgekommen.«

Im Sommer, gab ich zu bedenken, mitten im heißen Sommer hätte es sich umgekehrt gestellt. Gewiß wäre es mit Kühl- oder Sprinklersystemen zu bemeistern gewesen, doch habe ja, wie von ihm erwähnt, neben dem Zeitfaktor die nationale Energiefrage mitgespielt. Vermutlich könne er, was das entgangene Kommando betreffe, von Glück sagen. Ich für mein Teil stelle es mir nicht behaglich vor, im Inneren einer stark besonnten Bronze wachen und wach bleiben zu müssen.

Wie er sein Glück bedachte, schien mehr Verbitterung als Grimm sein Teil. Knapp hinderte ich mich, ihm vom anstehenden Aufenthalt im Innenraum eines Nylonsacks zu sagen. Doch konnte ich dem Mit-Veteranen und zeitweilig engeren Landsmann unmöglich die Anregung vorenthalten, er möge seine Reuter-Erfahrung zur Bismarck-Idee ummünzen. Zumal im Licht der hiesigen Ordnungs-und-Sicherheits-Debatte. Was er wohl meine, wie viele öffentliche Straßen und Plätze sich aus Augenhöhe des Uraltkanzler-Denkmals im Auge behalten ließen. Nicht irgendwelche Straßen und Plätze, sondern Spielbudenplatz, Heiligengeistfeld und Reeperbahn. Stadtabschnitte mit einem überdurchschnittlichen Aufkommen an öffentlichen Damen und Herren. Ob die meines Vermutens in heißen Sommern wie kalten Wintern inwändig kühle Zementfigur über einen für Wachpersonal geeigneten Hohlraum verfüge, wisse ich nicht. Doch werde das im Ordnungsamt mit Sicherheit herauszufinden sein.

Sagte ich ihm und unterließ es, die Frage nach der Herkunft des Kanzler-Zements aufzuwerfen. Immerhin war aus dem Hamburger Hafen erst ein ordentlicher Hafen geworden, nachdem der Oder-Spree-Kanal das östliche Hinterland erschloß. Von mir zu erfahren, die Schiffsverbindung habe eine Verbindung zum berühmten Baustoff von Rüdersdorf eingeschlossen, hätte den empfindlichen Mann zunächst vielleicht erfreut, ihn dann aber argwöhnen lassen, es laufe auf eine Andeutung von Betonkopf hinaus.

So billigte ich meine Wortkargheit und berührte im Aufzug ohne längeres Abwägen den Signal-Punkt der Etage, in der das Unteramt für Stadtteilkultur seine Unterkunft haben sollte. Vollkommen willkürlich startete ich dorthin insofern nicht, als dieses Ressort deutlich zu einem Unterfangen stimmte, das mit der Doppelaufschrift *Sinnstudie – Nicht stören und nichts spenden!* an Kulturelles und Ideelles gemahnte. An, um ein berühmtes Exempel zu nennen, Schillers nobles Wort *Die goldne Kette gib mir nicht* zum Beispiel.

Es war ein Klassiker-Zitat, das angesichts der immerwährenden Zahl armer Poeten und anderer Hungerkünstler nicht ohne Einwand von mir bleiben konnte. Wegen seiner Verse »Die goldne Kette gib mir nicht, / Die Kette gib den Rittern, / Vor deren kühnem Angesicht / Der Feinde Lanzen splittern« mußte der Autor, wie ich im Aufzug fand, als arger Spruchbeutel gelten. Schon gar wegen der Fortsetzung »Gib sie dem Kanzler, den du hast, / Und laß ihn noch die goldne Last / Zu andern Lasten tragen.«

Rettende Einsicht hinderte mich, die Fahrt zu stoppen und noch einmal abwärts zu reisen. Die Einsicht, es mache mich im Punkte Spruchbeutelei dem Sänger-Dichter ähnlich, wenn ich meinem Halbwegslandsmanne und engeren Landsmann Lessings – dem wir, nicht zu vergessen, die *Hamburgische Dramaturgie* verdanken – aus purer Redseligkeit diese Schiller-Sicht unterbreitete. Leider entfiel durch den Verzicht auch die Überlegung, ob sich in Weimars nationalem Doppelmal für Schiller und Goethe ein Doppelposten installieren ließe. Nicht nur, weil vier Augen mehr sehen als zwei, sondern vor allem des Doppelgewinns aus Herzenswärme und Geisteskühle wegen, der anfällt, wo sich Ideen, anstatt allein zu bleiben, an anderen reiben.

Doch erfolgte anstelle des erwogenen der bestellte Förderkorbhalt. Wieder landete ich in einem fast leeren Treppenhausteil. Auch in diesem befand sich ganz in der Ecke eine behördlich gediegene Tür. Nur bot sich dahinter kein Ausblick auf die Dächer der Vaterstadt. Dafür ein leicht rätselhafter Anblick. Linkerhand eine Wand, in der nichts weiter als eine Luke war, über der *Tagesausgabe* geschrieben stand. Geradeaus gab eine Glastür den Blick in einen Raum für viele Menschen frei, in dem sich, soweit man sah, lediglich ein einzelner Mensch aufhielt. Eine Frau, soweit man sah. Nach ihrer halbuniformen Montur zu schließen, eine Wachfrau, eine Wischfrau vielleicht. Hinter ihr standen Stühlestapel für zahlreiche Besucher aufgetürmt. Auf dem Stuhl, der einem der Stapel fehlte, saß die vereinzelte Frau.

Es sei nett von mir, mich so zeitig sehen zu lassen, sagte sie und klang nach lustvollem Streit. »Kaum elf vorbei, und er ist schon da!« Nicht, daß sie nicht noch länger gewartet hätte. Auf solche wie mich zu warten, werde sie bezahlt. Weshalb man sie eigentlich Wärterin nennen müßte. »Macht aber keiner; es gibt Empfindlichkeiten.« Nur auf ihre Empfindlichkeit werde gepfiffen. Von mir, von dieser und von jener, von Bruder Heinerich und Heinerichs Bruder dazu. Alle Genannten verließen sich auf das Wort *Tagesausgabe*. »Und der Tag ist eben lang.« Der Senat vermute wahrscheinlich, in diesem Raum herrsche Bedürftigkeit vor. Dem sei aber nicht so; wirklich Bedürftige stellten sich früher als um elf Uhr ein. »Wer erst nach elf erscheint, ist nicht bedürftig, sondern frech.« Der spotte des Sozialstaats und sei nicht krank. Kranke kröchen manchmal auf allen vieren zur Tagesausgabe, aber um sieben. Noch bis kurz vor acht könne auf Bedürftigkeit geschlossen werden. Von ihr aus bis um halb neun. »Danach kommt nix als Nixnutz und Revoluzz.« Sagte die Frau und erhob sich. Ließ mich sehen, wofür sie mich hielt. Schwenkte den Hintern auf das verächtlichste. Verschwand durch die Glastür und tauchte hinter der Luke auf. Öffnete sie mit der Linken und hielt mir die offene Rechte entgegen. »Die Bedürftigenkarte, wenn ich bitten darf!«

Ich sagte, ich habe keine. Habe nie eine besessen oder haben wollen. Zudem sei ich dessen, was – was immer es sei –

hinter der Luke zu haben sei, nicht bedürftig. Ich sei lediglich der Auskunft bedürftig, wo sich die Luke für Stadtteilkultur befinde.

Mit der Linken zog die Frau die Tagesausgaben-Klappe so heftig herunter, daß ihre Rechte Mühe hatte, unabgehackt ins Innere zu gelangen. In Bestzeit war die Person dann wieder im menschenleeren Warteraum, passierte die Glastür, hob vom Stapel, dem schon einer fehlte, einen weiteren Stuhl, stellte ihn neben ihren, zeigte an, ich solle mich setzen, fragte, was ich von der Stadtteilkultur wolle, und sagte dann, mein Vorhaben falle nicht unter Stadtteilkultur. Als Sinnstudie falle es allenfalls unter Kultur, aber nicht unter Stadtteilkultur. Unter die falle nur Ortsgebundenes. An den Stadtteil St. Georg Gebundenes in diesem Falle. Balkonwettbewerbe und solche Ausdrucksformen. Letzten Sommer hätten die Bewohner von St. Georg gemeinsam die verbliebenen Straßenhandpumpen künstlerisch ausgestaltet. Farben und Dekor mußten aber auf Weisung des Ordnungsamtes wieder entfernt werden, weil Stadtzubehör, also auch Stadtteilzubehör, eine einheitliche Markierung verlange. Nein, Sinnstudien, da wüßte sie wirklich nicht. Das höre sich für sie ganz nach der Baubehörde an. Einen Block weiter. Oder zwei. Ob sie dort anrufen solle.

Das sollte sie nicht. Sie sollte mir nicht einmal sagen, welche Art Bedürftigkeit welche Art Mensch frühmorgens ans städtische Tagesausgabenfenster trieb. Um was immer es sich handelte, ich wünschte auf keinen Fall, im Zusammenhang damit gesehen zu werden. Man sollte mich nicht zu allem anderen für einen halten, auf den im Stapel einer der Stühle wartete. Nicht auch noch durfte es heißen, ich käme neuerdings um Tagesausgaben ein. »Ja, vor der Luke hat man ihn erkannt. Ja, ja, zu einer Zeit, in der er hoffte, nicht erkannt zu werden.«

Ich stammelte Dankesworte und entwich, um für einen unbehinderten Abzug den Aufzug zu gewinnen, durch die gediegene Tür ins Treppenhaus. Die Frau auf dem Stuhl, die ein Amt als Tagesausgabenfrau und keines als Wachfrau oder

Wischfrau innehatte, sah mir nach wie einem, der entschieden zu spät gekommen und entschieden zu früh gegangen war.

Im Erdgeschoß schritt ich energisch und ungesehen an meinem partiellen Landsmann vorüber. Wenn ich die Wanderung seiner rechten Hand über die Verwaltungskacheln richtig deutete, war er vollauf beschäftigt, neuen Behörden-Besuchern das Besuchszeit-Dilemma des Ordungsamtes darzutun. Wahrgenommen wurde ich nur von einer Gruppe dunkelhaariger und dunkeläugiger Leute, die zusammengedrängt nahe dem Ausgang standen. Oder gerade durch den Eingang hereingekommen waren. Hätte beim Quiz die Million drangehangen, hätte ich auf Skipetaren getippt. Auf Söhne der Adler aus den Albanerbergen und wenige Töchter der Adler dazu. Sie hielten inne im Gespräch, von dem ich keine Silbe verstand, sahen mich, tut mir immer noch leid, furchtsam an und grüßten im Chor aus fremden Mündern.

Der Gruß ist eine Vermutenssache; doch was sonst hätten sie mir darbringen sollen? Wir kannten einander nicht, so daß ich von mir aus nicht hätte grüßen wollen. Fragte sich, warum sie es von sich aus taten. Fragte sich nicht, lag auf der Hand: Sie grüßten vorsichtshalber. Ich war wie ein Mensch, der wußte, was er nicht wollte, aus der Kabine getreten, und sie waren nichts weiter als fremd. Waren in der Fremde und im Begriff, vereint zu einem überaus fremden Amt zu gehen. Zu Amt geführt zu werden. Man hatte sie im Vorraum abgestellt, auf daß sie dort warteten. Auf einen Bärenführer oder eine Dolmetscherin. Auf einen Kundigen, Landeskundigen, Amtskundigen. Auf jemanden jedenfalls, der nicht wie sie in der Eingangshalle ein Zwischenlager sah, einen Anlaufplatz, an dem man einander vorm Weiteraufstieg in unbekannte Entscheidungshöhen noch einmal Mut machen konnte.

Sie waren von wer weiß woher auf wer weiß welchen Wegen angereist, man hatte sie wer weiß wo eingelagert und sie, ehe es in Sachen Genehmigung und Beglaubigung ab mit ihnen in die Behördenfremde ging, durch das Revier der hohen Häuser geführt, über unbekannte Steinstraßen voller unbekannter Menschen an Auslagen vorbei, die gefüllt mit unbekannten Waren waren, und hatte sie mitten hinein in ein Tunnel-und-Schienen-und-Straßen-Knäuel gebracht, das ohrzerreißend und herzbedrückend *Centrum-Centrum-Centrum* schrie.

Was fragte ich da, wen sie grüßten, wenn sie mich grüßten? Sie grüßten einen Fremden, der sie gemustert hatte. Einen alten Mann, der sich wie ein frecher Mann bewegte. Wie ein freier Mann, der gehen konnte, wohin er wollte. Einen hiesigen Kerl, dem es erlaubt schien, der sich erlaubte, der sich herausnahm, andere zu mustern. Der vertraut und befugt durch das bedrohliche Gehäuse schritt. Dessen Kleider nicht so neu wie ihre wirkten, aber bequem und angemessen und nicht gespendet wie ihre. Sie grüßten mich wie einen, dem das Haus kaum gehörte, der aber anders als sie zu diesem Haus, zu dieser Stadt, zu diesem Land gehörte. Dazugehörte. Sie grüßten mich als Teil einer mächtigen Fremde.

Da war es ablenkend gut für mich, vorm Behördenhaus zu stehen und am Verkehrsschwerpunkt Deichtorplatz den Auftrieb auf dem Klosterwall wie im Tunnelauslauf ins Auge zu fassen. Eine anders mächtige Fremde, die mächtig nach Einordnung schrie. Gut, die Ampeln, Freundinnen und Helferinnen allesamt, helfen dem, der von der Steinstraße kommt, freundlich in die Ost-West-Straße hinein und achten, daß er gleich zu Anfang nicht in den Freihafen oder zum Dovenfleet gerät, wenn er nach St. Pauli will. Aber zuerst rechts und dann geradeaus einfädeln muß er sich schon selber.

Ähnlich verzwickt geht es zu, so du wie der Ochs vorm selben Deichtor stehst und dich nicht rechtzeitig in die rechte der linken Spuren begeben hast. Was du aber solltest, wenn du weder gleich auf die Autobahn noch auf die Elbbrücken nach Süden möchtest. Immer bete ich an dieser Stelle, es möchten bitte, bitte alle, die seitlich hinter mir aus der Tunnelröhre kommen, bis zum Ampelhaltepunkt von Farben- und Nachtblindheit genesen sein. Vielleicht nicht jedesmal, jedoch jedes fünfte Mal ist mir in diesem flußnahen

Bereich die verkehrsteilnehmende Blutsmutsperson begegnet, die sich im Deichtortunnel zunächst basel- und buxtehudezu hält, um dann voller Vertrauen in meine Bremskraft mehr als nur jäh an der Nordkanalbrücke mit ihrem Blech hart vor meinem Blech berlin- oder boitzenburgwärts einzuscheren.

»Du Wilde Maus, du!« schreie ich stets, seit ich dem Hexensabbats-Blocksberg zwischen Hauptbahnhof und Hauptgüterbahnhof diesen Rummelplatz-Namen verliehen habe. Zur Ruhe komme ich erst auf der Nordkanalstraße in Höhe Wandalenweg. Oder etwas früher dort, wo sich Sharps Europa-Niederlassung befindet. Die Stelle beschwichtigt mich, lenkt mich vom Rächerzürnen ab. Vielleicht, weil ein belgischer Verwandter von mir hier am Gabelstapler des japanischen Unternehmens sein Brot verdiente. Mein Schwager Ammann, der zappelige Mann meiner ruhigen Schwester Isa.

Gern hätte ich mich ihr, die in entgegengesetzter Richtung etwas seitlich versetzt, aber halbwegs zwischen Bismarck und Klopstock einen umsatzstarken Betrieb betrieben hat, an dieser Stelle zugewandt, doch dürfte mehr als ein Abschweif im Abschweif weder gut noch erlaubt sein. Entsprechend umschweiflos betrete ich an jenem Septembertag, von dem ich im Augenblick berichte, einen weiteren Block des Ordnungsamtes, weil ich, bevor es im Oktober in den Schlafsack geht, zur rein geistigen Unternehmung, zu einem umsatzlosen Nichtbetrieb erklärt sein will. Die mutmaßlichen Albaner, die mich im Hohen Hause aus Vorsicht grüßten, bleiben zurück. Selbst wenn Neugier es anders möchte. Jetzt gilt es mir, jetzt werde wohl ich einer sein, der grüßen muß.

Meine Hoffnung auf einen weiteren Ausblick auf Hafen oder Alster ließ mich wieder den obersten Liftknopf berühren. Doch hielt der Förderkorb auf halbem Wege. Hielt und rührte sich nicht, ehe ich nicht ausgestiegen war. Ich vermute einen technischen Eingriff der Etagenanlieger, da an der Tür, die auch auf diesem Treppenhausabsatz die einzige war, *Bundesgrenzschutz* geschrieben stand.

Das kam unverhofft, aber ebenso unbefürchtet. Am Ende konnte es hilfreich sein. Ich hatte schon so oft nicht hingewollt, wo ich hingekommen war, daß es wohltat, mit Vorsatz an einer Festungspforte zu läuten. Ohne barsches *Wer da?* öffnete sie sich. Wurde geöffnet. Von einer, bei deren Anblick ich dachte: Sieh an, sieh an, sieh einer diesen Bundesgrenzschutz an!

Abbitte leistete ich den Besetzungsmächten aller Fernsehanstalten. Gehöhnt hatte ich, weil so ausgemacht Schöne im wirklichen Leben der Ordnungsorgane rarer anzutreffen sind, als die Television mit ihren Abend-und-Vorabend-Polizistinnen glauben machen will. An der Tür zur Bundesgrenzschutz-Niederlassung aber wurde ich beschämt.

Die junge Frau, die mir öffnete, war nicht weniger als eine Augenweide. Natürlich machen auch in diesen Instituten die Kleider die Leute, doch wie letztlich alles an den Leuten hängt, zeigte mir ein erster Blick ins Wachlokal. Zu sehen waren etliche Hoheitswächter, die durch die Bank die gleichen gebügelten Hosen und die gleichen Combat-Pullover trugen, doch glich keiner von ihnen, ob Mann oder Frau, in Körperhaltung und Körperbau dem Wesen jenseits der Schwelle, vor der ich auskunftbedürftig stand.

Da ich in Schutz- und Wachbereichen den Oberrat nicht vom Obermaat unterscheiden kann, unterbleibt jeder Versuch, die holde Erscheinung einem Dienstgrad zuzuordnen. Das Türöffnen veranschlagt, wird er niedrig gewesen sein. Figürlich aber hieß sie General. Auch ihr gestrenger Ton war dieses Ranges. Was mir fort von der Überlegung half, in welcher öffentlichen Bronze sie sich unterbringen ließe. Soweit ich sah, hätte sie in Cremers *Aufbauhelferin* gepaßt. Ob aber diese ihr, stand beim Geist ihres Korps dahin.

Was ich wünsche, wünschte sie zu wissen. Es klang, als ob auf bloßes Klingeln sechs Jahre Katorga stünden. Ich sagte, was ich wünschte, und das war zuviel. Sie fragte einen Beamten, den sie Heini nannte und dessen Kampfleibchen überdehnt auf seinem Kämpferleib wirkte, ob er mal kommen könne. Er konnte, konnte es aber seinen Bewegungen und

Blicken nach nicht leiden, aus einer eben angefangenen Überlegung in eine andere gezogen zu werden. Er sah mich an, und ich sah ihm an: Nichts, was er sah, sprach für mich. Das zauberische Grenzwesen trat an ihn heran und flüsterte ihm etwas ins Ohr. Es ist ungehässig, wenn ich vermute: Sie hielt die Post, die ich ihr vor Augenblicken anvertraut hatte, vor mir geheim.

Weil mir Kamerad Heini, zumal neben ihr, wie ein seinem besternten Strickzeug entwachsener Bleylesoldat vorkam, mit dem nicht gut plaudern war, fragte ich, ob der ihm anbefohlene Grenzraum die Spitalerstraße einschließe. Ich hätte es gern gewußt, fügte ich ergeben hinzu, da ich ihn gar nicht erst mit meinem Problem behelligen wolle, falls das tatsächliche Schutzfeld bereits an der Hafengrenze ende. Oder sei es so, daß der Wirkbereich des BGS-Quartiers kaum mehr als den Klosterwall und die Steinstraße einbeziehe?

Um uns aufzulockern, erkundigte ich mich, ob sie, apropos Steinstraße, als junge Hamburger wüßten, daß ein altes Hamburger Liedchen, das von einer Fischfrau und einem Polizisten handle, im heutigen Hochhausbereich zwischen Steinstraße und Springeltwiete spiele. Doch wollte allem Augenschein nach weder die gertenschlanke Frau noch der baumstarke Mann davon etwas wissen. Oder von mir.

Anders hielten sie es diesem Augenschein zufolge miteinander. Was ich von ihm zu ihr so gut verstehen konnte, wie es mir von ihr zu ihm ein Buch mit sieben Siegeln war. Fest stand nur, von mir hielten beide nichts. Entweder hatte es ihnen nicht gefallen, von einem alten Auswärtigen junge Hamburger genannt und nach einem Lied gefragt zu werden, das sie nicht kannten. Oder sie hörten sich nicht gern Polizisten gerufen, wo sie doch Sonderpolizisten waren. Oder aber der Vorgesetzte sah Gelegenheit, einer Untergebenen, deren körperliche Vorzüge ihn manchmal *Manchmal möchte ich schon mit dir* pfeifen ließen, seine Geistigkeit zu zeigen.

So oder so oder so, mir wurde es nun von ihm gegeben. In Form einer Auskunft aus dem Geist eines Verfassungsorgans, das von Argwohn, und nicht nur dem eigenen, ein Lied singen konnte. Eines Staatsdienstes, der sich immerfort bedrängt sah von unmutigen Liedern. Die nicht etwa nur muntere Liedchen mit irgendwelchen Fischfrauen waren. Sondern undankbare Schlachtgesänge einiger weniger Bürger, die es nicht immer schätzten, daß man sie schützte. Oder wie man es tat.

Allzugut ahnte ich, was diese jungen Menschen verkraften mußten. Und warum sie beamtete Gedanken wie diese dachten: Kaum, dachten sie, kaum bleiben uns die Teilung und die innerdeutsche Grenze erspart, und schon sollen wir zu großen Teilen eingespart werden. Kaum sind innereuropäische Grenzen weg, müssen auch viele bundesdeutsche Grenzer weg. Andererseits und aufs Innerstädtische gesehen: Kaum sitzt der internationale Terror in Harburg gefangen, kommt er in Hamburg wieder frei. Doch von den Ausländern abgesehen und wieder auf das Östlich-Binnenländische gesehen: Kaum sind die in der Ostzone frei, sind sie aber auch gleich so was von frei! Sind so frei, sich an unserem Bundes-Präambel-Gott zu stoßen. Möchten jottlos, aber nicht joblos sein. Schreiben die Teilung fort, indem sie ihren Prozentanteil an der Joblosenzahl vom Anteil-West unterschieden und ausgeschrieben sehen wollen. Werden bei Prozenten kleinlich, wo sie in vierzig Jahren hundertprozentig waren. Oder Gesetzestreue gewesen sind, die sich stramm über jedes Körnchen freuten, das ihnen zugeteilt wurde. Über jeden Korn sowieso. Was manche von ihnen nicht hindert, der Null-Promille-Grenze nachzutrauern. Wenn nicht jener, so doch dieser; Hauptsache Grenze! Ein Volk von Hampelmännchen. Mit einem Wort, einem Unwort zumal: Ein Ampelmännchenvolk!

Hier scheint eine Klarstellung des Berichterstatters angebracht: Dermaßen weit ist der gehobene Schutzmann in seinem gestrickten Kampfwams allenfalls in Gedanken gegangen. Was ich als seine Suada hier notierte, ist Zeugnis meiner Voreingenommenheit gegenüber jungen Kerlen, die von jungen Frauen herbeigerufen werden, nachdem ich eine Frage stellte. Obwohl es dabei nur um Dienstliches wie das Regime auf der Spitalerstraße gegangen ist. Noch einmal zur Ehrenrettung des Wächters im maschinengestrickten Kämpferjanker: Was obenstehend nachzulesen steht, stammt aus meinem Kopf, nicht aus seinem. Ich habe es lange nach unserer Begegnung so aufgeschrieben, wie es mir während dieser vorkommen wollte.

Auch wenn es verwerflich machoistische Vorstellungen bedient, muß ich sagen, die Sonderpolizistin trat zwar weiterhin glanzvoll in Erscheinung, trug aber zum Vortrag ihres Grenzkameraden wenig bei. Sie nannte letzteren, ermunternd, wie mir schien, noch einmal Heini, und er sagte, meine Fragestellung sei in gewisser Hinsicht falsch. Die Grenze, die sie schützten, und der Freihafenzaun hätten insofern nichts miteinander zu tun, als der Freihafen, das sei gerade der Witz an einem Freihafen, innerhalb der Landesgrenzen liege. Über dem Freihafen wehe sozusagen die Handelsflagge, während an der Grenze die Bundesfahne wehe. Selbstredend stelle die Nähe des Grenzschutzes zum Freihafen wie zum Hafen keinen Zufall dar. Wie umgekehrt die Nähe der Häfen zum Grenzschutz kein Zufall sei. Immerhin trage sich mit den fremden Schiffen und deren Kapitänen auch fremde Hoheit ins eigene Hoheitsgebiet hinein. Aber von dieser komplizierten Sachlage zur ursprünglichen Frage: Da das Land, wie er Landsleuten, die im Landesinneren wohnten, immer zu erklären versuche, technisch dort ende, wo die Schiffsreisen, welche über die Grenze ins Ausland führten, praktisch begännen, könnten grenzkontrollierende Maßnahmen aus praktischen Gründen nicht erst an der faktischen Hoheitsgrenze auf hoher See vorgenommen werden. Was die von mir genannte Spitalerstraße wie auch die Steinstraße angehe, lägen beide tatsächlich im Wirkungsfeld seines Dienstes, wie alle deutschen Straßen bei bestimmten Gegebenheiten in diesem lägen. Vom Notstands- und Verteidigungsfall nicht zu reden, sei das etwa in Fällen von Schlepper-Kriminalität der Fall. Was sich von selbst verstehe, da ein zur Schleierfahndung eingesetzter verdeckter Ermittler kaum fahnderisch wirken könne, wenn er ausgerechnet die Spitalerstraße nicht betreten dürfe. Eine Straße, die den kürzesten Fußgängerweg zwischen den kritischen Punkten Rathaus und Hauptbahnhof darstelle und quer durch Geschäfts- und Gastronomiebereiche führe, die alle möglichen Straftaten ermöglichten. Ganz einfach, weil alle Welt einschließlich Unterwelt die einleuchtendsten Gründe habe, sie von Zeit zu Zeit aufzusuchen. »Und sei es nur«, sagte der Beamte vom BGS und sah die Beamtin vom BGS mit kaum verdeckter Innigkeit an, »um in einem bekannten Fischrestaurant, das sich meines Wissens vor seinem Standort in der Spitalerstraße eine Zeitlang in der Steinstraße, die Sie erwähnten, befunden hat, in allen Ehren gebackenen Fisch zu speisen«.

Bildete ich es mir ein, oder hatte er in seinem schmachtenden Blick für die Kollegin einen nicht so schmachtenden Seitenblick für mich untergebracht? War letztlich auch dieser weniger für mich als für jene gemeint? Besagte er, sie solle nur hören, wie er es dem überlagerten Landei gebe? Tat ich gut daran, in seinem ausladenden und auskunftsreichen Vortrag ein exquisites Verfahren zu erkennen, mit dem er des Behördenschildes in Block A spottete? Wollte sich der Bundesbedienstete von den Stadtbediensteten absetzen, indem er das öffentlich ausgehängte Versprechen, die Mitarbeiter unterm Klosterwalldach seien zu Auskünften bereit, auf subtile Weise verhöhnte? Gab der Mann in aller Welt Polizistenart zu erkennen, daß er seine Bürger lieber schützte, als ihnen Auskunft zu geben?

Wie die Antwort auch lauten mochte, mir schien es an der Zeit, von der Schwelle zu weichen und aus dem vielfältigen Grenzbereich zurück ins Vertraute zu finden. Ich machte eine Verbeugung, mit der ich selbst bei der Firma Sharp nicht als aufmüpfig gegolten hätte, bedankte mich als einer, der sich belehrt fühlen durfte, und sprach die Absicht aus, über Klosterwall, Steinstraße, Lange Mühren und Spitalerstraße das bekannte Fischrestaurant aufzusuchen. Schon seines Salates wegen, aber auch, weil sich mit dem Lokal persönlichste Erinnerungen verbänden.

An dieser Stelle hätte ich fortgesollt. Denn die Ankündigung persönlichster Erinnerungen schien Herrn Heini derartig anzustrengen, daß ihm ein Herzvibrieren sichtbar durchs Strammgestrickte schlug. Ich suchte ihn zu beruhigen, indem ich noch einmal für die Informationen dankte, und sagte, da zeige sich wieder die Weisheit der Spruchweisheit von der Uhl und der Nachtigall: Eine Schleierfahndung etwa müsse, wo sie den Fußgängerbereich der Spitalerstraße erfasse, allen Gesetzbrechern, mithin nicht zuletzt widrigen Figuren, deren Stiefel man nicht gern im Gesicht haben möchte, oder den Schleppern von armen Skipetaren als grausliche Uhl gelten. Während ebenderselbe Hoheitsakt jeden gesetzestreuen Gaststättengast wie eine liebliche Nachtigall anmuten dürfte. Allein schon, weil er sich im Wissen um das befugte Fahnden der Ermittler seelenruhig den köstlichen Gerichten widmen könne.

Dieser Zusammenhang schien ihnen neu. Möglicherweise überdeutete ich ihr Interesse, als ich fragte, ob ihnen bekannt sei, daß ausgerechnet bei dem Großstädter Heine, ja, unserem Heinrich, der bei einiger Großzügigkeit als Lokaldichter gelten dürfe, die meisten Nachtigallen vorkämen. Auf Wendungen wie »die junge Nachtigall, / Sie singt von lauter Liebe«, eine Wortfolge, die jungen Leuten sicher gefalle, stoße man zu Dutzenden, während sich von einer Uhl keine Spur bei ihm finde.

Andererseits und um jeden Lokalpatriotismus zu vermeiden wolle ich mich in Sachen poetische Nachtigall ausdrücklich zu einem Kleinstädter bekennen. Einem Norddeutschen immerhin, während der Großstädter Heine mit seiner Herkunft aus dem grenznahen Düsseldorf ja letztlich als Rheinisch-Westdeutscher gelten müsse. Natürlich spreche ich, sie hätten es längst erraten, von Theodor Storm, der als Bürger von Husum, betrachte man es mit den Augen des Hoheitsschützers, ein klassischer Grenzanwohner sei. Ein Klassiker sowieso. Das nachzuweisen reiche ein Gedicht wie *Die Nachtigall* völlig hin. Nach meinem Dafürhalten habe man es nicht nur mit einem meisterlichen, sondern einem weltmeisterlichen Kunstwerk zu tun. Einverstanden, Shakespeare, Puschkin und die ganze Korona, aber an Theos *Nachtigall* komme keiner heran. Ich behaupte nicht, ihre poetischen Stücke seien vergleichsweise Uhlen, aber grau im Vergleich zu dem, was ihr Kollege aus der grauen Stadt am Meer mit diesem Vogel anzufangen wußte, seien sie schon ein wenig. Ob sie das wüßten: Bei der Eule handle es sich um ein gefiedertes Wesen, das kein Meeresrandvogel und so gesehen auch kein Grenzvogel sei. Aber was ich ihnen da rede, sie sollten einfach hören: »Das macht, es hat die Nachtigall / Die ganze Nacht gesungen; / Da sind von ihrem süßen Schall, / Da sind in Hall und Widerhall / Die Rosen aufgesprungen.«

Die schöne Polizistin schien unter der betörenden Wucht des Nachtigallenliedes versucht, die Distanz zu ihrem Kameraden zu verkleinern. Stärker jedoch war mir, als ob sich der Polizist Heini, taub gegen Texte aus Husum, im Augenblick stark versucht sah, mir mit einer gebührenpflichtigen Geste zu kommen.

Nachdem er beherrscht keinen Mittelfinger gerührt hatte, ging ich mit einer weiteren Bushido-Beuge vom Platz. Nicht ohne Bedauern. Und das nicht nur, weil ich immer noch nicht wußte, zu welcher Ordnungs-Kategorie ich, wenn erst einmal Oktober war, im Schlafsack zählen werde, sondern auch, weil ich zu fragen vergaß, ob der Grenzschutz jemals erwogen habe, zur Versorgung der Bevölkerung mit Waren des täglichen Bedarfs beizutragen. Oder des unalltäglichen Bedarfs.

Die Stricksachen etwa, so hätte ich sagen mögen, die Jumper oder Janker, die sie beide, jeder auf seine beziehungsweise jede auf ihre Art, so mutig beziehungsweise anmutig trügen, stimmten ganz zu dem Unternehmen, das vorzubereiten ich an ihrer Schwelle stehe. Farblich, aber auch in der technisch grundierten Robustheit paßten die wetterfesten Ranger-Kleider zum Open-Range-Zeltsack aus Nylon, den mir der Neffe für mein Unternehmen geliehen habe. Ein Großneffe, um genau zu sein, der auf Landvermesser studiere, ein Fach, das bekanntlich sowohl den Dichter Kafka als auch den Grenzschutz berühre. Wiewohl, seltsam und doch bezeichnend, Kafkas Werk einerseits sechsbeinige Schaben, sprich Uhlen enthalte, andererseits aber keine einzige Nachtigall. Ähnlich wie mich dieser Umstand befremde, komme mir manches, was sie beide im Bundesdienst betrieben, verwandt mit dem vor, was ich demnächst betreiben wolle. Gewiß suchten sie und ich Unterschiedliches aus unterschiedlicher Neugier zu ermitteln. Aber *Sinnstudie*, das klinge mir fast wie *Schleierfahndung*.

Ob es ihr oder ihm auch so geklungen hat, habe ich nicht erfahren. Die hoheitliche Schwelle und die endlich geschlossene Tür blieben zurück; der Aufzug wartete meiner. Nicht anders der Fuhrbetrieb am Klosterwall. Mit dem Hochmut, zu dem Kraftfahrer gegenüber Kraftfahrern neigen, wenn sie Fußgänger sind, lieh ich dem Verkehr diesmal keinen Blick. Unterließ es auch, und zwar nicht aus Hochmut, sondern aus Furcht, die armen Leute könnten immer noch dort in Ängsten versammelt sein, im Vorüberschreiten nach den Söhnen der Adler in Block B zu sehen.

Aus ähnlichem und doch ganz anderem Befürchten sah ich mich ebensowenig nach dem Zeitfaktorspezialisten um. Vielmehr überquerte ich Stein- und Mönckebergstraße und kehrte, annähernd so unkundig, wie ich gekommen war, bei Wischer ein. Doch zeigte ich mich im September insofern auf den Oktober eingerichtet, als ich mir über Fisch und Kartoffelsalat einen nämlichen Speisengenuß auch für den kommenden Monat vorbehielt. Nein, vom rhythmisch klatschenden Schlagen vernahm ich im trockenen Teil des Herbstes noch keinen Ton.

Das wurde anders in seinem nassen Teil, der im Oktober an die Reihe kam. Da wußte ich dank des Septembers nicht nur in erlesenen Einzelheiten, womit einer ausgestattet wird, der den Amtsblock am Klosterwall betritt, sondern auch, daß es seine Ordnung hatte mit dem höflichen Mann, der am Gertrudenkirchhof elektronische Einsicht in meinen Schlafsack erbat. Ich war, begriff ich, einem Schleiermann begegnet, der zu der Hoheit gehörte, die seit dem Oktober im neunziger Jahr auch meinen Schlaf bewacht. Seit jenem Tag in Deutschland, der – gar nicht so abwegig – gelegentlich als Feiertag mit dem Erntedankfest zusammenfällt.

Beruhigend war es, nach dieser Begegnung zu wissen, daß mein Auge weder einsam noch einsam in seinem Argwohn auf Figuren ruhte, die sich in angespitzten und spitzhackigen Stiefeln wie auf Kothurnen durch das Fliesenrevier der Spitaler bewegten. Auch hatte ich dank der Bekanntschaft mit dem lausitzstämmigen Fachmann auf meinem Weg zum Liegeplatz die städtischen Hummel-Figuren ganz anders angesehen. Hatte sie mit Augen vermessen und als zu klein und zu flach und somit ungeeignet befunden, für Posten aller Art, elektronische ausgenommen, verdeckte Schilderhäuschen zu sein.

Allem voran konnte ich nach dem September-Klosterwall-Besuch beim Oktober-Aufenthalt im Leihsack vor Daniel Wischers Lokal eines genauer wissen: Um ein Tausendstel genauer, um ein Tausendstel verläßlicher immerhin, ließ sich ahnen, wie dem zumute war, der Zettel überbringen mußte, die er nicht lesen konnte. Nicht, weil auf ihnen etwas in Schrägschrift geschrieben stand, sondern weil Geschriebenes auf ihnen stand. Vom Schriftlichen her gesehen, hätte auf dem Zettel, den mir die verhangene Frau ans regenfeuchte Lager reichte, anstelle der Worte *dass mei plass du verpiss* ebensogut die Nachricht der Husumer Nachtigall von einer Nachtigall in Hall und Widerhall stehen können.

Ich sage, ich hatte dieses vage Wissen. Ich sage, ich wußte nur undeutlich von ihm. Ich sage nicht, ich hätte von ihm Gebrauch gemacht. Ich sage schon gar nicht, es habe mich besänftigt. Es war nur in meinen rückwärtigen Räumen vorhanden, stand zu meiner Verfügung und hätte sich verwenden lassen, hätte ich es verwenden wollen. Ich hatte diese Wissenschaft abgelesen von Söhnen der Adler wie von zwei Töchtern der Adler, die allesamt mit hängenden Flügeln im Hausflur am Klosterwall standen und auf ihre Zettel warteten. Verregnete, verflogene Adler, die mich vorsichtshalber grüßten. Nur, die waren zu sechst oder acht und konnten sich fest aneinander halten. Die lagen nicht im nassen Oktober auf nassen Fliesen, standen im trockenen September zwischen gekachelten Wänden, waren geborgen, selbst wenn es im Ordnungsvorraum fremdartig hallte und hochgebirgig zog und widerhallte. Wie aber ging das alles, wenn man allein war? Wie geht das, wenn man allein ist? Oder wie ging es, wenn man von einem glatten Kerl begleitet und geleitet wurde, der fremde Sprachen und schräge Schriften konnte und finstere Drohungen dazu?

Schon wahr, dergleichen zu erkunden, hatte die Neugier mir aufgegeben. Dennoch dachte ich unmutig: Als ob nichts anderes zu bedenken wäre! Etwa dein Status jenseits von Kunst und Gewerbe. Oder was du machst, wenn dieser Stiefel zurückgestiefelt kommt. Oder wenn einer sich nicht an die Vorschrift hält und wieder mit Dukaten schmeißt. Oder wenn eine dich an der Brille erkennt und sagt, sie hat deine Nikolaikirch-Lesung gehört, nur nicht verstanden. Oder in der *Zeit*-Sänfte wird ein Mensch vorbeigetragen, der womöglich zugleich seinem Eigenwohl diente, als er, die Herausgeber-Vakanz vor Augen, von der Gelegenheit Gebrauch machte, Minister zu werden. Oder statt mickrigem Erzfeind stellte Erzfreund Christian sich ein, und ich müßte am Ruf *Jetz nich, Krischan!* ersticken. Oder einer vom wackren Freundesmagazin fragte, ob ich bei diesem Scheißwetter ein paar vorbeugende Hostebolchers wolle. Oder es mengte sich in den Knusperhauch aus Wischers Küche ein Hauch Zitronenseife, und in den Lärm hinter Brinckmanns Zaun mengte sich die Pädagoginnenfrage, warum nur heutige Autoren keinen Mumm zu Versen wie *Das macht, es hat die Nachtigall …* haben. Was mich aus meines Neffen Schlafsack rufen ließe: »Da fangen Sie mal bei Kafka an, Frau Studienrätin!«

Mit einem Wort, ich blieb dem Problem, ob überhaupt statthaft sei, was ich begrübelte, solange verhakt, bis Gehörtes das Gedachte überdeckte. Vom Bahnhof her machte sich der fromme Musikzug wieder bemerkbar, der vor längerem zum

Bahnhof abgezogen war. Noch ließ sich nicht erkennen, wessen Urheberrecht sie gerade verletzten, aber das klatschende Klopfen am Ausgang der Spitaler wurde zunehmend von werbenden Posaunen am Eingang der Spitaler übertönt. Zunehmend und bald in seinen Elementen erkennbar. Zunächst nur in der Melodie, dann aber, da mußten sie schon an Thalia vorbei am anderen Ende vom Bauzaun sein, auch vom Text her. Aus ihren Hörnern stießen die Seelenkrieger jubilante Töne, und aus ihren Kehlen stießen sie Jubelworte, die in Noten wie Text verwandt mit dem Lied *Und das war im Oktober* waren.

Zunächst versucht, den Mundraub oder Raubgesang für ein starkes Stück zu halten, sagte ich mir nach kurzem Bedenken, die Räuber hätten sich nur an ein starkes Stück gehalten, und alles komme auf die entwendeten und gewendeten Worte an. Die habe ich in ihrem Wortlaut nicht mehr. Sinngemäß war von einem Mitbürger die Rede, der zuerst nicht so recht zum rechten Glauben neigte und mehrfach bei verwerflichen Handlungen angetroffen wurde, dann aber, *und das war im Oktober, als das so war*, die Schuppen von den Augen tat und nur noch gute Werke. *In einem Teil von Hamburg / im vorigen Jahr.*

War mir bei ihrem ersten Auftritt gewesen, als sei ihnen um mich zu tun, taten sie auch diesmal nichts, den überheblichen Verdacht zu zerstreuen. Oder wie wäre zu bewerten, daß sie ihr Zelt just mir gegenüber aufschlugen? An der Schuhhändler-Seite, während meines, vom Straßenanfang aus gesehen, auf der Zigarrenhändler-Seite stand. Wodurch sich die Spitaler, die verkehrsrechtlich ein Fußgängerweg ist, ungut verengte. Weniger durch mich, da ich nur die Bauzaunflucht verlängerte, merklich hingegen durch die Heilsarmee. Da zahlte sich Steinsetzerbedachtsamkeit aus, dank derer das schmale lange Gully in der Mitte der beidseitig unmerklich angeschrägten Straße nicht zum scharfkantigen und absatzreißenden Canyon wurde. (Dies übrigens wäre ein Satz, der, stünde er im Werkstattwochenbuch eines Steinsetzerlehrlings, nach 70°iger Buchstabenneigung geradezu schrie. Wie andererseits dies ein Wort ist, das man eigentlich mit zwei e, also *schriee*, schreiben müßte.) Obwohl (um von der Schreibart wieder auf die Bauart zu kommen), technisch geeignet, das eine oder andere Paar Stilettohacken von sägezahngespickten Sohlen zu trennen und an sich zu ziehen, hätte die Abflußrinne, ginge es nach mir, durchaus sein dürfen.

Wenn man vom Teufel spricht: Herr Stiefel war wieder da. Und ich sei es immer noch, sagte er in einem Ton, der von seinem Widerwillen gegen Bluttaten zeugte. Dann wollte er wissen, ob ich den Jesus people etwas gespendet habe, damit sie in meiner strategischen Nähe in Stellung gingen. Das Geld sei rausgeschmissen, fand er. Er habe alles, was für sein Gewerbe nötig sei, statt bei der Heilsarmee in einer richtigen Kaputt-Armee erlernt. Wahrscheinlich, um mich über die Drohung hinaus zu beleidigen, fügte er ausgestellt lehrerhaft hinzu, mit Kaputt-Armee sei eine Kaputtmach-Armee gemeint. Eine Kurz-und-Klein-Armee, die um jeden Fußbreit angestammten Bodens kämpfe, wenn es gelte, versprengten Minderheiten ihr Recht zu verschaffen. Da nütze keine Stoßarmee oder Salvation Army. Was er habe haben wollen, habe er stets gekriegt.

Für eine Sekunde war ich versucht, das Gewerbe-Thema aufzugreifen und zum Thema *Was, wenn weder Kunst noch Gewerbe?* auszuweiten. Doch in der nächsten Sekunde sah ich ein Gesicht, das ich schon einmal gesehen hatte. Nicht beim ersten Einsatz der Seelenretter, also nicht an diesem Tag in diesem Monat Oktober unter diesem Häubchen über dieser Uniform. Vielmehr war es früher, war schon im September, als das so war, in einem Haus am Klosterwall im laufenden Jahr.

Wenn es noch eines Beweises bedurfte, daß Kleider nicht immer Leute machen und der besondere Mensch das gewöhnlichste Gewand besiegt, hier lag er vor. In der Spitalerstraße, in der ich lag, stand er vor mir. In Reih und Glied als Glied einer Reihe, die zu denen der Salvationsarmee gehörte. Wie die betörend gegliederte Bedienstete vom Klosterwall, deren Namen ich im Gegensatz zu dem ihres Kollegen nicht erfahren hatte, offenbar zur Heerschar der Sally Army gehörte und fortan, ginge es nach mir, auf den Namen Sally hören sollte. Sie stand im Musikzug und schmetterte aus einem obwohl weit geöffneten, so doch schönen Munde, so daß er an Wischers Scheiben widerhallte und sich an Brinckmanns Bauzaun brach, den eingemeindeten Text von Peter Hacks: ... *und das war im Oktober, / als das so war, / In einem Teil von Hamburg / im vorigen Jahr.*

Unstreitig wohnte ihren jetzigen Kleidern mehr vom Kloster inne als jenem Streiter-Gestrick, mit dem sie angetan gewesen war – und von dem ich angetan gewesen war –, als wir einander an der Behördenschwelle gegenüberstanden. Doch in beiden uniformnahen Hüllen wohnte vorherrschend sie. Denkbar, die Heilsarmee-Schneider hatten das Battledress dieser Frau, wo nicht zum Zwecke der Vertuschung, so doch dem der Hinlenkung auf geistige Inhalte zuzuschneiden versucht. Erkennbar aber waren sie auf die Abmessungen der Fahnderin nicht eingerichtet gewesen. Ob nun Seelenretter-Zwirn oder gestricktes Tarnzeug, Sally schien durch alles durch.

Was man von mir und dem Schlafsack um mich herum zum Glück nicht sagen konnte. Denn meine Verwirrung war dabei, mich einzukrümmen; das verzehrte jeden Überschuß von Ansehnlichkeit. Auch wenn ich in meinen Jahren so manchen gesehen hatte, der die eine Standarte gegen die andere zu tauschen vermochte, dünkte mich die Verwandlung der Wächterin vom Bundesgrenzschutz in eine Werberin der Heilsarmee ein Flexionsmuster der rareren Art. Da ich beide Vereine nur flüchtig kannte, hielt ich mich mit Vereinbarkeiten oder Unvereinbarkeiten zwischen ihnen nicht auf. Wahrscheinlich war frommer Gesang eine Sache der Freiheit nach Feierabend, und niemand fragte die Bürgerin in der einen Uniform, ob sie nach Dienstschluß eine andere trage.

Dienstschluß um diese Mittagsstunde? Warum denn nicht? Grenzschutz mußte, so er seinen Namen verdiente, Schichtbetrieb sein. Einsatz der Frau in einer Formation, in der ich sie beim ersten Mal nicht gesehen hatte? Warum denn nicht? Es war die seelsorgerische Armee nicht die einzige mit fluktuierendem Personalbestand und nicht die einzige Liga, die sich vom Einwechseln etwas versprach. Zweimaliger Auftritt vor Daniel Wischers Fischbratküche, der erste ohne die Schöne vom Klosterwall, der zweite mit ihr? Warum denn nicht? Beim September-Besuch hatte der höhere Grenzschutzbeamte Heini seine und in gewissem Maß auch ihre Vertrautheit mit DW-Lokalen auf der Stein- und der Spitalerstraße angedeutet. Daß es sich um Ballungsgebiete handelte, in denen nicht nur gut Schleierfahnden, sondern auch gut Sünderfischen war, bedurfte keines Beweises.

Wodurch sich der hochgemute Gedanke erledigte, es könne der nochmalige Anmarsch der singenden und trommelnden Liedschläger mit meinem bodennahen und für manche Spitzstiefelträger himmelschreienden Aufenthalt im Mündungsgebiet der Einkaufspassage verbunden sein. Was nicht ausschloß, daß ihre Rückkehr keineswegs zufällig, sondern aus einem zwingenden Grund erfolgte.

Wenn ich selber einen solchen nicht herlieh, wer lieferte ihn dann? Müßig, darauf einzugehen. Müßig, sich umzusehen. Es trieb sich in dem Geschäftebereich zwischen vormals Brinckmann und ewig Wolsdorff genügend Suspektes herum. Wer da am Panzerglas des Goldschmieds lehnte, mochte beim Vermessen der bruchsicheren Scheibe sein. Um am Abend, wenn alle Armisten im Fernsehsessel oder in den Armen von Armistinnen lagen, mit einem Vorschlaghammer wiederzukehren. Oder mit gepanzertem Gerät aus der ehedem rumänischen Armee. Wer seit Stunden sein Ohr am Handy wärmte, mochte ein Koordinator von Schwarzarbeit oder anders schwärzlichen Geschäften sein. Ein Zocker, ein Dealer oder ein Fernbedienter, der es am liebsten im Beisein vieler Mitmenschen hatte. Wer in der nicht überdachten, wohl aber überwachten Zone zu oft einen Flaneur ansprach und den Eindruck machte, es könnten die melancholischen Verse *und spät in der Nacht tut sie kommen, / die dritte, was handelt mit sich* von ihm/ihr handeln, der mochte sich gesagt sein lassen, diese Art Freihandel gehöre sich hier nicht, gehöre entweder ins Eros Center auf St. Pauli oder zur Stadtteilkultur von St. Georg, und nun aber hopp. Wer hier die Augen stets auf den Taschen seiner Nächsten hatte und die Finger bei Gelegenheit nicht weit davon, der mochte ein minderer Dieb sein, war aber ein Dieb nicht minder. Was nicht besagt, daß diesen Titel nicht auch jeder verdiente, der unter Ausschluß aller Körperlichkeit und oft im Verein mit einschlägigen Körperschaften ganz entgegen dem, was eine beliebte Redewendung behauptet, noch dem allernacktesten Mann in die Tasche zu greifen weiß. Der allernacktesten Frau nicht anders.

Unangenehm, dies zu melden, doch deutete manches auf eine drahtlose Verbindung zwischen mir und Herrn Bota hin. Er hatte weder meine Betrachtungen zum Kader der Heilsarmee noch die zum Personalbestand der Spitalerstraße gestört. Kaum aber waren beide beendet, schaltete er sich zu. Obwohl ich wie in Sack und Asche daliege, sehe man mir hochfliegende Mutmaßungen an, behauptete er. Sicher sei ich dabei, einen Sozialatlas des Centrums zu erstellen, und wünsche sehnlichst, jeden Passanten um fingerprints und Pupillenprofil anzugehen. Nicht zu reden von meiner Dreistigkeit. Die eine arme Frau vertreibe ich; auf der anderen, die sich auch nicht wehren könne, nehme ich geradezu Platz. Oder meine ich etwa, er sehe nicht, wie in meinem Blick ein kompletter Armychor zu einer einzigen Solistin gerinne? Schon wahr, was die frommen Leute soeben sängen, *Es kann der Frömmste nicht in Frieden leben*, aber wahrer noch, daß ich der Frömmste nicht sei. In seinen Augen spreche einzig für mich, daß ich auf Anhieb und mit Sicherheit unter all den gottergebenen Mütterlein das einzige Kernweib ermittelt hätte.

Dafür habe auch er einen Blick, sagte Herr Stiefel und setzte – fast seufzend, wie ich trotz klirrender Hörhilfe und geklautem Kaiser-Schmarrn, den sie gerade in die Gasse hauten, sehr wohl hörte – hinzu: »Eine weißgott abgelaufene Truppe, und mittendrin eine Puppe, die Gott dem Herrn vorgeschwebt haben muß, als er uns nach seinem Bilde schuf.

Weil wir, so gesehen, denselben Ursprung haben, gebe ich Ihnen noch eine Chance: Steigen Sie aus dem nassen Beutel, und steigen Sie dieser Gottestussi nach. Nicht, daß Sie sich davon etwas versprechen sollten, aber mich stimmte es versöhnlich. Anderenfalls …«

Das war ein Fehler. Ich mag es nicht so direkt. Es macht mich nicht stärker, aber es macht mich störrisch. Er hätte es wie Walser halten sollen, der Texte nach ihrem letzten Wort beurteilt und seinen Text aufs letzte Wort zu schreibt. Er, ich rede von Herrn Bota-Stiefel, hätte bei *versöhnlich* aufhören sollen, das wäre meiner Versöhnlichkeit förderlich gewesen. Andererseits hatte er Scharfsinn bewiesen und mir noch einmal gezeigt, daß meine Gesichtszüge mich nicht zum verdeckten Ermittler taugen lassen. Selbst wenn ein gut Teil in der Tramper-Kapuze verborgen ist, läßt sich vom Rest ablesen, ob mir eine Nachbarin gefällt oder nicht so gefällt.

Ansonsten hatte das letzte Wort des Mannes in der ausgefüllten *Tenson*-Jacke nicht *versöhnlich*, sondern *anderenfalls* gelautet. Dem mußte nachfragen, wer störrisch war. Ich tat es und hörte, die Antwort behalte er sich vor. Soviel nur: Solange er in seinen Stiefeln gehe, sei er für einschneidende Maßnahmen gut. Allenfalls der Abwechselung halber variiere er die Einsatzmittel. Es müsse nicht immer Hacke, Spitze, eins, zwei, drei sein; es gebe auch andere Elemente. Es gebe nicht nur die Elemente Himmel, Erde, Feuer, Wasser. Es gebe zum Beispiel Feuerwasser. Wenn er jetzt, in diesem Augenblick, da offenbar alle Menschheit, die Vorüberhastenden ausgenommen und schon wegen ihrer Eile nicht gezählt, hingerissen den Seelenfischer-Chören lausche und, ähnlich mir, ganz besonders hingerissen von einer ganz besonderen Armistin und Choristin sei, dann könne er mir in aller Seelenruhe den okkupantischen Arsch anwärmen.

Als ich im Begriff stand, diesen Ausdruck und auch solche, die vorher gefallen waren, zu bewundern, sah ich den unangenehmen Nachbarn ein Fläschchen ziehen. Eines, das, wie ich an Farbe und Form erkannte, eine Tinktur enthielt, die des Mannes Barthaar veranlaßt, bei der Elektrorasur aufrecht zu stehen, bevor es sich niedermähen läßt.

»Ehe Sie fortfahren«, sagte ich, »woher haben Sie das überaus rare Zeug? Ich mußte beim Parfumhändler scheele Blicke aushalten, als ich danach fragte, und dachte schon, es wäre längst vom Markt.«

»Was Sie so denken, was Sie sich so denken, wo Sie so verkehren!« rief er lauter als vorher, weil die Armee lauter als vorher die dringliche Stelle von dem Bessergestellten sang, der den Schlechtergestellten von seinen Gütern herschenken soll. Ich verstand, er habe den Kram im ersten besten Warenhaus eben am Weg erstanden. Für ein Heidengeld. Doch könne ihm für mich nichts zu teuer sein. Solange es zweckmäßig wie diese Chemikalie sei. Ob ich, wenn ich sie so genau kenne, auch kenne, was auf dem Behälter geschrieben stehe. »EXTREMELY FLAMMABLE« stehe darauf. In Großbuchstaben. Das heiße auf deutsch in großen oder kleinen Buchstaben *extrem brennbar, extrem feuergefährlich.* Für extreme Idioten stehe ein Bild mit einer mächtigen Flamme daneben und deute extremes Flambieren an. Weshalb er sich zu fragen erlaube, ob ich nunmehr im Bilde sei.

Ich war es. Schon weil ich kein extremer Idiot sein wollte. Aus demselben Grund und obwohl das Rasierwasser zu meinem täglichen Bedarf gehörte, unterließ ich zu fragen, ob wir dasselbe Warenhaus meinten. Die Erklärung, in diesem Falle ließen sich Erwerb der Essenz und Einkehr bei Wischer angenehm koppeln, unterließ ich auch.

Herr Bota hingegen hielt die Ergänzung für nötig, er plane nicht, mich zu killen. Das liefe bei meinen Jahren auf Overkill hinaus. Es wäre Vergeudung und ein Zeichen von unprofessioneller Ungeduld. In seinen Jahren habe er gelernt, haushälterisch zu sein, versicherte er, während die Spitze seines rechten Stiefels eine Heilsarmee-Fassung von *Das kann doch einen Seemann nicht erschüttern* dirigierte, die mit den Refrainworten *Das kann doch deine Seele nicht erschüttern* von verschiedenen Anfechtungen handelte.

Grenzschützerin Sally sang den Text vom Blatt, als sei er ihr neu, und stand trotz des Kleiderkammer-Outfits wie die leibhaftige Anfechtung da. Nur weil ihre und Herrn Botas Botschaft gleich überwältigend waren und sich gegenseitig zu erheblichen Teilen verzehrten, ging ich weder vor der einen noch vor dem anderen auf die Knie oder in die Knie. Bildlich gesprochen, denn ich lag ja, wie man weiß.

Bei starkem Schielen, da ich in pflasternaher Position zugleich ein Auge auf ihr und das andere auf Bota-Stiefel zu halten suchte, kam ich um genauere Auskünfte ein. Und bekam sie. Es sei abwegig, ihm zu unterstellen, er wolle auf meine Abfackelung hinaus. Das führe nur zu politischen Mißverständnissen und sei technisch schwierig. Zumindest, wenn man der Werbung für Wildnis-Schlafsäcke glaube, derzufolge mittlere Buschbrände diesen nichts anhaben könnten. Außerdem frage es sich, woher auf der Spitalerstraße einen mittleren Buschbrand nehmen. Dank der extremen Entflammbarkeit des von uns beiden geschätzten Körperpflegemittels gebe es diskretere Brände. Brändchen sozusagen. Nichts, vor dem sich ein Busch fürchten müßte, wohl aber mein Arsch. Jedenfalls, solange er hingebreitet auf einer Stelle liege, an der eine arme Frau im ärmlichen Schlafsack zu liegen pflege. Zu deren Glück und meinem Pech regne es derzeit nicht und spüle die hundert Milliliter Benzylalkohol mit dem – dies las er vom Fläschchen – Isopropymyristat und dem Diethylhexylsuccinat nicht sofort in das Gully. Vielmehr halte sich das scheißteure Zeug, wenn er es erst einmal aus dem Fläschchen gespritzt habe, am Schlafsackrand in Höhe meines Arsches als Pfützchen auf und werde diesen wo nicht flambieren so doch erwärmen. Hundert Milliliter, das klinge irreführend nach nichts, aber entflammt, würden sie mich nach hundert Hektoliter Wasser schreien lassen. »So schnell, mein Herr, sind Sie noch nie aus einem Bett gesprungen. Oder hinein. Und läge dreist die Kammersängerin drin, nach der Sie sich verzehren.«

Er war nicht als Beglückung gemeint, doch hatte ich Glück mit ihm. Er redete Unfug, geeignet, von der unguten Bedrohung abzulenken. In bedacht gestückelten Bemerkungen zu dieser personengebundenen Sache: Beim Sie-und-Er-Theater saß ich letzthin mehr im Parkett. Altersgefährten, die den Gockel geben, wirken nur peinlich. Was Literatur in dieser Hinsicht vermag, zeigte sie mir mit Professor Unrat in Schrift und Bild. Natürlich erst, als ich in dessen Alter war. Aber, ach, über Fallrückzieher reden kann Uwe Seeler immer noch.

Will andeuten: Ich verzehrte mich nicht und verzehre mich nicht mehr. Was nicht heißt, ich hätte es nie getan. Die ersten, nach denen ich mich verzehrte, steckten in uniformen Kleidern, die sie als deutsche Mädel vom *Bund Deutscher Mädel* auswiesen, während mein Anzug besagte, daß ich dem *Deutschen Jungvolk* zugehörte. Nennenswerteres fand mit einer statt, die mit dem Liedreim *Sie war 'ne Arbeitsmaid / im braunen Arbeitskleid* ganz gut beschrieben stand. Auch bei einer Persönlichkeit im Arbeitskleid der Deutschen Volkspolizei gab es ein Reimwort auf *Verzehr*. Doch will ich von ihr kein weiteres Mal reden. Oder von solchen im blauen Hemde.

Oder gar von Angehörigen jener Bereiche, die der Gründergeneral des Bundesgeheimdienstes im undemokratischen Teil seines Wirkens als *Fremde Heere Ost* bezeichnet hat. Wie er meine Art, mich nach der einen und mit der anderen Fremden zu verzehren, in der Zeit, in der er noch kein demokratischer Kommandant war, gewiß als geistige oder körperliche Rassenschande verfolgt hätte. Infolgewessen ich vermutlich weder als Verehrer noch als Verzehrer bis in den Oktober letzten Jahres und bis in die Spitalerstraße gekommen wäre. Also auch nicht unter den Zwang, angesichts des demokratischen Geistes des bundesdeutschen Globallauschdienstes vom Undemokratentum seines Gründers abzusehen. Oder zwischen demokratischen Spionen und undemokratischen zu unterscheiden. Oder mich zu hüten, die Einrichtungen Bundesnachrichtendienst und Bundesgrenzschutz in einem Atemzug zu nennen.

Mann, o Mann, riefe hier Heini, der Grenzschutzmann, Sie sind zwar bei Jahren, aber den Unterschied sollten Sie sich noch merken können: *Wir* haben lediglich an jeden Grenzbahnhof geschrieben: *Achtung, Interzonenreisende, melden Sie besondere Vorkommnisse beim Bundesgrenzschutz.* Der BND erst hat sich auf die von uns weitergereichten Meldungen – hier ein Panzer, dort ein Posten oder verdächtiger Mitreisender – seinen Reim gemacht. Außerdem: Der BGS trägt Uniform.

Hab ich mir gemerkt. Anhand mancher Uniformteile und mancher Träger derselben. Wobei es auf letztere mehr als auf erstere ankommt. Wie man erkennt, wenn man, um beim Beispiel zu bleiben, den Bundesgrenzschutz und die Heilsarmee auseinanderhalten will. Da hilft es wenig zu sagen: Der Grenzschutz trägt Uniform. Das tut die Heilsarmee auch. Und im Falle, es kommt eine schöne Person daher, an der sich die eine wie die andere Uniform geradezu zu verlieren scheint, gerät alles durcheinander. Da könnte allenfalls das Kommando *Ein Lied!* noch helfen. Gesetzt dann, die einen sängen *Das kann doch einen Seemann nicht erschüttern*, während die anderen *Das kann doch deine Seele nicht erschüttern* sängen, läge textlich ein Anhalt vor. Der viel weiter aber nicht hülfe. Denn letztlich ist alle Uniform gemeint, die Seele in ihr vor Erschütterung zu schützen.

Unter anderen Umständen hätte ich diesen Gedanken, der sich vor einem hochgemuten Titel wie *Sinnstudie* nicht verstecken mußte, weiterverfolgt. Nur setzten sich die gegebenen Umstände nicht aus Elementen zusammen, von denen auf mich Ermunterung zu ruhigem Erwägen ausging. Sie setzten sich vielmehr aus Herrn Bota und Frau Sally zusammen, aus gesungenen und geknurrten Verheißungen, aus zugespitzten Sohlen und abgenähten Rundungen, aus schrägem Regen und schrägen Zeichen, aus fernem Trommelschlag und nahem Posaunenschall, aus dem guten Gefühl, Daniel Wischers Herd nahe, und aus dem unguten Gefühl, einem Feuer noch näher zu sein. Die Umstände mengten sich aus dem Wissen, nicht weichen zu dürfen, und der Ahnung, es gebe so gut wie nichts, das mir beim Bleiben beistehen könnte.

Bestandteil der Lage, vor allem der Seelenlage, war mein verdüstertes Gewissen. Das hast du dir, ließ ich mich wissen, selber eingehandelt, indem sich dank deiner Neugier die Lage einer ohnehin Elenden nicht besserte. Genauer: Keineswegs verbessert haben dürfte. Das heißt, soweit du davon weißt. Was bedeutet, du hast keine Ahnung. Um an Ahnung zu gelangen, müßtest du Bota um Auskunft angehen. Das aber möchtest du nicht. Weil, du fragst Kerle nicht, die dich ansengen wollen.

Du könntest Bota nun doch bitten, auf des Neffen Eigentum zu achten, dieweil du aufstehst und zur schönfrommen Sängerin hinübergehst. Zur Polizistin, die hoffentlich nicht nur scheinfromm ist. Oder hoffentlich nur scheinfromm. Kannst sie fragen, ob ihr Mittun beim Seelenretten sie hindern könnte, beim Retten deines Körpers mitzutun. Gewiß halte er keinen Vergleich mit ihrem aus; er sei womöglich sogar dürftig. Jetzt jedoch sei er vor allem schutzbedürftig. Falls aber je nach Gewand eine Ausschließlichkeit herrsche und Heilsarmisten lassen müßten, was von Bundesgrenzern erwartet werde, nämlich mit Waffengewalt für Unverletzlichkeit zu sorgen, möge sie als junge Frau an die Seite eines alten Mannes treten und ihren Tambourmajor zu meinen Gunsten ersuchen, sein Musikensemble noch eine Weile am derzeitigen Einsatzort zu lassen. Zum einen, so könne sie dem Taktgeber sagen, passe die geistliche Kapelle gut zur Speisentafel von Wischer, der ein Fischer wie Petrus sei, zum anderen müsse der beseelende Chor einem Betreiber von Sinnstudien geradezu als gefundenes Fressen gelten.

Wie ich es entwarf, verwarf ich es. Nicht wegen der Adam-und-Eva-Frage. Für solchen Stolz war mir zu oft von – Gattinnen nicht gezählt – Luise und Edda und Justyna und Anna und Johanna und Genia und Eva unter die Arme gegriffen worden. Vielmehr aus der Sorte Konsequenz, die als Verbohrtheit gilt. Nicht nur im neunziger Jahr wollte ich nach vierzig Jahren Flucht nicht wieder zurück hinter die kapitalen Gatter. Nie hatte ich vom Bund umgrenzt sein wollen; da mußte er mich auch in diesem Oktober nicht schützen. Berührung ließ sich nicht vermeiden, Rührung durchaus.

Dankbare zumal. Unser beider Erkennungsmelodie klingt wie Zähneknirschen. Grußpflicht liegt hin und her nicht vor. *Ich lebe in der Bundesrepublik* heißt für mich: Ich lebe in ihr mein Leben zu Ende. Ende.

Folglich riet ich mir vom Hilferufen ab. Blieb liegen und sagte mir: Wenn du aufstündest, um die Schutzmacht der Schutzfrau zu erbitten, könntest du auch gleich dem frommen Heer beitreten. Vielleicht erlangst du infolge Betagtheit Korporalsrang. Wirst infolge Vertrautheit Sachgefreiter für angewandte Lyrik. Bearbeiter geklauten Liedguts. Gibst deinen Einstand mit Hacksens Walzertext: *Du sollst mir nichts verweigern, / Ich will den letzten Rest. / Geht eine Lust zu steigern, / Ein Schurke, wer es läßt.* Das kannst du wörtlich übernehmen und völlig neu in Dienst stellen, wie Harri-Bär so etwas nennt. Hältst einem Fettsack die Sammelbüchse hin und singst: *Du sollst mir nichts verweigern, ich will den letzten Rest!* Da machen sie dich sofort zum Sergeanten. Beim nächsten Fettsack, der fünfzig Euro spenden und die Brieftasche dann einstecken will, singst du: *Geht eine Lust zu steigern, ein Schurke, wer es läßt!* Anderntags oder auf der Stelle bist du Offiziersaspirant.

Das mochte sein, doch mochte ich es nicht. Mochte weder die gläubige Armee noch die unglaubliche Armistin um meinen Entsatz ersuchen. Mochte schon gar nicht Herrn Bota-Stiefel glauben lassen, er habe mir Entsetzen gemacht. Was er getan hatte, aber nicht wissen durfte. Schön stand ich da. Schlimm lag ich da. Voll im Schlamassel.

Ich muß es laut gesagt, wenn nicht gar gesungen haben, da Bota mir einen erwartungsvollen Blick zuwarf. Was ihn bezwang, die Stiefel-Augen für einen Augenblick von der Beamtin zu nehmen, die jetzt Soldatin war. Voll im Schlamassel werde er stecken, ließ ich ihn wissen, wenn er wage, mich anzuzünden, solange die Volksbefreiungsbrigade hier ihre rettenden Lieder singe. Er sehe zwar nicht gerade wie Paul Newman oder sonst bemerkenswert aus, aber zum Steckbrief reiche es.

Das habe er gern, sagte Bota, von Sinnstudien faseln und nur Unsinn reden. Hätte ich eine Ahnung vom Heilsarmeewesen, wüßte ich, daß dies eine mobile Truppe sei. Die stoße mal hier, mal da ins Horn, rassele mit den Sammelbüchsen und begebe sich in eine andere Stellung. Habe sie vor Wischer und Brinckmann abkassiert, werde Richtung Burger-Brunnen weitermarschiert. Und mir zeugenlos der Arsch rasiert, reimte er, nicht ohne meinen Einwurf zusätzlich mit einer wegwerfenden Handbewegung abzutun.

In diesem herausgehobenen Augenblick erschien neben ihm eine robuste Dame in Designer-Jeans und Daniel Wischers gestreiftem Finkenwerder-Kittel überm glattgestrickten Pullover und reichte mir einen Suppenbecher in den Schlafsack. Das war verwirrend genug; noch verwirrender mußte heißen, daß mich die samariterische Person an meine Schwester erinnerte. Was schon deshalb unsinnig war, weil Isa äußerlich nichts Robustes hatte. Handfest hätte man sie nennen können, soweit das statt ihrer Erscheinung ihre Gesinnung meinte. Die Schwester war handfesten Gemüts, und die Frau im Wischer-Fischer-Leinen schien robust gebaut. Was sie nicht hinderte, reaktionsschnell zu sein. So routiniert sie auf mich zutrat, so merklich verhielt sie, ehe sie mir das Wegwerfgefäß plus Wegwerflöffel reichte. Fast glaube ich, mit der Gabe, bei der es sich, wie die Frau sagte, um Hummersuppe handelte, war ursprünglich nicht ich, sondern jemand anders gemeint. Doch einmal beim Ausschenken, zögerte die Fischbratköchin nicht lange, gab mir den Becher, gab Herrn Stiefel einen Blick und stellte sich wieder hinter den Spitalerstraßen-Tresen.

Zum Arschraub komme nun auch noch Mundraub, sagte verletzt Herr Stiefel. Es sei denn, ich übergäbe ihm das nicht für mich bestimmte Gut, so daß er versuchen könne, es der rechtmäßigen, aber durch mich frech enteigneten Empfängerin zuzustellen.

Als ich mich bereit erklärte, den biegsamen Becher gegen sein biegsames Fläschchen einzutauschen, was mir leichtfiel, weil ich nicht scharf auf Hummersuppe bin, gab er sich unbeugsam. Nicht nur preislich lasse sich eine geschenkte beziehungsweise geraubte Suppe nicht mit redlich erworbenem Zündstoff verrechnen. Der sei nicht nur extremely entflammbar, sondern auch extremely kostbar. Darüber hinaus entbehre mein Angebot jeglichen Reizes. Ich würde nur los, was mir ohnehin nicht gehörte. Er aber stünde, von der Überzeugungskraft seiner Stiefel abgesehen, bar aller beschleunigenden Mittel da. Bei Konflikten, ohne die es in seinem Leben leider nicht abgegangen sei, habe er stets die elegantere Lösung vorgezogen. Jedoch könne er im Austausch eines Fläschchens begehrter Kosmetik gegen eine Kelle Tagessuppe keine Eleganz erkennen.

Gut gesprochen, dachte ich, aber zuviel. Wer vorm Showdown lange redet, liegt kurz danach tot im Sand. So sagt eine Western-Regel, die Cooper, Mitchum, Wayne und Widmark mit Blei geschrieben haben. Eine Ausnahme bildete Newman, als man ihn Hombre nannte. Obwohl vorher fast stumm, war er es nachher ganz. Auch wenn ich nicht wußte, wie ich Bota in den Sand hätte strecken sollen, stand es von der Rhetorik her pari zwischen ihm und mir. Wäre es nach unserem Wortwechsel vor dem Schußwechsel gegangen, hätten wir in ein Doppelgrab gehört.

Der Chor schmetterte *Nur die Liebe kann uns retten.* Jene Sally, die unter anderen Zeichen und in anderen Kleidern dem Grenzschutz diente, sang auch diesen kommunen Liedgutpart vom Blatt. Das Kommen und Gehen in der Passage, das Hin und Her vorbei an Sängern, Bläsern, Sammlern, Bota und mir, war in seinem alten Fluß. Der Mittagsumsatz des Hauses Wischer neigte sich, wie sich der Mittag neigte. Die Außenbord-Tresen des Lokals trugen nach wie vor wesentlich zur Versorgung der Bevölkerung mit Waren des nachmittäglichen Naschbedarfs bei. Wie es aussah, hatte alle Spitalerwelt ihre Plätze gefunden oder Kurs auf sie genommen. Ich kam mit dem Becher und der Suppe, die nach dem Hummer hieß, ganz gut zurecht. Das Ausmaß des Extraverzehrs würde mich nicht nötigen, infolge meiner Überfüllung von Speisenplänen, auf denen gebackener Goldbarsch und weißgoldener Kartoffelsalat standen, Abschied zu nehmen.

Was mich fragen ließ – mich und nicht etwa Herrn Bota, der unfern von mir in mutmaßlich mörderischen Gedanken stand, wobei seine Linke das extrem teure Feuer-Zeug liebevoll umfaßte –, wieviel eine Portion der edlen Suppe wohl verschlage, wenn sie dem Speisenden oder Gespeisten oder Abgespeisten nicht als Vorspeise, sondern als Hauptgericht gelten mußte. Als kärgliche Zuteilung für ein armes Wesen, das womöglich Hummer nicht von Krebs oder Krabbe unterscheiden konnte, zwischen leerem oder vollem Magen aber sehr.

Wenn er der Pate wäre, den er zu geben versuchte, müßte Stiefel-Bota hierauf Antwort wissen, dachte ich, unterließ aber eine Erkundigung. Dieser Mann war denkbar ungeeignet, mir diese Frau zu erklären. Ein Satz, der auch ohne grammatische Artikel zutraf, aber für den Kerl mit der extraflachen Elbsegler-Mütze besonders stimmte. Gut wäre Bota gewesen, wäre es um Herkunft und Einkunft von Umstehenden wie Vorübergehenden gegangen. Er hätte die bunte Menge durch bloßes Hinsehen auf Anmarschkilometer und fest umrissene Summen gebracht. Centrums-Handlungsgehilfen, die, den Pausen-Snack zwischen den Zähnen, einen Pausen-Schnack auf der Zunge, ihre knöchellangen Regulatorenmäntel zurück ins Laufrad trugen. Den Baumschul-Inspektor aus Itzehoe, der seine Frau und sich mit dem Argument zum Rathaus steuerte, sie seien schon ewig nicht dagewesen. Herrn Dr. med. Leidensdruck, den es im Zuge seiner Urlaubsplanung durch diverse Reisebüros trieb. Das Rudel junger Hockey-Damen, deren allererster Ausflug nach dem 0 : 1-Schock gegen die *Sülldorf Wanderers* zum Knüppel-Regal der *Sporthütte* führte. Die Matronen unter protestantischen Kopftüchern, die einander wissen ließen, wie wenig sie vom islamischen Kopftuch wissen wollten, und behaupteten, die Knoten zum Trümmerfrauen-Turban könnten sie noch im Schlafe. Ein Eichsfeld-Katholik, der auf Besuch bei Hamburger Diaspora-Priestern war und sich nach dem Mittagstisch im Missionshaus an der Englischen Planke auf dem Weg zum Traktate-Sektor von Thalia die Beine vertrat. Den angegrauten Hausmeistergehilfen im Anflug zum täglichen Horizontal-Looping über den budenbestellten Gerhart-Hauptmann-Platz, ehe es ums Vortagsbrot, das weithin als gesünder galt, zum Stadtbäcker ging. Zwei Endvierzigerinnen mit West-Point-Frisur und *Land's-End*-Kledage sowie der scharf formulierten Ansicht, bei besserem Wetter sei die Aussicht von St. Petri entschieden besser.

Nur zu Teilen erfaßt wurden hier enttäuschte Brinckmann-Kunden, die wegen einfachster Maschinen, sagen wir, Schlitzschrauben und Schraubenziehern, ins Centrum gereist und zu ihrem Verdruß an ein geschlossenes Haus und einen Bauzaun geraten waren. Eine mobile Palisade, die mit ihren Segmenten, Rollen und Scharnieren allen Anspruch machte, zum hochtechnischen Sperrgerät gezählt zu werden. »So'n Schiet!« sagte ein norddeutscher Mensch zum anderen, weil sie nun einen mindersortierten Laden aufsuchen mußten. Der andere stutzte die auswuchernde Aussage auf »Schiet!« zurück.

Nicht etwa, daß Bota und ich diese wenigen der vielen Leute auf der Straße wirklich so hätten sprechen hören; dazu waren sie ihm und mir nicht nahe genug und auch zu schnell an uns vorüber. Zu schweigen von unserem Eingeschlossensein in den innigen Gesang der hanseatisch-kämpferischen Sallys, welcher Herrn Stiefel nötigte, mir wichtigere Teile seiner Einrede in der Hocke vorzutragen. Wodurch wir, nahm man das Fläschchen hinzu, flüchtigen Augenzeugen wie Saufbruder und Saufbruder vorkommen mußten. Oder wie ein Saufbruder, dem sein brüderlicher Bruder brüderliche Worte widmet, nachdem er ihm den Flachmann entwunden hat.

Verschärft mußte es den Anschein haben, als gelte das moralmusikalische Tuten und Blasen vorzüglich mir. Als sei unter allen Sündern weit und breit besonders mir das mit Stehl- und Hehlgut untermischte Werbewogen der Armee gewidmet. Als sei namentlich auf mich der kalbfell- und blechgestützte Lärm gezielt, in dem sich das rhythmische Schlagen der unfernen Kult-Compagnie zeitweise so gut wie verlor.

Trotz all meiner Neugier auf die Beschaffenheit der verdeckten Klopfgeister war dies nicht der einzige Grund, warum ich das militante Blech leichthin gegen sanftmütiges Holz eingewechselt hätte. Gegen die Flötentöne der Peruaner zum Beispiel, denen man zu anderen Zeiten vor der Fischbratküche begegnen konnte. Natürlich gehörten sie zur globalen Folklore-Industrie, wie ihre Manager vermutlich zur internationalen Ohrenschmaus-Mafia gehörten. Was aber – ähnlich wie beim Sänger Sinatra und beim Darsteller Delon, die wohl mehr nationalverschwägert waren – so gut wie nichts an ihrem Künstlertum änderte. Im zeitgerafften Hörbild, das ich von der Spitalerstraße bewahre, haben die andisch-indianischen Virtuosen die Oberhand selbst über Sallys-Posaunisten und Taktschlägerinnen aus Fernfernost. Wozu in meinem Falle eine Zeichnung von Rita Kiehnbaum aus Greifswald beitrug, ein Blatt Papier, das mit anderen musischen Mitteln die Last und die List und die Lust der plebejischen Musikanten bezeugt.

Ich habe die Kordilleren-Leute bestaunt, bewundert, beneidet. Auf ein *Wie geht denn das?* bin ich nicht verfallen. Anders als die verlorene Frau, die mich auf diese Frage gebracht hat, waren sie nie allein. Waren mit Lust bei der Sache, die Kunst geheißen wird. Weit von Zuhause, wirkten sie wie zu Hause. Bettelten nicht, schlugen Austausch vor. Gabe gegen Gabe. Kleine Leute groß in der Gruppe. Bunt und dauerhaft wie ihre Kleider schienen ihre Lieder. Handgemacht die einen, selbsterdacht die anderen. Vielleicht sind Simon & Garfunkel eines Tages bei ihnen vorbeigekommen, muß nicht bei Wischer, kann bei Pizza Hut am Trafalgar Square gewesen sein, haben hingehört und wenig später gesungen: *I'd rather be a hammer than a nail … I'd rather be a sparrow than a snail.*

Was in einer sinngemäßen, wenngleich holprigen Übertragung zugunsten guter Heilsarmee-Werke und zweckdienlicher Aussagen der Hamburger Sallys einschließlich der eingewechselten Sally lauten könnte: *Weil ich nicht Hammer, sondern Nagel bin, / statt Sperling nur ein Schneck, / halt ich den Sammelteller hin / und bitt' zum guten Zweck.*

Zugegeben, da ich mich immer den Einreden von Goethe, Dimitroff und Theo Storm offenhalte, hätte ich den Salvationskriegern lieber die Alternative *Hammer oder Amboß* in den Mund gelegt und sie auch noch, William S. in einer Bearbeitung bemühend, *Es war die Nachtigall und nicht der Sperling* singen lassen. Aber die luftgereiften Leute sahen nicht aus, als hätten sie sich außer Ja und Amen von mir etwas sagen lassen.

Auch schuldete ich Bota eine Antwort auf seine Verheißung. Wie er mir eine Auskunft. Von uns beiden hatte einzig er sich am Brunnen vorm Spitalertor umgesehen. So daß er ein Wissen besaß, das ich nicht besaß. Was ihn überlegen machte. Was er sehr mochte. Was ich nutzte. – Ob er mir, ehe er angrille, sagen könne, um was für eine Tätigkeit es sich handle, bei der die von ihm dem fernen Osten zugewiesenen Frauen dieses eigenartig rhythmische Geräusch erzeugten, das man vorher einige Male habe hören können, aber nicht hören könne, solange die Heilsarmee ihre Art Geräusch erzeuge. Liege da eine Kulthandlung vor, oder habe die befremdende Erscheinung eher mit Gewerbe als mit Kunst zu tun?

Herr Stiefel zog die Elbseglermütze in die Stirn, als habe er im allerletzten Augenblick eine Wurfbewegung zum Kleiderordnungsgriff umgelenkt. Mit Kotz und Gewürge werde ich es zu tun bekommen, wenn ich dieses Quasseln nicht lasse, sagte er und kam, ich hörte es unklar, aber nicht ungern, in die Nähe eines aufgebrachten Stöhnens. Zur Verhandlung stünden nicht die Dschungeltanten mit den Bambusstecken, sondern eine erbarmenswürdig einsame Frau.

Ich hütete mich, das Wort *Verhandlung* gehört zu haben. Vielmehr versuchte ich einen ängstlich bittenden Ton, was keine Schwierigkeit machte. Er möge so freundlich sein, die Reihe der Elemente *Dschungel* und *Bambus* und *Bambusstecken* fortzusetzen. Solche Leitbegriffe gäben den Ethnologen, zu denen ich zwar nicht zähle, deren Fach meines jedoch berühre, einen Anhalt. Mit *Dschungel* und *Bambus* seien geographisch größere Partien der Welt als Herkunftsort der taktschlagenden Frauen ausgeschieden. Nicht nur Arktis und Antarktis, vielmehr alles, was nicht in tropischen oder subtropischen Breiten oder dort in extremen Höhen liege. Wozu ich sagen müsse, mein Eindruck, der freilich auf flüchtigstem Augenblick und begrenztestem Einblick beruhe, habe mich vom Habit der rätselhaften Rhythmusgruppe auf ein kühles Habitat schließen lassen. Was ein dem Tierreich zugehöriger Terminus sei, der sich hier nur des Wortspiels wegen erlaube. Einer Vergnügung, zu der ich mich im annähernd selben Maße hingezogen fühle, in dem sich mir andere Lustbarkeiten zu verschließen begönnen.

Wie wenig Herr Stiefel nur ein eiskalter Praktiker seines Gewerbes war, zeigte sich am wachsenden Umfang seines Halses. Als ob mein Gedöns, das aus mir wie aus einem Geysir aufstieg und auf ihn niederging wie vorher der Regen auf uns beide, in seinem Schlund angestaut werde, beengte es die Kragenpartie seiner Jacke. Auch ging ein Vibrieren, ein waschbrettartiger Wellenlauf über das Kleidungsstück hin, eine zuckende Bewegung, wie ich sie im vergangenen Monat schon am gestrickten Outfit des Grenzschutzbeamten Heini beobachten konnte. Vermutlich handelte es sich um Wirkungen, die einander ähnlich waren, weil sie sich aus einem ähnlichen und ähnlich begründeten Wortüberfluß ergaben. Einer verbalen Surplusproduktion, zu der ich, wie hoffentlich bereits erwähnt, in allen möglichen Klemmen zunehmend neige.

Mit Mühe hinderte ich mich, von den Bergeshöhen und tropischen Breiten ins Lange und Breite zu geraten und die hastige Rede auf den 10. Längengrad zu bringen. Also auf jenen erdkundlichen Ordnungsstrich, der – so sage es, hätte ich Herrn Bota sagen können, eine Markierung im Haupteingang am Gerhart-Hauptmann-Platz – durch das eben erwähnte Kaufhaus führe. Mithin durch den nämlichen Handelsplatz, an dem man, wie ich dank seines Berichtes wisse, im Unterschied zu anderen Handelsplätzen ein energiegeladenes Rasierwasser erwerben könne, das sich auf vielfältige Weise verwenden lasse. Doch ehe ich im Zusammenhang damit von einem Vorhaben rede, das er vermutlich ähnlich mir als unangenehm empfinde, wolle ich ihn fragen, ob er wisse, wo exakt der geographische Mittelpunkt des heutigen Hamburg liege. Ich habe zwar, hätte ich fortfahren können, eine diesbezügliche E-Mail an den kundigen Verfasser eines so vernünftigen wie erschwinglichen Stadtführers geschickt, doch wußte er mir ebensowenig Auskunft, wie die *Morgenpost* eine wußte.

Auch wenn dieser erwogene Vortragsteil mir den Feuerteufel vom Hintern und die scharfen Stiefel fern vom Schlafsack meines Neffen hätte halten können, setzte ich ihn nicht ein. Denn als der durch meinen Redefluß vom Schlagfluß bedrohte Mann erkennbar zur Auskunft über die trommelnden Frauen anheben wollte, riet mir die Neugier, ihn ungestört damit herausrücken zu lassen. Zwar versuchte er gestenreich und wohl in der Hoffnung, ich werde einen Zusammenhang mit meiner Lage erkennen, mich auf den kämpferischen Retterchor und seinen eben aufsteigenden Gesang hinzulenken, der – in einer Bearbeitung der alten Weise *Kein Feuer, keine Kohle kann brennen so heiß* – von pressenden Problemen der Gottverlassenen handelte. Als ich jedoch sagte, ich mußte es fast schreien, am meisten setze mir meine flammende Wißbegier zu, gab er sich für den Augenblick geschlagen.

Solange sich die Erlöserkrähen nicht von der Stelle rührten, was ganz gegen ihre Gepflogenheiten sei, ihn aber im Prinzip nicht aufhalten werde, könne er ebensogut und schon, um mir zu zeigen, daß Kooperation mit ihm sich lohne, von dem anderen Ballett berichten, das seinen Reigen um die Hummel-Figur ziehe und unerfindliche Signale ins nasse Senatspflaster dresche. Nur daß ich es wisse, nur daß ich staune und endlich das Schnattermäulchen halte: Es handle sich weder um Künstlerinnen noch Gewerbetreibende, sondern um Bodyguards.

Zweifellos war ich mehr als erstaunt. Doch kam es im Augenblick vor allem darauf an, Herrn Bota-Stiefel das Oberwasser zu nehmen. Weshalb ich mit seiner Enthüllung umging, als sei sie keine. Vielmehr fragte ich, ob seine gehobene Stellung ihm eine einfache Dienstleistung erlaube. Wenn ja, ersuche ich ihn, auf meine Kosten eine Doppelportion der köstlichen Hummersuppe zu erwerben und sie jemandem, er ahne schon, wem, zuzustellen. Von mir aus mit besten Grüßen.

Falls er sich wundere: Der Monat Oktober stimme mich stets versöhnlich. Das hänge mit unterschiedlichen Ereignissen zusammen. Umstürzend globalen wie bestürzend privaten. Um von letzteren nur ein Gedicht zu nennen, das *Oktoberlied* heiße und mir von einem gewissen Storm ins Herz gepflanzt worden sei. Mit einem Gesangsvortrag könne ich nicht dienen, da ich keine Gesangsfassung kenne. Was deren Existenz nicht ausschließe. Womöglich gehöre sie längst zum Kanon der Heilsarmee, unter textlicher Anpassung an die geltende Heeres-Doktrin natürlich, bei der aus dem satanischen Vers *Schenk ein den Wein, den holden!* ein *Laß sein den Wein, den Unhold, den!* geworden sein dürfte. Auch werde man wohl die nicht sehr christliche Strophe *Und geht es draußen noch so toll, / Unchristlich oder christlich, / Ist doch die Welt, die schöne Welt, / So gänzlich unverwüstlich* zu einem Läuterungs-Appell verarbeiten, der also stolpern könnte: *Und warst du draußen noch so toll, / Unchristlich und nicht christlich, / Steure bei nun zum Heilsarmee-Zoll / Und ende nicht als Wüstling.*

Falls es eine solche Fassung gebe, sagte ich dem tickhaft zuckenden Herrn Bota, werde sie bestimmt noch zum Vortrag kommen. Bis dahin müsse er sich mit dem Original begnügen, dessen Anfang, vielleicht habe er ihn schon einmal gehört, *Der Nebel steigt, es fällt das Laub* laute. Ein fabelhaftes Gedicht. Mein Favorit allerdings sei immer noch *Die Nachtigall: Das macht, es hat die Nachtigall die ganze Nacht gesungen …*

Der Mann mit den stählernen Absätzen zog die dafür viel zu flache Mütze über beide Ohren und wandte sich der Hummersuppen-Theke zu, hielt aber inne, als ich ihm ein scharfes *Halt!* nachrief. Die Suppe gehe, wie gesagt, auf meine Kappe, fuhr ich fort; ich komme nur im Augenblick schlecht an mein Geld. Zudem müsse es mißverständlich wirken, wenn ich ihm vor aller Welt einen Schein reiche. Da könne man meinen, ich schicke ihn um neuen Schnaps.

Er verschwand fast im Sprung in Wischers Eingang und bewegte sich wenig später, ohne mir den geringsten Blick zu gönnen, Richtung Mönckebergbrunnen. Das Mehrzweckwasser war nicht mehr zu sehen; dafür hielt er, für jedermann sichtbar, einen Jumbo-Suppenbecher in Händen. Seine betuliche Weise, mit ihm umzugehen, deutete auf einen heißen Inhalt hin.

Als habe Herrn Stiefels Kauf sie an ihre Gabe erinnert, ließ die Verkäuferin ab von Wischers Suppentopf, kam zu mir und hob den leeren Becher, ich hatte ihn neben den Schlafsack gestellt, von den Spitaler-Fliesen. Abgesehen von der Stadtkultur, könne so ein Gefäß im Zusammenhang mit der *Nicht-spenden*-Aufschrift verwirrend wirken, sagte sie. Bis vor kurzem habe sie gemeint, ihr Posten sei ein besonders blöder Posten, aber meiner sei wohl noch ein gutes Ende blöder. Sprach es und warf auf halbem Weg zurück zu ihrem Stand den Abfall in den Abfallbehälter. Wobei der Oktoberwind im Spitalerstraßenkanal ihr den Finkenwerder-Fischerkittel so auf die rückwärtige Leibesmitte drückte, daß ich in Umrissen die Gerätschaft sah, mit der ihr Gürtel unterm Gewerbegewandsleinen bestückt war. Neben dem allwaltenden Handy und anderen Anhängseln, etwa einem gutsortierten Schlüsselbund und, Überraschung, einem Doppelring aus zusammengeklappten Handschellen, schmiegte sich, weitere Überraschung, ein Behältnis an ihren jeansbedeckten Körper, das ich, soweit ich mich auf Umrisse verstand, glatt und schier für ein Pistolenhalfter mit Inhalt gehalten hätte. Wäre da nicht die Frage gewesen, was in aller Welt die Marketenderin mit einer Pistole beginnen solle. Oder mit Handschellen.

Gut, das Gerät käme ihr zupaß, beträfe sie nahe der Garnelenschüssel oder dem Hummersuppentopf eine Hand, die nicht dort hingehörte. Ein Schellenklick diese bezüglich, ein anderer, der den Stehldieb mit dem Tresenrahmen verband, dann ein Handyklick, um den Hausdetektiv ins Geschehen zu holen, und die Frau konnte sich wieder ihrer Kelle widmen.

Blieb, das kommune Schlüsselbund beiseite, die Pistole. Die mußte als unangemessene Überrüstung gelten. Fehlte nur der Schlagstock, wie er zum Arsenal von Russo und Eastwood in *In the Line of Fire* gehörte. Fehlte nicht viel zum berühmt gewordenen Secret-Service-Handwerkszeug, das die beiden, als sie die Agenten Lilly und Frank gaben, in einer Anwandlung so hoffnungsfroh von sich taten. Um sich im nächsten Augenblick fluchend wieder damit zu behängen. Weil es galt, Malkovich, dem Präsidentenkiller, keine Chance zu geben.

Was mich auf Bota den Stiefel brachte. John Malkovich in *Being John Malkovich* hätte er rein körperlich abliefern können. Geistig in keinem Belange. Nervlich schon gar nicht. Der Mensch kriegte das Zittern, wenn man ein wenig ausführlich wurde. Knickte bei der ersten Nachtigall ein. Er mochte ein Mädchenhirt in spitzen Stiefeln sein, ein Männermann wie Malkovich oder Eastwood oder gar Newman war er nicht.

Wenn stimmte, was Storm im *Oktoberlied* anstimmt, *Wir wissen's doch, ein rechtes Herz / Ist gar nicht umzubringen*, dann war Stiefel-Bota mit keinem rechten Herzen ausgestattet. Weniger ein Stiletto-, vielmehr ein Maulheld. Kein Ohrenheld mit dickem Trommelfell. Drohte statt mit dem Rasiermesser mit einem Rasierwasser, das sich im Falle unterlassener Zweckentfremdung immer noch als Rasierwasser verwenden ließ. Ging seine Sklavin füttern, wo er jegliches Verhältnis eben noch geleugnet hatte. Nahm den abschätzigen Blick der Wischer-Gehilfin wortlos hin, um gleich danach Suppe bei ihr einzukaufen.

Eine Erinnerung, die mir verstehen half, warum mich die robuste Frau an meine Schwester Isa hatte denken lassen. Die konnte solche Blicke. Sie hat an Reeperbahn und Sternschanze hinter Tresen gestanden, Brühe eingefüllt, Bier oder Schnaps, und wenn einer der werten Gäste zu lautmäulig wurde oder zu vergreint, hat sie einen von diesen Blicken ausgeschenkt. Half es nicht, kam ein Wort hinzu. Das half dann.

Wobei zu beachten ist, daß sie kleiner und schlanker als die Fischbratküchenkraft war und bestenfalls zwei Drittel von deren Pfunden auf die Waage brachte. Nicht zu reden vom kiloschweren technischen Allenfallszubehör zu gastronomischen Dienstleistungen, das ich eben, wenngleich halb verschleiert, gesehen hatte. Komplizierte Maschinen, mit denen man fernsprechen, fesseln oder schießen konnte. Sehr wohl hat Isa Umgang mit Männern gehabt, die mit solchem Werkzeug umgehen konnten; sie selber aber hing einem Hang zu diesen Eisenwaren nicht an. Sollte ein Anflug dazu vorhanden gewesen sein, ist er ihr beim Broterwerb als Schießbudendame auf dem Hamburger Dom vergangen. So gründlich, daß sie sich den Lokalbesuch unserer angeheirateten Brüder verbat, solange sie in ihren südamerikanischen Sockenhalterhalftern geladene Revolver bei sich führten.

Weshalb ich mir die Frage stellte, wieso mich eine Bedienkraft, die unter ihrem Finkenwerder-Kittel Handschellen und Pistole trug – eine Bewaffnung, die revolverbeladene Wadenhalfter als stille Reserve keineswegs ausschloß –, an Isa erinnere. Neben der Berufskleidung – oder hatte das heute berufliche Kleidung zu heißen? – lag keine Ähnlichkeit zwischen ihnen vor. Die Sicherheit ausgenommen, mit der die eine Person wie die andere tat, was sie tat.

Da meine Schwester längst unerreichbar war, die Suppenausgeberin aber ganz in der Nähe, hielt ich mich an die Frau, die ich unter Wischers Personal bislang nicht wahrgenommen hatte. Was nicht viel hieß, weil Fluktuation eine Bewegungsart dieser Dienstleistungskreise ist. Was insofern doch etwas hieß, als ich von vielen Kräften sagen konnte, ob sie zu den Altgedienten des Hauses zählten. Die Dame mit den Schellen und der Kanone gehörte nicht dazu. Es konnte gut sein, daß sie neben dem verbesserten Gestühl und der edelstahlblitzenden Schau-Backbräterei unter die Neuerungen fiel, mit denen sich das Unternehmen erst in jüngster Zeit versehen hatte.

Fischbratküche hieß Daniel Wischers Fischbratküche schon lange nicht mehr. So wurde sie nur von anhänglichen Uraltgästen wie mir genannt. Verleugnet aber hat auch das neue Management die Genrebezeichnung nicht. Auf historischen Großfotos im Gastraum war sie vielfach anzutreffen. Hätten die Wischer-Leute mich gefragt, hätte ich gesagt: Leute, laßt es beim guten alten Namen. *Restaurant* oder *Gaststätte* kann jeder heißen, aber *Fischbratküche*, das ist originell, ist ein Hamburger Original. Klingt nach Hummel-Hummel, Finkenwerder, Fischmarkt und Dom. Klingt anheimelnd wie *An de Eck von de Steenstroot steit 'ne Olsch mit Stint,/ un sei weit noch gornich, dat dat Schellfisch sind. / Dor kummt ein Schutzmann, seggt ...*

Moment mal, halt mal und sieh mal an: Die Fischfrau und der Schutzmann, das war so neu nicht. Die kamen schon im alten Liede vor. Warum sollten sie nicht auch als Schutz- und Fischfrau zugleich vorkommen? Als ein Zwiefachwesen wie Sphinx, Zentaur oder Nixe. Sally von der Heilsarmee, die auch Sally vom Grenzschutz war, verkörperte diese Dualität geradezu. In vollendeten Maßen sozusagen. Aber wenn Sally gegenüber dem Eingang von Wischer stehen und singen konnte *Wir wollen niemals auseinandergehn / Und wollen immer zu uns' Jesus stehn*, warum sollte dann Anni – um ihr einen Namen zu geben – nicht bewaffnet im Eingang von Wischer aufgebaut sein und sowohl wachen als auch Hummersuppe aussingen? Und Lachsbrötchen und Carry-On-Kartoffelsalat dazu?

Wenn Sally dienstlich für den Grenzzaun einstand und außer Diensten für ein erträgliches Los der Armen, warum sollte Anni dann nicht dienstlich am Grenzzaun wachen und außerhalb des Dienstes über Daniel Wischers Krabbenbrot? Als Hobby-Heilssoldatin die eine, die Schöne; im Zweit-Job die andere, die Robustere. Damit erklärte sich deren durch den Kittel schimmernde Wehr. Uns' Anni sah nach Feierabend zu, daß sie hastewaskannste vom Klosterwall in die Spitalerstraße kam, streifte das Gestreifte über, übernahm den Tresentörn und war im Grunde lediglich von den großen Freihafen-Containern an wesentlich kleinere geraten. An solche mit Rollmops, Bismarckhering und neuerdings Fish 'n Chips. Oder mit diversen Salaten. Da verstand sich, daß sie, wo sie nun schon umgeschnallt ging, der Sicherheitslage im Centrum zwischen St. Pauli und St. Georg etwas von ihrem trainierten Augenmerk schenkte.

Wie ich die Erklärung von Sallys und Annis Doppeldasein zufrieden überdachte, geriet ich an drei Details, die mich nicht in Frieden ließen. Zwei zeigten, wieviel Prägung ich dem kurzen September-Besuch im Ordnungsamt verdankte. Das dritte warf die bisherigen Erwägungen um, weil es zu den beiden Einzelheiten eine weitere stellte. Wodurch eine Gruppe entstand, die nicht nur nicht die Lösung lieferte, sondern ein Problem aufwarf. Oder das alte Problem, wie man neuerdings sagt, neu aufstellte.

So einfach sich Sallys doppeltes Wirken erklärte, so einfach erklärte sich das von Anni nicht. War es Sally ein leichtes, in dem einen Dienst vom Seemann und in dem anderen von der Seele zu singen, so genügte es für Anni keineswegs, ihr Grenzertum mit einem Finkenwerder Kittel zu bemänteln, wenn sie bei Wischer die Kelle schwingen wollte. Nicht von ungefähr hatte mir der Blockkomplex am Klosterwall den Eindruck vermittelt, daß allen Neigungen allerlei Pflichten beigesellt sind. Was den Künsten die freiwillige Selbstzensur ist, wird im Gewerbe als Hygienevorschrift angetroffen. Zumal in Bereichen, in denen man mit Lebensmitteln des täglichen Bedarfs in Berührung kommt.

Nicht zuletzt, weil ins Gewerbliche das Geldliche mehr hineinspielt als ins Künstliche, Künstlerische – wenngleich auch in letzterem der Lohn, der aus der Kehle dringt, kaum als Lohn, der reichlich lohnet, gilt –, wacht man über die Reinheit fast so genau wie über die Grenze. Was den Irrtum nicht befördern sollte, es genüge, dem Personalchef der Fischbratküche zu sagen, man diene beim Bundesgrenzschutz, um von diesem, sei es als Hummersuppenausreicherin, sei es als Hausdetektivin, sei es als beides zugleich, eingestellt zu werden.

Nicht bei Daniel Wischer! Ein Waffenschein reichte nicht, Gesundheitsbescheinigungen müßten her. Atteste wären gefragt, brauchten aber Zeit, weil Tests benötigt würden. So penibel die einen an den schwarzrotgoldgestreiften Pfählen wachten, so penibel verhielten sich die anderen, wenn es zu bestimmen galt, wer im blauweißgestreiften Kittel an den Goldbarsch durfte. Oder an die Hummersuppe. Kurz und gut, die Grenzbeamtin Anni hatte, wenn überhaupt, eher über lang als über kurz zum Doppelamt als Krebsbouillon-Ausgießerin und Sicherheitskraft kommen können. Nicht mit raschem Antrag im Oktober, sondern mit langem Anlauf seit September. Gleichgültig, was ihr selber das Wichtigere sein mochte, die Handkelle oder die Handschelle, gestreifter Kittel überm robusten Wehr-Geschirr oder gestrickter Pullover über dem robusten Körper, sie stand nicht erst seit heute am Spitaler-Tresen. Es mußte ihretwegen einen Vorlauf aus amtlichen Zertifikaten und informellen Ersuchen gegeben haben.

Während Sally, so der Heilsarmeechorundorchesterdirigent halbwegs bei männlichem Verstand war, ein Augenaufschlag genügt haben dürfte, um bei den Sallys anzukommen. Und die eine gegen die andere Einheitsmontur zu tauschen. Die grüne gegen die schwarze, Barett gegen Kapotthut, Stiefel gegen Schuhe, Hose gegen Rock, Fieldjackett gegen Armistenmantel. Der Combatpullover hatte wohl bleiben können. Konnte da auch das Kombattantenwerkzeug an der jetzt so anders kampfgemuten Sally verblieben sein? War sie wie ihre Kameradin Anni nicht nur mit fesselnd Glattgestricktem, sondern ebenso mit glattpolierten Fesseln versehen? Hatte sie gleich der unvergleichlich robusteren Kollegin ein Walkietalkie dabei? Und eine einfach zu handhabende Neun-Millimeter-Maschine für die Verteidigung sei es der Grenze oder ihres bedrohten schönen Leibes?

Wenn das so war an diesem feuchten Oktobertag in Hamburg, besagte es etwas anderes, als ich angenommen hatte. Es sprach von einem Dritten, das Heilsgesang-Sally und Wischers Pforten-Anni gemeinsam hatten und Bundesgrenzschutz hieß. Nicht, soviel schien klar, für sich selber aus Seelenlust oder Münzbedarf, vielmehr für dieses Organ sang Sally im Chor und stand Anni am Tor.

Es verhielt sich, fand ich, wie in *Erin Brockovich* mit Julia Roberts und Albert Finney: Wenn die Anwaltsgehilfin zum Anwalt sagt, sie könne zwei Umwelt-Giftfälle nachweisen, antwortet ihr Boß: O. K., bringen Sie einen dritten, und wir gehen die Sache an. Oder wie in jedem dritten Polizeifilm: Wenn der Detektiv dem Sergeanten einen Gentleman und zwei Übeltaten meldet, antwortet der Sarge für gewöhnlich: O. K., ich kaufe das, sobald Sie einen dritten Hinweis bringen. – Ist der Detektiv einer wie Newman, bringt er das Verlangte. Ich bin keiner wie Newman, bringe es aber auch: Ich suchte die Reihen der Heilsarmee weit gründlicher als beim ersten Mal ab. Gründlicher, weil vorher Sally alles überglänzte, nun aber Anni mir Grund gegeben hatte, nach einem Dritten zu fahnden. Oder einer Dritten.

Ähnlich wie es bei Roberts und Finney und in vielen Filmen des Blut-am-Boden-Genres zuging, wurde ich beim dritten Hinsehen zum Ensemble fündig. Den entscheidenden Anhalt gab ein offener Heilsarmee-Mantelkragen. So offen, wie es bei Armeen unüblich ist. Und ein gestrickter Pullover, wie er bei Polizisten und Sonderpolizisten üblich ist. Dieser lugte aus jenem, und beides erlaubte sich wohl nur, weil die Trägerin der beiden Kleidungsstücke das Bandoneon spielte. Ein Instrument, das sich vielleicht – ich weiß es nicht, ich spiele nicht Bandoneon – nicht gut mit geschlossenem Mantelkragen spielt.

Dafür schien es gut zu geraden Schultern zu passen. Die Solistin hatte gerade Schultern oder hielt sie auffallend gerade.

Wie Sally die ihren auffallend gerade hielt. Und Anni die ihren. Drei Paare auffallend gerader Schultern in einer Truppe, in der gerade gerade Schultern nicht vorherrschten. Vielmehr war den meisten Sallys anzusehen, daß sie viel Elend schultern mußten. Das Daseinselend derer, für die sie sangen oder Bandoneon spielten. Das Herzenselend von Passanten, die sich an Gesang und Bandoneon gütlich taten, aber vor den Sammeltellern das Weite suchten. Da durfte man weder mit Wimper noch Schulter zucken. Das verbot die Disziplin auch dieser Armee.

Wenn es mich drei Anläufe kostete, die Bandoneonistin an Haltung und Gestricktem zu erkennen, dauerte es noch länger, bis ich wußte, wo sie mir begegnet war. Ihr Blick brachte es an den Tag. Ähnlich zufrieden wie sie, die mir Hanni heißen soll, jetzt den Spitalerstraßen-Abschnitt vom Zigarrenhaus übers Fischhaus bis zum Ende von Brinckmanns Bauzaun besah, hatte sie im September vom hochgelegenen Fenster in Block A auf die Centrums-Dächer gesehen. Wobei mir zu jener Stunde gewesen war, als gelte der Gegend um das Dach von Hörgeräte-Geers ihr besonderes Interesse.

Zu dieser anderen Stunde aber gab sie sich mit der Häuserfront und dem Treiben auf dem herbstfeuchten Pflaster zufrieden. Umgekehrt befriedigte es mich, in ihr die dritte Frau erkannt zu haben. Machten dreie auch noch nicht die Heilsarmee oder den Grenzschutz aus, machten drei doch eine Gruppe. Die so postiert am Eingang zu Daniel Wischers Fischbratküche stand, wie ich vor Daniel Wischers Fischbratküche auf dem Pflaster lag.

Hatte ich vorher vage gemeint, die Spielschar der Salvationsbrigade widme mir zuviel Augenmerk, galt nunmehr eine Beziehung zwischen ihr und mir als ausgemacht. Oder vielmehr von ihr zu mir. Hanni war durch Tun aufgefallen; nicht durch Aussehen. Sie hatte ein Sichtgerät gehandhabt wie jetzt das Bandoneon. Durch Anni hingegen wurde ich an meine Schwester Isa erinnert, aber der Suppenbecher, den sie mir brachte, ging auf einen Irrtum zurück. Das schien bei Hanni und Anni alles.

Anders stand es von mir her um Sally. Von ihr her zu mir stand es nicht besonders. Wenn sie nicht voll damit beschäftigt war, einem Notenblatt den fälligen Text zu entnehmen, befaßte sie sich mit dem Straßenlevel in ihrer Augenhöhe. Mich da unten sah sie nicht. Was, falls der Armeeauftrieb tatsächlich mir galt, eine abgeschmackte Finte genannt werden mußte.

Abgeschmackt wie die Finte eines Kerls, zu dem Sallys Blicke gingen, wenn der Text es erlaubte. Ich sah ihn nicht gut, weil er auf halber Höhe zwischen Wischer und Wolsdorff auf meiner Straßenseite stand. Manchmal gab das Gewimmel die Sicht auf ihn frei, und ich sah ein Stück von seinen breiten und auffallend geraden Schultern. Seit Sir Conan Doyles und Edgar Allan Poes Zeiten hätte er so dastehen können, wie er in diesem Oktober dastand. Mit einer Zeitung, ernstlich, vor der Nase, die, als der Regen fiel, naß geworden sein mußte und jetzt gewiß nicht trocken war. Während sich dieser Mann so gut wie nicht rührte, rührte sich seine Zeitung nur im Wind. Vielleicht las er seit einer Stunde die Lottozahlen und kam nicht drauf, ob er die gleichen auf seinen Tippzettel geschrieben hatte. Oder er hielt sich in der Deckung des Blattes für unsichtbar und wußte nichts von Sallys Wunsch, es möge ihm, wie er da ganz in ihrer Nähe Wache schob, einmal, ein einziges Mal Sicht vor Deckung gelten. *Das macht, es hat die Nachtigall …*

Doch nicht dies, sondern *Leise flehen meine Lieder durch des Herzens Nacht zu dir* sangen Sally und Hanni. Sangen es in einer Weise, in der sie es, wenn auch wortgetreuer, beim letzten Bundesgrenzschutzbetriebsfest gesungen haben mochten. Im Duett und a capella. So daß Sally die Augen von den Noten und Hanni die Finger vom Bandoneon lassen konnte. Sie sangen so, daß Anni für einen Augenblick den Becher und die Kelle in der Schwebe ließ und beseligt einem besonders festlichen Augenblick des Festes nachhing. Sie sangen so, daß der Mann an der Zeitung diese senkte und ihnen sein Gesicht zuwandte. So daß er für mich als Herr

Heini vom Grenzschutz erkennbar wurde. Sally und Hanni sangen so leise, daß von der Mönckebergstraße her ein klatschendes, hartes Rhythmusschlagen das Sagen bekam. Sie sangen so fein, daß auch Herr Bota, genannt Bota der Stiefel, auf seinem Rückweg von Burger King und Bürgermeisterbrunnen innehielt. In einem der Intervalle, zu denen es in ungesteuerten Passantenströmen immer wieder kommen kann, kam er mir unverstellt vor Augen. Täuschte ich mich nicht, war seine linke Stiefelspitze bemüht, den flehentlichen Gesang zu dirigieren, während seine rechte Stilettohacke im Bambus-Takt zu bleiben versuchte.

Bei seinem bald fortgesetzten Anmarsch konnte ihm Sallys Laserblick hinüber zu Heini nicht entgehen. Er registrierte den standfesten Zeitungsleser mit einem nachsichtigen Kopfschütteln, nahm es aber gleichsam zurück, als er Heini und Sally zusammengezählt hatte. Wieder verhielt er, und wieder war ablesbar, warum. Mir fiel es leicht, ihn zu lesen, weil er nur tat, was ich vor kurzem getan hatte. Er ging Chor und Orchester, die weit länger als üblich auf der Stelle standen und deren Kader er zumindest vom Hörensehen weit länger als ich kannte, auf Bekannt und Unbekannt durch. Und brauchte nicht lange, um Sally auf Hanni zu reimen. Und beide auf Heini.

Mit dummem Stolz vermerkte ich, daß ich ihm um Anni voraus war. Ein Gefühl, das nachließ, als er sich, mich links liegen lassend, auf Anni an der Theke zu bewegte. Ich sah sie nicht, sah aber ihn. Ob er sich auf den soeben getätigten Ankauf von Hummersuppe berief, weiß ich nicht, sah jedoch, wie ihm zwei Arme in Fischerhemdärmeln ein Tönnchen aus Plastik reichten. Einen Behälter, in dem Rollmöpse aus der Kammer an die Theke gekommen waren. Oder Marinaden aller Art.

Herr Bota tippte seemännischen Dank an die Elbseglermütze, klemmte das Fäßchen unter den Arm, setzte es neben meinem Schlafsack ab, entbot auch mir den Sailor-Gruß und nahm auf der Leihgabe Platz. Sally und Hanni waren ins Glied zurückgekehrt und gaben sich einem Chorgesang hin, der im Original mit *Hörst du mein heimliches Rufen?* beginnt, hier aber *Hörst du sein peinliches Rufen?* fragte. Diesem Song müsse ich nicht lauschen, sagte Bota, er handle von den Lockungen des Alkohols. Nein, nicht von der Feuerkraft des Methylalkohols. Das sei eine Sache nur zwischen uns beiden. Mit dem peinlichen Rufen meine der Laienchor wahrscheinlich ein peinigendes Rufen. So oder so dürfe einer in meinem Alter den Quatsch überhören. Nach dem Motto *So oder so kaputt.*

In diesem Zusammenhang habe er eine Frage. Nein, zwei. Zwei Fragen, die eine Voraussetzung hätten. Nein, zwei. Die eine laute, hier laufe, wie untrüglich erkennbar sei, eine Polizeiaktion; die andere laute, ihm gelte sie nicht. Womit er zu den Fragen komme: Gelte die Aktion mir, oder sei ich Teil von ihr? In diesem Fall müsse an dem Gerede von der verlängerten Lebensarbeitszeit wohl doch etwas dran sein. »Öffentlicher Dienst geht mit gutem Beispiel voran, was, alter Knabe?« Oder verhalte es sich umgekehrt? Stelle ich nicht einen Jäger, sondern einen Gejagten dar? »Eingekreister Greis, der sich am Liegeplatz von armem eingereistem Weib vergreift? Verzweiflungstat? In welchem Falle sich … Aber erst einmal Ihre Antwort.«

Wofür der Mensch doch, ist er eitel genug, Zeit hat! Ich hatte die Zeit, Botas Frage, ob ich Teil der von ihm vermuteten Aktion sei, und Annis Bemerken, im Vergleich zu ihr habe ich den blöderen Posten erwischt, nebeneinander zu stellen. Hatte die Stirn anzunehmen, die beiden meinten, ich sei ein Polizist. Einer mit liegender Beschäftigung zwar, wie Bota angedeutet hatte, aber im Extradienst bei Ordnungsmacht oder Hoheitsgarde. Was hieße, die beiden sähen mir meine Nähe zu andauernd liegender Beschäftigung nicht an.

Für eine gebührende Weile ließ ich dem splendiden Gedanken einen Centrumsplatz, ehe ich ihn bat, zugunsten weltnäherer Überlegungen beiseite zu rücken. Nicht zum ersten Mal an diesem Tag fragte ich mich, als hätte es eine solche Option je gegeben, ob es nicht besser gewesen wäre, von Anfang an dem bohrenden *Wie geht denn das?* zu widerstehen. Wie ich darauf im Fall der verregneten und verdrängten Frau immer noch keine Antwort wußte, wußte ich für meinen Fall: Ich konnte mir kaum gute Aussichten malen.

Stiefels Stiefel und Befeuerungspläne reichten hin zu meinem Vorsatz, dem Neffen den Schlafsack alsbald zurückzureichen. Da mußte nicht obendrein die Eröffnung sein, ich gehöre entweder zur Polizei oder dieser Behörde verlange es dringend nach mir. Oder das Ordnungsamt dränge es ähnlich. Wegen einiger Unklarheiten in den Bereichen Kunst und Gewerbe. Oder es gehe verschiedenen Bundesgrenzordnungskräften um ein klärendes Gespräch, weil ich hinter die Wälle am Klosterwall gelangt war. Wodurch ich wußte, wie es jenseits ihrer Schwelle aussah. Wie ich auch wußte, daß sie im Block nebenan eine Tagesausgabenklappe unterhielten. Während sie nicht wußten, ob ich davon die Klappe halten werde. Worüber hinaus sich nicht ermessen ließ, wie lange ich für mich behielte, daß sie sich Verdienste um die Versorgung der Bevölkerung mit frischen Waren des täglichen Bedarfs anmaßten. Und ein als Sniperabwehrsystem getarntes System unterhielten, das seine Lichter und Lauscher nicht einmal vor Hörgeräte-Geers verschloß. Obwohl die Verdienste des Hauses um einen globalen Oberkopf als unumstritten galten.

Es reize mich, ihn glauben zu lassen, ich sei Subjekt oder Objekt einer Polizeimaßnahme, sagte ich Bota dem Stiefel, da diese Annahme geeignet sei, mich vor ihm zu schützen. Zwar traue ich ihm vieles zu, aber keinen Brandanschlag auf einen, den er für einen amtlichen Ermittler halte. Oder auf jemanden, von dem er annehme, er sei ein behördlich umzingelter Missetäter, auf dem ein Dutzend fahndender Augen ruhten. Ein Gesetzesbrecher vielleicht, dem man durch offene Beschattung und unverschleierte Fahndung beizukommen suche. Durch eine Ermittlung von derart unverhüllter Art, daß der Betroffene sie erkennen müsse. Weil er sie erkennen solle. Was natürlich Dritten ermögliche, sie ebenfalls zu erkennen.

»Mein Herr«, sagte ich, »wie Sie mich auf diesem Pflaster sehen, bin ich auf nichts als eine Sinnstudie aus. Was Sie darüber hinaus in mir sehen, ergibt keinen Sinn. Da Sie aber nun schon auf dem Leih-Tönnchen sitzen, sollten Sie mir von den Bodyguards erzählen. Wo ist der Body zu den Guards?«

Von mir brauche er weder Genehmigung noch Ermunterung noch gar Erkundigung, sagte Herr Bota. Er sitze der Abwechselung wegen neben mir. Entgegen der Meinung von Außenstehenden gehe es in seiner Profession meist öde zu. Hier einem in den Arsch treten, da gegen die Reifen, alles Routine. Flammenwerfer kämen selten vor. Und bräuchten ihre Zeit. Die vertreibe er sich, indem er sich, in einer Sinnstudie sozusagen, frage: Wie kommt dies zu dem? »Wie kommt es, daß Gottes Heulsusen und Tubaartisten sich ebensowenig von der Stelle vorm Fischrestaurant rühren wie der alte Narr vom Bauzaun von Brinckmann? Wieso hält sich ein Vollgefressener seit einer Stunde an Häuserwand und Morgenblatt fest? Warum weist die Heilsarmee auf einmal soviel weibliche Stattlichkeit auf? Seit wann verfügt sie über Bandoneonspielerinnen? Seit wann über Personal, das schöner als die Mutter vom Media-Markt ist? Die Sache stinkt, Väterchen, sie stinkt über alle Maßen.«

Seine Folgerung gefiel mir, weil sie zu meiner Folgerung stimmte. Ich fühlte mich versucht, ihm zu zeigen, daß ich nicht nur bei Sally, Hanni und Heini gleichauf mit ihm war, sondern ihm voraus, soweit es Anni und ihren Gürtel betraf. Doch fiel mir eine weitere Sache ein, die stank. Die stinken würde, sobald sich eine Lohe aus Äthylalkohol an einer Schlafsackwand aus Nylon versuchte. Weshalb ich Herrn Bota unter Verzehr einer Handvoll Kreide bat, mir von den fremdartigen Schlägerinnen zu erzählen, die am Hummel-Blech ihr rätselhaftes Wesen hatten. Zumal wir beinahe den gleichen Grund hätten, die Spanne zwischen dem jetzigen Zeitpunkt und einem späteren halbwegs sinnvoll zu überbrücken.

Das ließ die Muskeln unter den Jackenärmeln gleich zweimal springen, doch gab sich der Mann, zu dem die Teile gehörten, für eine Weile still. Ob sich seine Stiefel zwischen dem Kunststoff-Tönnchen und der Kunststoff-Plane, die mich barg, dirigierend bewegten, konnte ich nicht sehen. Vermutlich taten sie es, denn sein Kinn rührte sich, wenngleich fast unmerklich, im Takt. Das haben mit ihrem Singen und Klingen Sally und Hanni getan. Sie sangen im Verein mit anderen Uniformierten, denen es nicht nur an geraden Schultern gebrach, das zur Heilsarmee einberufene Lied von der schönen Gärtnersfrau. *Warum weinst du, holde Gärtnersfrau?/ Weinst du um das Veilchen himmelblau?*

Natürlich hatten sie den Text in den Dienst ihrer guten Sache gestellt. Das Veilchen am schönen Auge der Gärtnersfrau verdankte sich einem höllisch blauen Gärtnersmann, der durch Entziehung zu ordentlichem Eheverhalten gebracht werden mußte. Ich kannte die Weise, ich kannte den originalen Wortlaut, weil meine Mutter, die eine Gärtnersfrau war, eine schöne, sage ich, und auch Isa, die eine Gärtnerin war und meine gute Schwester dazu, das Walzerlied mit Wonne gesungen haben.

Mit Wonne schon, aber, soweit es meine Schwester und die Melodie betraf, nie ganz zutreffend. Isa konnte nicht gut singen. Was nicht selten ist, bei ihr aber seltsam war. Weil sie von den Tätigkeiten des täglichen Bedarfs, zu denen in unserer Familie auch der Gesang gehörte, so gut wie alle beherrschte. Anders als andere unmusikalische Leute wußte sie von ihrer Schwäche und verhehlte sie nicht. Bei der *holden Gärtnersfrau* hielt sie sich an ihre vortragsfirme Mutter; da ließ sich das Duo aus Gärtnersfrau und Gärtnerstochter, die zudem in die Gärtnerlehre ging, ertragen.

Dem Duo aus Grenzerin und Grenzerin, das nach herausgehobener Darbietung zurück ins Glied getreten war, saß beziehungsweise lag lauschend ein Duo gegenüber, das aus Bota und mir bestand. Dazu standen als Fünfte und als Sechster eine weitere Grenzerin und ein weiterer Grenzer in der Nähe. Sie hörten gleich Bota und mir der *Gärtnersfrau* zu und waren beide, die eine hinter den Wischer-Tresen, der andere an die Spitaler-Wand, in derselben Sache abgestellt. Aber in welcher?

Entgegen früheren Verdächten: Mir galt die Aktion trotz meiner September-Patrouille hinter den Klosterwall sowenig wie Herrn Bota-Stiefel, der vielleicht freischaffend, vielleicht ein Peachum-Gehilfe war. Man hatte in uns, auch wenn das in beiden Fällen ein wenig lachhaft klingt, *innocent bystanders* zu sehen, unschuldig Anwesende, nichtsahnende Passanten. Oder allenfalls ahnende Anwesende. Von den wirklich Ahnungslosen, die beeilt oder vertrödelt hin und her die Enge zwischen Bauzaun, Bota und mir einerseits und andererseits dem Aufbauchor passierten, unterschied uns die Ahnung, daß dem Einsatz einiger seiner Teilnehmerinnen neben einem himmlischen auch ein irdischer Auftrag zugrunde lag.

Was der gestiefelte Mann auf seinem Plastikbehälter und ich in dem meinen unterschiedlich bewerten mußten. Waren kriminelle Akte grundsätzlich verboten, verboten sie sich im Rahmen von Polizeiaktionen schon gar. Falls Bota tatsächlich unter den schönen Augen von Sally und denen von Hanni, die so schön das Bandoneon spielte, seine Feuerwalze gegen mich in Gang setzen wollte, konnte er auch gleich die robuste Anni fragen, ob das Greifzeug an ihrem Gürtel noch frei sei. Oder Herrn Heini bitten, statt des langen Blicks in die Zeitung einen kurzen ins Leben zu tun.

Zur inneren Beruhigung, die sich aus diesen Gedanken ergab, stellte sich äußere Ruhe ein. Dem Lied von der Gärtnerin, die nicht um die Rose weinte und auch nicht um das Veilchen, das sie brach, folgte das Kinderlied *Sonne, Mond und Sterne.* Es stellte eine Überleitung zur nächsten Sammelaktion dar. Nach einem Tusch, an dem Pauke, Trompete und Bandoneon beteiligt waren, erklärte der Bandleader, obwohl sie jetzt eine Konzertpause machten, sei *Sonne, Mond und Sterne* nicht als Rausschmeißer zu verstehen. Vielmehr sei es, wenn man den Scherz gestatte, als Reinschmeißer zu verstehen. Zwar verfüge infolge der Wirtschaftslage vermutlich keiner der Centrumsbesucher über Hab und Gut in Sonne-, Mond- und Sternenhöhe, aber ein Cent hier, ein Euro da werde sich zur Linderung der Not von Leuten, die ohne alles

Hab und Gut dastünden oder in besonderen Härtefällen sogar dalägen, wohl auftreiben und, daher der Scherz vom Reinschmeißer, in die Sammelbüchsen reinschmeißen lassen.

Herr Bota zog seine Mütze am Schirm auf die Brauen, ehe er mich wissen ließ, dies sei nun das Letzte: Zum Verdacht, ich könne ein reanimierter Polizist sein, und zur Möglichkeit, ich könne bei der Polizei im Verdacht stehen, geselle sich unter Nummer drei meine Taxierung als Härtefall. Wo doch Gott und die Menschen wüßten, mit welcher Härte ich allerärmste Frauen zu vertreiben pflege.

Ich riet ihm, als vierte Möglichkeit das zu nehmen, was von Anbeginn auf meinem Schlafsack gestanden habe: Sinnstudie, bitte nicht spenden und, vor allem, nicht stören! Ich hätte mich guten Glaubens niedergelassen und würde von keiner Gier außer einer gewissen Wißbegier angetrieben. Was ich ihm beweisen wolle, indem ich ihn erneut bitte, meine Forschung mit dem Ergebnis seiner Nachforschungen zu bereichern. Den Zusatz, auf eine andere Bereicherung sei ich nicht aus, verkniff ich mir, weil Bota seine Mütze in Frieden ließ und friedlich bereit zu sein schien, den Mitforscher zu geben.

Da traf es sich und traf sich auch nicht, daß im Moment, da er von den Straßentrommlerinnen zu sprechen begann, diese an der Mönckebergstraße zu trommeln begannen. So daß ich ihn und sie zugleich hörte, also beide ungenau. Nicht, weil die einen den anderen übertönten oder der andere sie, sondern weil ich meine ohnedies eingeschränkte Hörfähigkeit auf sie beide wenden mußte. Was im Resultat zweimal unbefriedigend war.

Immerhin, die Heilsposaunen und die Trommeln schwiegen, und der Lärm, den das Reinschmeißen von Hartgeld in blecherne Büchsen erzeugte, hielt sich in Grenzen. Wohl, weil die meisten Passanten nicht nur derzeit von rausgeschmissenem Geld wenig hielten. So daß ich das wischende Schlagen, welches einem unbekannten Schema gehorchte, trotz Herrn Botas Dazwischen- oder Darübersprechens deutlicher denn je hörte. Was nicht heißt, ich hätte es deuten können. Was aber ebensowenig heißt, mir wäre eine vage Bekannte als Konstante in dem variabel Unbekannten völlig entgangen. Die alte Geschichte: Man weiß von Begegnung, weiß aber nicht, wann oder wo. Weiß vor allem nicht, was.

Immerhin, Herr Bota, den man den Stiefel nannte und der auch gut die Flamme oder die Flasche hätte heißen können, gab sein Forschungsergebnis bekannt. Ich reiche es bei Ausschwärzung der schlimmeren Kraftausdrücke weiter: Die Bambusjungfern seien wie gesagt Leibwächterinnen. Nach allem, was er gesehen und gehört, gezählt und hochgerechnet habe, handle es sich um zwei Dutzend Knüppelkämpferinnen. An dem Reigen um das Hummel-Hummel-Mors-Mors-Denkmal seien nur zehn beteiligt. Der Rest begleite eine Persönlichkeit aus der Gegend hinterm Bambusvorhang. Nepal, Bali, Bhutan; etwas in dieser Gegend. Ein schwerreiches Weib, das schwer was mit Software draufhabe. Eine Art Bill Gates, aber weiblich und asiatisch. Seine Gewährsleute am Mönckebergbrunnen – niemand solle denken, er habe solche nicht überall – hätten auch einheimischen Begleitschutz ausgemacht. Unauffälligere Leute. Tanzten nicht in exotischen Gewändern herum und schlügen nicht – was beim Regen scheußlich gespritzt habe – mit Stöcken auf das Pflaster wie diese feminine Tropengarde. Auch sei die hiesige Bedeckung dezenter gekleidet. Ähnlich wie der Dicke mit der Zeitung da. Von dem auf die anderen zu schließen, trügen sie bei anderen Gelegenheiten Uniform. Heute deshalb nicht, hätten ihm seine Gewährsleute gesagt, weil es zu stark zu den im Kreis herumwackelnden Wickelmädchen kontrastierte. Ebenso zu der beschützten Persönlichkeit, die ähnlich angezogen gehe. Die Kinder nicht. Die Zugereiste habe zwei Sprößlinge dabei. Bambussprossen sozusagen. Ein Junge um die Zehn und ein Mädchen um die Vierzehn, soweit man Asiaten so was ansehen könne. Die Kinder und ein Teil der Personenschützerinnen säßen bei Burger King und futterten. Damit sie mit der hiesigen Nahrung keine Probleme kriegten. Weil sie Burgers Speisen von zu Hause kennten. Darin könne ihnen jeder folgen, der einmal durch ihre Region und ihre Küchen gekommen sei. Die äßen da, was der Europäer nicht esse. Bambus und dergleichen. Er persönlich sei in Asien lieber zu Burger gegangen. Oder zu McDonald's. Den hätten sie da unten auch. Noch einmal zu den Bambusknüppeln: Er habe sie sich angesehen, weil ihn das Geräusch interessierte. Im Prinzip ganz einfache Geräte. Primitiv dürfe man ja nicht sagen. Im Grunde nichts als Knüppel, deren untere Enden zum Teil zu einer Art Besen aufgespaltet wurden. Und dann zum Härten in irgendeine orientalische Sauce eingetaucht. Daher neben dem harten Knallen dieses beinahe metallische Klatschen. Das müsse er schon sagen: Wenn OBI auch so gut wie alles habe, solche Besenknüppel habe OBI nicht. Selbst Brinckmann habe die nicht gehabt. Hatte Gründe: Wurde hier nicht gebraucht. Hier klopften die Bodyguards keinen Takt aufs Pflaster. Weil es unnötig Aufmerksamkeit erregte. Hier stehe ihresgleichen unauffällig an der Wand und halte eine Zeitung in den Regen. Mit einer Sturheit, die man sonst nur an asiatischen Bodyguards kenne. Oder müsse man wegen der Emma-Bewegung Bodygardinnen sagen? Wohl nicht, weil die Chefin ja auch eine Emma sei. Wie seine Gewährsleute erfahren hätten, halte sich die Frau ihres Hundes wegen in Hamburg auf. Der habe was an den Ohren. Da seine Gewährsleute auch nur Menschen seien, sage er mit Vorbehalt weiter, was sie gesagt hätten: Der Tip, das Gehör des Hundes der Software-Queen und einen Hamburger Spezialisten betreffend, solle aus amerikanischen Regierungskreisen stammen. Ein Gewährsmann habe sogar von Präsidentenkreisen gesprochen. Möglich wäre es naturgemäß. Die Globalen hielten zusammen. Eins an des anderen Gurgel. Vielleicht sei alles ein Ablenkungsmanöver, vielleicht plane die Computer-Mutter in Wahrheit die feindliche Übernahme von Billy the Gates. Billy the Gator. Jedenfalls sei sie zur Stunde mit ihrem Hund und zehn GEO-Schönheiten auf der Mönckebergstraße unterwegs, dieweil ihre Kinder bei Burger die vertrauten Hamburger fräßen. Bei ihnen daheim in Asien gelte

Hamburg als deren Geburtsstätte. Nicht der Kinder, sondern der Hamburger.

Deutete ich es richtig, schickte Bota sich an, mir die Hintergründe des einen Irrtums zu erklären, während er mich vor dem anderen warnte. Doch fiel ihm ein grau in grau gekleideter Herr ins Wort, indem er fragte, ob er mich sprechen könne. »Ohne diesen Mitbürger vielleicht«, sagte er und meinte Stiefel den Stiefel damit. Als habe alles andere ihm ferngelegen, entfernte der sich rasch. Er muß aber gehört haben, daß ich dem Unbekannten sagte, dieser Mitbürger könne von mir aus alles hören, weil er, soweit es mich betreffe, Feuer und Flamme sei. Jedoch war Bota der Stiefel im Abgang beschäftigt, dem Zangenangriff von zwei büchsenbewaffneten Heilsarmistinnen ein Machtwort entgegenzusetzen. Eines, das sie prompt auseinandertrieb. Um nicht zu Paaren zu sagen, was, wie man weiß, in die Flucht schlagen bedeutet. Vermutlich hatte er ihnen mit Umschmeißen gedroht, anstatt ihnen was reinzuschmeißen.

Auf der Spitalerstraße ging es in der Pause zu, wie es vorm ersten Teil des Wohltätigkeitskonzerts zugegangen war. Ganz ähnlich dem Treiben auf Straßen, Plätzen, Märkten und Tribünen in einer Zeichenserie, die meines Erinnerns *Wo ist Willy?* hieß. In jeglicher Art Gewimmel, ob auf dem Ausflugsdampferkai, am Rodelberg oder im Strandbad, sollte man unter hunderterlei Figuren nach diesem Willy fahnden, der weder Schleier noch Mantel und Degen, sondern Bommelmütze und eine breitrandige Brille trug und sich gleichwohl nicht ohne weiteres ausmachen ließ. Ob dieser Künstler, der an seinem Sujet festhielt wie Antes an den Kopffüßlern, jemals die Bewegung in der Spitaler festgehalten hat, kann ich nicht sagen. Es haben mich seinerzeit Willy und Willi und Erich und Erich und Helmut und Helmut, nicht zuletzt im Zusammenhang mit dem Hin und Her, dem Auf und Ab von Menschen und Massen, ja Klassen, von der Frage nach dem Verbleib des bebommelten und bebrillten Willy abgehalten. Was keineswegs Entfernung zwischen uns bedeutete, wie man sieht. Wäre *Wo-ist-Willy*-Willy in der Pause des Konzerts, das als Benefiz für Beleidigte und Erniedrigte gedacht war, an mir und meines Neffen Schlafsack vorbeigekommen, bahnhofzu oder rathauszu, als hungriger oder als satter Wischer-Gast, als erschütterter Schraubensucher, der in Höhe Brinckmann die Welt vernagelt fand, als Mensch, der in der Kunsthalle Erfüllung erfahren oder am Klosterwall Ordnungsamtliches ausgefüllt hatte, als einer, dem sein Glück am selben Platze eine Tagesausgabe bescherte oder bei Thalia die langerwartete Reiner-Kunze-Ausgabe letzter Hand – wäre Willy einer von den Tausenden zwischen Glockengießerwall und Mönckebergbrunnen gewesen und an mir vorbeigekrochen oder an mir vorübergeflitzt, ich hätte ihn gesehen, ich hätte ihn erkannt.

Weil ich die Muße dazu hatte. Weil ich den grauen Herrn, der eine Frage hatte, kaum ansah. Weil ich ihm ansah, was für eine Frage er hatte. Weil ich nicht einsah, daß ich die zu beantworten hatte. Weil ich wußte, alle Antwort hatte ich auf das Nylon meines Neffen geschrieben. *Sinnstudie! – Nicht stören und nichts spenden!* hatte ich geschrieben.

Der Herr brachte sich amtlich zur Geltung, indem er einen Ordnungsamtsausweis schwenkte und meine Genehmigung zu sehen wünschte. Dergleichen benötige ich nicht, weil Sinnstudien nicht in seines Amtes Ordnung fielen, sagte ich dem grauen Herrn und hielt mein Auge auf dem bunten Treiben. Meiner als Feldstudie angelegten Sinnstudie, die in Elementen schleierfahndungsverwandte Züge trage, sei ein Studium der Rechtslage vorausgegangen. Vor Ort, um nicht unterm Hangenden oder im Feld zu sagen. In allen vier Blöcken des Amtsgebäudes am Klosterwall. Von der Tagesausgabe bis zum Bundesgrenzschutz. Nicht zu reden von den fachbezogenen Schaltern für Spielhallen, Makler- und Bewachungswesen, Großküchen-, Kantinen-, Verbraucherschutz, Stadtteilkultur, Trödelmärkte, Jagdscheine und Erlaubnisse nach der Hundeverordnung und dem Waffenrecht. Sowie anderen Einrichtungen zur Befriedigung des täglichen Bedarfs.

Weil ich meine Augen bei allen Benennungen statt auf dem Herrn auf den Passanten hielt, sah ich nicht, ob meine Liste etwas verschlug, hörte aber bald, daß sie nichts verschlagen hatte. Die von mir genannten Bereiche seien weitgehend Gewerbebereiche, sagte der graue Herr. Daß ich keinen Handel, ob nun mit Sinn oder Unsinn, betreibe, sehe er selbst. Wie aber stehe es mit der Kunst? Soweit es das Ordnungsamt angehe, würden Gewerbe und Kunst stets zusammengedacht. Eine Auffassung, die sich in der Auffassung äußere, der Ton, der aus der Kehle dringe, sei Lohn, der reichlich lohne, gelte als überholt. Kunst sei wie das Gewerbe mit Geldlichem gekoppelt. Geldliches aber bedürfe in jedem Falle der Genehmigung. Zwar suche ich, indem ich mir Spenden verbitte, das Geldliche abzukoppeln, doch verstärke sich dadurch der anzunehmende Kunstcharakter. Allem Anschein nach laufe es auf Kunst als solche hinaus. Auf l'art pour l'art vermutlich. Nur seien Anschein und Vermutung keine Größen, mit denen ein Ordnungsamt an die Dinge herangehen könne. Es habe nicht mit Dingen an sich zu tun, sondern mit dinglichen Dingen, aus denen das Leben bestehe. Das Leben schlechthin und das Leben auf der Spitalerstraße schon gar. Er sei weder kunst- noch gewerbefeindlich, doch wollten beide eine Ordnung. Welche ihrerseits durch eine Bescheinigung zum Ausdruck komme. Ich könne nicht einfach weder Kunst noch Gewerbe ausüben, sondern müsse mir bescheinigen lassen, daß ich das nicht tue. Zwischenzeitlich fordere er mich auf, meine Sinnstudie abzubrechen beziehungsweise sie bis zur Erlangung der erforderlichen amtlichen Unterlagen auszusetzen. Ansonsten und ganz persönlich frage er sich, was ich mir wohl verspreche, wenn ich den Eindruck zu erwecken suche, ich höre ihm nicht recht zu.

Dabei versprach ich mir nichts und suchte diesen Eindruck nicht zu erwecken. Ich wußte mich nur am Ende. Ich hatte die Sprache nicht, den grauen Herrn zu erreichen. Wie hätte ich diesem Menschen von meiner Neugier sprechen sollen? Wie von den Rätseln, die mich umstanden? Wie ihm Herrn Bota erklären und Sally und Anni und Hanni und Heini? Wie die enigmatische Verknüpfung schildern, in der Wischer und

Brinckmann und Bambusrhythmen und taube Hunde und die Burgerburg neben dem Bürgermeisterbrunnen und eine gatesstarke Computer-Kaiserin ungeklärte Rollen spielten? Wie hätte ich ihm, der ein Herr der Ordnung war, etwas vom Vermögen der Heilsarmee, aus der Nachtigall eine Gewerbe-Lerche zu machen, sagen können? Oder von der verregneten fremden Frau, die einen Zettel brachte, auf dem in angelernter Schräge *dass mei plass du verpiss* geschrieben stand. Oder von dem Feuer, vor dem ich nicht weglaufen konnte, wenn ich mich nicht aller Bescheinigung, aller Zulassung, aller Genehmigung begeben wollte. Wie hätte ich reden sollen von Brinckmanns versiegeltem Sesam oder Wischers Fisch mit Salat?

Den Eindruck, ich höre nicht recht zu, hatte ich nicht machen wollen; dafür war mir jetzt, als sehe ich nicht recht. Denn von der Buchhandlung Thalia her schoß der geölte Fritz heran. Fiel bei mir ein, achtete des grauen Herrn und der ehernen Ordnung nicht, zog Botas Tönnchen unter sich, als habe es lange auf ihn gewartet, sah mich lieb an und sprach lieb, in Ermangelung eigener habe er sich vorhin einiger meiner herumliegenden Kröten bemächtigt. Um mir Gutes zu tun. Der Gute zog das Gute aus dem Gewand, reichte es mir und verschwand. Wie geölt. Ich lag da wie aus erstarrtem Salz. Zerbröselte aber einmal, löste mich in Kristalle auf, machte mich beweglich. Genug, um in der Gabe, die von Fritzens Leben handelte, zu blättern. Von Fritzens Hand stand auf dem Vorsatzblatt mit Ölstift geschrieben: »Lieber, wie oft träumt mir, wir fegten wie einst im Porsche durch den Sachsenwald! Ist es mein vierter, mein fünfzehnter? Und wird es je wieder sein? Ach! Ihr ewiger Fritz.«

Das nun auch noch.

Wie vorher schon, nahm ich den grauen Herrn, der mir zu Häupten stand, nicht weiter wahr. Willentlich diesmal. Wollte es nicht. Seiner Übermacht wegen. Meiner Ohnmacht wegen. Konnte diesem amtlichen Menschen nichts entgegenhalten. Gewahrte gerade noch, daß sich die Unordnung der Pause in die Ordnung des Chors verkehrte und das Reinschmeißen ein Ende nahm. Sah im quirligen Spitaler-Strom eine Insel wachsen. Hörte den Herrn vom Ordnungsamt fragen, ob er recht gesehen habe. Und ob er recht sehe, wenn er auf dem Umschlag des Buches, das ich in Händen halte, denselben Menschen sehe, denselben weltberühmten Fritz, aus dessen Händen ich dasselbe Buch soeben erhalten habe. Mit einer persönlichen Widmung, die, wie er sehe, mit *Lieber* beginne. Und mit *Ihr ewiger Fritz* ende. Welche Unterschrift seine Zweifel, ob er recht gesehen habe, beende. Und seine Zweifel hinsichtlich meiner schon gar.

Sehr zart, zu zag fast für mich, weil ich es im anhebenden Gesang kaum vernehmen konnte, sagte er *Adieu* und entfernte sich. Worauf die Damen und Herren aus mehr oder minder voller Brust bei mehr oder minder geraden Schultern auf Flöten und Tschinellen zu musizieren respektive aus voller Kehle zu singen begannen. Letzteres besorgten sie nach Art der Lerchen und Libellen sowie der einen oder anderen Nachtigall. So daß in diesem Oktober vor Brinckmanns Zaun und Wischers Tür die altvertraute und im vertrauten Wortlaut verbliebene Weise erklang: *An de Eck von de Steenstroot steit 'ne Olsch mit Stint, / un sei weit noch gornich, dat dat Schellfisch sind.*

Es hat mich nicht überrascht, mich mitsingen zu hören. Konvention ist eine Großmacht, gegen die ich selten ankomme. Zwar genügt nicht schon ein Stichwort aus dem Fischereiwesen, mich *An de Eck von de Steenstroot* anstimmen zu lassen, doch macht die beiläufigste Erwähnung plattdeutschen Liedguts diese Quelle allsogleich springen. Dabei ist viel Kindheit im Spiel. Ob die simple Melodie oder die geballte Sechs-Zeilen-Handlung, welche ganz auf Kosten von erwachsenen Autoritäten ging, oder das nicht jedem zugängliche Idiom oder gar die Kombination dieser Elemente den Reiz ausmachte, kann ich nicht sagen. Sagen muß ich: Ab der geringfügigsten Vertrautheit pflege ich die niederdeutsche Kurzballade vom Wandel einer Ware des wöchentlichen Bedarfs meinen Mitmenschen vorzuführen. Wie hätte ich da schweigen sollen, als der von Polizistinnen untermischte Heilsarmistenchor vor Wischers Fischbratküche den Hymnus von der Fischfrau und dem Polizisten anstimmte? Wohl machte mir die Vorstellung von einem betagten Kerl, der während einer Sinnstudie im Schlafsack lauthals singt, zu schaffen, aber behutsam nur. Zumal es ringsum an vielfältiger Teilnahme nicht mangelte. Menschen sah ich, ältere zumeist, Richtung Rathaus oder Richtung Bahnhof zwischen Chor und Musikkorps und mir hindurch durch die Spitalerstraße eilen und ihre Lippen ebenso zu den *Steenstroot*-Worten bewegen, wie sie mit offenen Mündern am *Steenstroot*-Sound teilzuhaben suchten.

Was mich, als ich da auf den vorerst noch kalten Fliesen lag, einen Erlebnisbericht an *Quickborn, Zeitschrift für plattdeutsche Sprache und Literatur* entwerfen ließ. Einen Report, von dem Ermutigung und Erquickung für die *Quickborn*-Redakteure ausgehen sollte. Diese wackeren Plattgetreuen eine *kleine tapfere Schar* zu nennen, hindert mich nur Kaiser Maximilian von Mexico, der in *Vera Cruz* seinen Marquis ersucht, ihm die *kleine tapfere Schar*, bestehend aus Gary Cooper, Burt Lancaster, Ernest Borgnine, Charles Bronson und anderen – nein, Paul Newman ist nicht dabei – vorzustellen, dieweil er deren Meucheltod im Schilde führt.

Hört, ihr *Quickborn*-Leute, plante ich zu schreiben, hört nur, was sich auf der Spitalerstraße begab: Da gab ein Trupp aus – anders als ihr, aber ähnlich – Unentwegten das Lied *An de Eck von de Steenstroot* zum besten, und viele, die vorüberkamen, sangen mit. Oder lauschten so, daß man sah, gern hätten sie mitgesungen. Was sie hinderte, war das Unvermögen ihrer Zunge, plattdeutsche Laute zu malen. Zwischen *Quickborn* und mir muß nicht beredet werden, daß dieses der Lauf der Welt längst ist. Doch besagt die Post von mir an *Quickborn*: Für einen Oktoberaugenblick hatte in Hamburgs Centrum Plattdeutsch das Singen. Und ich kann sagen, ich bin dabeigewesen. Ich habe vorbeieilendem Volk aufs Maul geschaut und mit eigenen Augen gesehen, wie jenes dieses spitzte, um plattdeutschen Wörtern wie *S-teens-troot* und *S-tint* die gehörige idiomatische Zus-pitzung zu geben.

Ich sah Mütterlein, die zwischen prallen Einkaufstüten hingen und sich am Singen doch nicht hindern ließen. Auf lebten sie beim Lied-Wort *Olsch*, das Frauen ihres Alters meint und ihnen geläufig war seit ihrer Jugend, in der sie *Deern* gerufen wurden. Ich sah gereifte Mannsleute, auch *Mannslüer* genannt, denen auf der Spitalerstraße die *S-teens-troot* von den Lippen flog, als habe es für sie eine Steinstraße nie gegeben. Ich sah Mütter und Väter gesanglich so gut wie ganz mit Stint, Schellfisch und Kabeljau beschäftigt, wodurch ihnen die Entgeisterung ihrer Kinder ob der Laute ihrer lauten Eltern so gut wie ganz entging. Ich sah Bildungsbegüterte, Adorno in der dritten Generation, Habermas in der zweiten, die sich über des tumben Schutzmannes Machtwort vom Kabeljau, der kein Schellfisch sei, bannig högten und bis hinunter zum Rödingsmarkt dialogisch mit Nutzfisch beschäftigt sein würden. Nie hätten sie einen Kabeljau, *Gadus morrhua*, der halbmeterlang und zentnerschwer werden kann, mit einem Schellfisch, den man nach seinem schuppenförmigen Fleische so nennt, verwechselt und nun schon gar nicht mit dem S-tint, der, wie man noch wissen sollte, so durchdringend nach frischen Gurken riecht.

Liebe Quickborner, hätte ich schreiben mögen, euer Matthias Claudius und unser Theodor Storm, diese hochhochdeutschen Dichter, sowie einer von ihren plattplattdeutschen Gefolgsleuten haben mitten in der Stadt mitten im Tag eine hoch plattdeutsche Minute gehabt. Da sind in Hall und Widerhall die Herzen aufgesprungen, so daß selbst die Quiddjes mitgesungen hätten, wäre ihnen nur das nötige Plattdütsch zum Mund gewesen. Zu sagen ist zugleich, wie sehr diese Wirkung eine Sache des Arrangements zu nennen war. Man hatte die niederdeutsche Miniballade auf Solo und Chor gestellt und eine Sopranistin gefunden, deren Gesamtdarbietung nicht nur kritischen Ohren, sondern auch kritischen Augen standhalten konnte. Das Düsterschwarz der Heilsarmee verlor sich an dieser straffen Person, kaum war aus ihrem, man muß ihn so nennen, schönen Munde, fast rezitativisch, fast wie eine Meldung, der Auftakt *An de Eck von de Steenstroot steit ne Olsch mit Stint* erklungen. Worauf der Chor mit dem kollektiven Widerwort *Un se weet noch gornich, dat dat Schellfisch sind* antwortete. Hat Salzburg seinen *Jedermann*, hatte Hamburg *Eine Frau wie nicht jede Frau.* Mit auffallend geraden Schultern und auch sonst im Stile eines Polizeireports schmetterte sie: *Dor kummt een Schutzmann, seggt* ... Während die Choristen, obwohl als Heilsarmisten immer in kämpferischer Mission, einige Mühe hatten, statt ihres für gewöhnlich bittenden Tones einen ordnungsamtlichen Klang zu treffen, der zudem zu dem nun folgenden Bescheide stimmte: *Das sind kein Schellfisch, das sind Kabeljau.* Köstlich in diesem poetisch-musikalischen Blitzauftritt das Finale, dem sich Theatralisches gesellte. War sie eben noch Polizistin, Schutzmännin, Schutzfrau, ist sie, wenn sie zerbrochen *Dor nimmt sei den Wogen, schufft dol no'n Hoben, an de Eck von de Twiet* zu Protokoll gibt, nur noch eine schutzlose Frau. Die als Darstellerin einen weiteren großen Augenblick hat, wenn sie sich geschlagen wie Mutter Courage zurück an ihren Platz im Chor begibt und nach dessen donnerndem Schlußbescheid *Verkloppt se den Schiet!* einen verlorenen, hilfesuchenden Blick an die Umstehenden, vielleicht auch nur an einen der Umstehenden, aussendet, einen Hilfeschrei, zu dem nach Ansicht des Berichterstatters sehr wohl die Worte aus Storms berühmtem Gedicht *Die Nachtigall* stimmten: *Nun geht sie tief in Sinnen ... Und weiß nicht, was beginnen.*

Ich aber weiß, wie fortsetzen. Ich muß mich nur an den wirklichen Fortgang halten, für den Anni, die mit Schließzeug und Schießzeug behangene Fisch- und Schutzfrau, sorgte. Ursprünglich hatte sie wohl das Marinadentönnchen vom Pflaster neben mir räumen wollen, doch war ihr nach dem Auftritt ihrer Kameradin Sally um Austausch zu tun. Mit Blick auf die derzeit spärliche Kundschaft am Hummersuppen-und-Rollmops-Tresen sagte sie, solange die kostbare Besucherin samt Begleitschutz noch da hinten rumhänge, könne sie sich auch zu mir setzen. Zumal ihr die Knie noch weich seien von dem schönen Lied. Bis vor einigen Wochen habe sie es sowenig gekannt, wie sie Plattdeutsch gekonnt habe. Beides sei durch die Operation *Software* gründlich geändert worden. Durch den Einfluß Salomes vor allem. Die habe zunächst vom außerdienstlichen Dienst in der Heilsarmeekluft nichts gehalten, war aber nach *Manche mögen's heiß* anderen Sinnes geworden. »Weil sie sich ein bißchen für Marilyn Monroe hält, wissen Sie. Die müßten Sie mal *Happy Birthday, Mister President* hauchen hören. Das Steinstraßenlied hat sie auch gut hingekriegt. Ich sage immer: Salome, du bist besser als Marilyn, du lebst noch.«

Weil die Erkundigung nach der Operation *Software* zwar wichtiger, aber verräterisch gewesen wäre, stellte ich eine Frage, die auch ihr Dringliches hatte: »Reden Sie diese Beamtin wirklich mit Salome an?«

»Das machen alle. Als sie neu war, hat sie gesagt, es soll sie ja keiner Salmi oder Lomi oder Sally nennen. Sie heißt Salome und ist schon mit Johannes dem Täufer fertig geworden. Das haben zuerst nicht alle verstanden. Aber dann hat uns Herr Heini von dem Schleiertanz und dem Kopf auf dem Tablett erzählt. Seitdem ruft sie jeder in der Bereitschaft Salome.«

Nicht ohne Mühe hinderte ich mich an der Bemerkung, vom Schleiertanz zur Schleierfahndung sei es nicht weit. Ähnlich strengte es an, nicht lauthals zu verkünden, auf welchem Klosterwall-Weg Salome bei mir zu dem Sallys-Namen Sally und durch mich auf das Steinstraßen-Lied *An de Eck von de Steenstroot* gekommen war. Mit einiger Gewalt unterdrückte ich den Wunsch, aus meinem Diogenes-Faß heraus für Anni, die auf Wischers Fäßchen saß, den heilsarmistisch bearbeiteten Hacks-Vers zu singen: *Und das war im September, als das so war …*

Wie sie und ich noch schwiegen, weil der Chor unter sachtem Akkompagnement der Kapelle das Claudius-Lied vom Monde sang, welches mir immer das Lied vom kranken Nachbarn ist, erklang von Mönckebergs Brunnen und Hummels

Abbild her wieder das rhythmische Schlagen, zu dem ich dank Herrn Bota zwar die Verursacher, nicht aber deren Motive kannte. Daran änderte Annis nächste Bemerkung viel.

Bei der Fortbildung in Funkmeldewesen habe sie sich gefragt, sagte sie, wozu wohl dem Grenzdienst bei allen elektronischen Signalen noch Großvaters elektrische Zeichensprache nötig sei. Oder warum man ihr nicht gleich eine Ausbildung an der Buschtrommel angedeihen lasse. »Auch dieser Hochmut kam vor dem Fall«, fuhr sie fort und breitete die Arme nach Ost und nach West, bis auf der Spitalerstraße ein Tatort abgegrenzt war, der von Görtz und Wolsdorff zu Wischer und Brinckmann reichte. »Ohne die Aktion *Software* und ohne diesen bescheuerten Job an der Suppenkelle hätte ich geglaubt, die javanischen oder lamaistischen Kolleginnen spielen sich als Drummergirls auf. Überliefern folkloristisch, wie es daheim bei der Tigerjagd geht, wenn sie den gestreiften Tod aus dem Gras aufjagen. Bis ich merkte, die Mädel kloppen Morsezeichen. Ein Klack, ein Wisch mit dem Stock ist denen so gut wie dem Funker ein Punkt, ein Strich mit der Taste. Dreimal Wisch gleich da-da-da gleich O. Und zweimal Wisch gleich da-da gleich M. Beide kurz hintereinander gleich da-da-da da-da gleich ›Om‹. Und so weiter: Strich-Strich, Trennung, Punkt-Strich, Trennung, Strich-Punkt, Trennung, Punkt, Punkt. Gleich ›Mani‹. – Was glauben Sie«, sagte Anni, ehe sie sich vom provisorischen Schemel erhob, um auf ihren provisorischen Doppelposten an den Schüsseln zurückzukehren, »wieviel Bouillabaisse und Fischfrikadellen ich verkauft habe, bis ich *Om mani padme hum* entziffern konnte?«

Und was glaubt man, wieviel Erinnerung ich beiseite räumen mußte, ehe ich verstand, warum ich schon früh in dem wischenden Schlagen etwas vage Bekanntes als eine Konstante ausgemacht hatte? Mehr als sechzig Jahre mußte ich zurück, bis ich die Kopfhörer an den Ohren spürte und die Morsetaste zwischen Daumen und Zeigefinger meiner rechten Hand. Mühevoll lehrte man mich, mühsam erlernte ich, als ich siebzehn war, groben Zugriff durch zarten Anschlag zu ersetzen und bei schon damals nicht luchsigem Gehör gestückelte Muschelzeichen als lesbare Schriftzeichen aufs Papier zu bringen.

Weil, ist man jung, zum nüchternen Tun wilde Träume gehören, sah ich mich als *Titanic*-Funker, der bedrohliche Eisberge meldet und diesmal durchdringt damit. In der Bordstation der *Hindenburg* warnte ich mit unnachahmlichem Anschlag vorm Anschlag auf letztere. Verhalf von Pol zu Pol jeglicher Art von Verschollenen zum rettenden Sprung zurück auf das Mutterschiff. Vermaß als unser Mann in Albion schottische Fjorde und empfahl der Zentrale in codierten Äthersprüchen erfolgversprechende Torpedolaufbahnen. Zählte, vom zahlenmäßig weitaus überlegenen Feind umzingelt, dessen Musketen und Mörser und forderte das Hauptquartier auf, meinen Funkstrahl als Leitstrahl unserer Batterien zu nutzen. Korrigierte mit der letzten Zeichengruppe eines jungen Lebens den Anstellwinkel der Ferngeschütze und kam im Ergebnis nicht mehr dazu, *Das hat gesessen!* durchzugeben.

Aus den Entwürfen ist nichts geworden, weil zu der Zeit, da man mich für verwendungsfähig, wehrtüchtig und funktauglich hielt, zu meinen Fertigkeiten schon die nötige Gerätschaft fehlte. Der Stoff, aus dem im vorletzten Kriegsjahr die Siegpläne waren, hieß vornehmlich Bakelit. Er taugte zu Gehäusen, nicht zu Kernen. Ähnlich dem Menschenwesen wurde auch das Nachrichtenwesen um Stufen zurückgenommen. Weshalb alles, was aus dem vorgeschobenen Graben in den rückwärtigen Stab zu melden war, wieder über Drähte reiste. Soweit man noch von Gräben und Stäben sprechen konnte. Und von Drähten. Die Ortswechsel gingen so schnell vonstatten, daß man die Nachricht davon auch gleich persönlich hätte überbringen können. Oder ins Weltkrieg-I-Telefon rufen. Und zwar im Klartext. Wozu denn für den Fall, der Russe höre mit, die Nachricht *Der Russe kommt!* verschlüsseln? Das wußte der Russe auch so.

Aus solchem strategischen Verfall erklärt sich, daß weder an Freund noch Feind jemals eine Meldung gelangte, die von mir mit Fingerspitzengefühl aus dem Handgelenk in den Äther geworfen worden wäre. Zu keinem strategischen Hinweis, der die Rettung des Vaterlandes vor den roten Russen hätte einleiten können, konnte ich meine Fertigkeit nutzen. Prahlen mit ihr ließ sich nur in der Fernmeldenovizenzeit vor meiner Schwester Isa. Der führte ich mich, als ich ein Jüngling war, aber auch ihr älterer Bruder, der in die Reichsfunkerlehre ging, als gelehriger Jünger von Morse und Marconi vor.

Sosehr Isa und ich einander in Endlosgesprächen ebenso als Sender wie als Empfänger dienten, sowenig wollte das mit den geklopften Rhythmen gehen, die buchstäbliche Bedeutung trugen. Von den Tastmelodien, die sich aus Monotonem erzeugten, nicht zu reden. In dem Bereich, in dem Isa weniger als Piep verstand, hat sie ein Mittunwollen nicht einmal angedeutet. Mitgetan schon gar nicht.

Anders beim Gesang, der auch nicht ihre Domäne war. Da immerhin steuerte sie an Stellen, wo sie hingehörten, Textzeilen bei, ohne gleichzeitig Anspruch auf Notentreue zu machen. In den chorischen Teil von *An de Eck von de Steenstroot* hätte sie in Urvertrautheit unverdrossen eingestimmt. In *Warum weinst du, holde Gärtnersfrau?* sowieso. Auch wenn sie nach der Lehrzeit nicht lange Gärtnerin gewesen ist. Gearbeitet hat sie dafür bis ans Ende ihrer Tage.

Es wird weniger eine Sache des Ruhmes und der Ehre als eine des Nichtverhungerns gewesen sein, daß meine Schwester Isa, nachdem sie fortgelaufen war, ihr erstes Geld als Schießbudendame verdiente. Keine verschleppte Hamburger-Dom-Seligkeit hat sie in die Segeltuchbude auf dem Heiligengeistfeld gezogen; vielmehr trieb ein Gemenge aus widrig Miesem und fauligem Wind sie dort hin.

Weil es öfter zur Sprache kam, ganz knapp: Sie hatte eine Liebschaft mit einem georgischen Soldaten, der den Deutschen als Russe galt. Was sie zum Russenliebchen machte. Was mich nicht störte. Als Antifa-Herold war ich ähnlich beliebt wie Isas Hauptmann. Obwohl wir einander gejagt und auf verschiedenen Seiten des Lagerzauns gestanden hatten, sah ich ihn und mich im Bündnis. Meine Schwester wird es kaum so gesehen haben. Sie und Sascha heulten sich beinahe zu Tode, als man ihn zurück in den Kaukasus kommandierte. Ob sein Alleroberster Landsmann ihn wegen allzu privater Auslegung des staatlichen Prinzips der deutsch-sowjetischen Freundschaft in eines der von mir verlassenen Lager steckte, hat sie nicht erfahren. Sowenig wie Sascha von ihr als einer verjagten Frau, die jeden Frühwinterabend fremde Männer in Domlicht und Domlärm und Domdunst fragte: Mal schießen, der Herr?

Viele Herren werden das gewollt haben. In der Kunst, eine Frage wie eine zwingende Einladung klingen zu lassen, war Isa firm. Im Nieselregen am Millerntor, in Niederschlägen aus exhaliertem Elbschloß-Bier, im Quasseln von aberhundert qualmenden HB-Männlein, im Brabbeln der Kneiper, die den Sniper gaben, in saschaloser Vorweihnachtszeit, in der die Knicker knallten und davongekommene Obergefreite lallten: *Gib ma'n Kuß!* und *Jeder Schuß ein Russ'*, hat sie nach kurzem Ekel zu Gleichmut und Glühwein gefunden, hat über die Fremde gesagt: Besser als eine Heimat, die keine Russenliebchen liebt. – Mal schießen, der Herr?

Weiteres kann ich nur vermuten. Ich sah sie erst wieder, als das Heiligengeistfeld längst hinter ihr lag und die Reeperbahn ihr zu Füßen. Ich komme gleich auf diese Übertreibung, rede aber vorher von Isas Pflichtjahr in einem entlegenen Nest, das Gnoien hieß. Sie nannte es eine muffige Rübenmiete. In Anlehnung an den Hamburger Mecklenburg-Spott *Land Ei-en, wo die Kartoffeln gedeih-en* fügte sie hinzu: *Kaff Gnoi-en, wo die Wrucken gedoi-en.* – »Sagen sie in Gnoien so?« fragte ich, und meine Schwester antwortete: »Ich sage so.«

Weil ich unter lauter Sprachverliebten aufgewachsen bin, begegnete ich noch ganz anderen Sprüchewandlern, aber meine Schwester war die erste Urheberin, die auf ihre Rechte verwies. Kein Gedanke, ich wäre, als sie das Kaff Gnoien in sein Runkelgrab verscharrte und die Rübenkuhle mit einem waghalsigen Reim verschloß, auf den Gedanken gekommen, sie sei eine besondere Person. Doch sind wir einander verläßliches Publikum geworden.

Über den Hauptmann tauschten wir uns auch später nur in Knappheit aus. Zwischen Heimkehr und neuer Ausfahrt fand ich den Mut nicht, die Rede auf ihn zu bringen. Eigenes Liebesleid macht hilflos, aber wenn deine Schwester wegen einem deiner Besieger zum Himmel schreit, wirst du dumm wie Stein. Stumm wie Stein sollte ich schweigen von Isas Geschichte, die sich wieder und wieder in die Geschichte auf den Steinen der Spitalerstraße drängt, solange ich nicht sehe, was die eine in der anderen verloren hat.

Dabei sehe ich es. Sehe einiges. Nur einiges. Obwohl äußerlich nichts von Verwandtem an ihr war, erinnerte mich die robuste Grenzbeamtin Anni an meine gar nicht robuste Schwester, die über die längste Zeit ihres Arbeitslebens in Kneipen und Imbißbuden das Sagen hatte. Auch wenn die zugehörigen Männer das Sagen zu haben schienen. Die machten sich insofern um Isa verdient, als sie keinem von ihnen und keinem von ihrer Art viel zutraute. Oder allzuviel anvertraute. Ich habe unterschiedliche Vertreter meiner Spielart Mensch an ihrer Seite gesehen. Manche davon sind nach Gesetz und Besitz ihre Chefs gewesen. Chefin war immer sie.

Dem zweiten Mann in der Männerreihe bin ich nicht begegnet. Was wahrscheinlich besser für uns beide war. Den ersten sah ich, wie gesagt, in den ersten Teilen allzu vieler Abende in einer Uniform, die ich aus Gründen nicht mochte und aus anderen Gründen mögen wollte. Im zweiten Teil der Sascha-Besuche erfuhr unser Haus, wie Trennungsschmerz, untermischt mit grusinischem Wein und russischem Wodka, auf mecklenburgisch und georgisch klingt. Wenn ich ein knappes Wort meiner Schwester später richtig gedeutet habe, hat sie gemeint, der Hauptmann hätte nicht von ihr fort in den Kaukasus gehen dürfen. Sondern mit ihr gehen müssen, dem Westen und der Nordsee zu. Ich versuchte zu sagen, dem habe Stalin einen Riegel aus einer halben Million Soldaten vorgeschoben. Sie ließ das nicht gelten. Wohl, weil es für sie ähnlich gegolten hatte.

Soweit zu Kapitan Sascha, der im Osten der einzige war, den ich kannte. Auftritt als erster im Westen hat nunmehr der zweite der vereinigten Reihe. Es handelt sich um einen der Herren, die auf dem Hamburger Dom mal schießen wollten. Bei diesem Bescheid beläßt er es zunächst, bis er Isa nach einigen Wochen mit dem Märchentext kommt: *So du mir drei Jahre treulich dienest, will ich für den Rest dein Ehemann sein.* Er ist von Sylt her und hat da ein Haus und eine Mutter. In Hamburg gehört ihm ein Juweliergeschäft. Und nunmehr eine Frau, die ihm treulich dient. Wie die drei Jahre um sind, sagt er, seine Mutter sei schon immer dagegen gewesen, und es tue ihm leid.

Kaum ist aus diesem Geschäft nichts geworden, findet sich ein Geschäftsfreund des Schmuckhändlers ein. Der handelt nicht gerade mit Schmuck, kennt sich aber damit aus. So gut, daß ein beinahe berühmtes Reeperbahn-Lokal dabei herausgesprungen ist. Da kann der Besitzer eine Hilfe wie Isa, die weiß, daß Umsatz zwar nicht alles, doch vieles ist, gut gebrauchen. Die hat aus dem ersten Märchen gelernt und will geheiratet sein. Sie wird geheiratet und ist in der Goldgrube jene, die das Gold zutage schafft. Während er es versilbert und zu Spielschulden macht.

Als er, im Weinbrand ersoffen, unter der Erde liegt, regiert Isa einen Imbiß an der Osterstraße und lebt mit Ivo, der, wenn man Dunkles für Klartext nimmt, dereinst kroatischer Faschist und hernach Polizist bei den Displaced Persons gewesen ist. In Eimsbüttel will er mich zu Hummersuppe und Hühnerbrühe überreden, die ich beide nicht mag. Sobald sie draußen in Rissen die Kneipe gepachtet haben, sagt er, nehmen sie Ochsenschwanzsuppe ins Programm. Die mag ich auch nicht.

Rissen ist ein Dorf innerhalb der Stadtgrenzen. Die ehemaligen Bauern sind insofern ewige Bauern, als sie auf Isa und Ivo gerade gewartet haben. Also warten Isa und Ivo auf die Bauern und trinken, damit wenigstens einer das macht, den einen oder anderen Schnaps. Dann will die Brauerei die überfällige Pacht oder, falls nicht, die Kneipe zurück. So gehen Isa und Ivo zurück nach Altona. Isa verkauft Suppen und Säfte in einem Kiosk an der Großen Bergstraße und wird Freundin der türkischen Kinder ringsum. Als Ivo unter einen Ford *Taunus* gerät, überläßt Isas Chef ihr den Imbiß in der Schanzenstraße. Will sagen, den Arbeitsplatz in diesem.

Sie lebt mit ihrem jetzigen Mann, den alle *Ammann* nennen, einem belgischen Fernfahrer, der aus unbekannten Gründen nie nach Belgien fährt, in einer Kellerwohnung in Hamburg-Eidelstedt. Reinlich, gemütlich, nicht ärmlich, billig. *Ammann* spannt vor alles und jedes den fröhlichen Ausruf: *Kein Problem!* Als ich sage, der Belgier Baekeland habe das Bakelit erfunden, und irgendwie passe es zu Belgien, ruft er fröhlich: »Kein Problem!« Eines Tages fordert Flensburg den Führerschein *Armands*, sprich *Ammanns*, auf Dauer an, und allmählich fällt meiner Schwester das Laufen schwer. Das Leben nicht anders.

Bevor man sie zu Grabe trug, standen wir wartend und wertend auf der Kirchenrampe. Der Pastor, ein junger schöner Mensch, der mir seltsam künstlich wie die Engel im Glas der Gründerzeit-Gebetshausfenster vorkam, sprach dem Witwer sein Beileid aus. Ammann hielt eine Zigarette in der hohlen Linken, die Rechte war nach dem Gruß in die Hosentasche zurückgekehrt. Die gültige Mode mit den überlangen Hosen und den überlangen Sakkos kam ihm nicht entgegen. Möglich auch, er hatte den Anzug von einem geliehen, der einen Kopf größer und zwei Schultern breiter war als er.

Wie wir in der Sonne warteten, bis Isa an die Reihe kam, sagte mein Bruder, sie sei die Beste gewesen. Weil wir unsere ältere Schwester nicht gefragt hatten, kam es mir unerlaubt vor, doch stimmte ich zu. Edith konnte sich über mangelnden Respekt nicht beklagen. Mit dem letzten Satz meiner ersten Geschichte habe ich sie gemeint: »Die Königin war wunderschön, und sie war ganz allein«, lautete er und könnte, wie ich jetzt weiß, mit leichter Abwandlung auch der letzte Satz meiner letzten Geschichte sein.

Vorm Gotteshaus in Eidelstedt riet ich mir, der Hierarchie mit mir als Nichtbestem, die ich mir gefallen ließ, auch wenn sie mir nicht eingefallen wäre, in einem Erzählstück nachzugehen. Einem unangenehmen, wie vorauszusehen war. Schon, weil ich in ihm auf dem vierten Platz landen konnte, den man den undankbaren nennt. Vor allem aber, weil es geradeaus geliefert werden müßte und ich im Unterschied zu meinem Bruder keine Geradeaus-Geschichten kann.

In einer solchen wäre längst klar, warum mich die zeitweilige Ausschenkerin Anni an meine Schwester Isa erinnerte. Ich hätte es gleich oder bald begründen müssen. Wie es aber bei mir geht, wollte vorher alles mögliche behandelt sein. Da mußte ich zuerst mit diesem oder jenem Abschweif einen Kringel schlagen. Mußte mich zieren mit Zeichen, Zitaten und anderen Dringlichkeiten. Nicht in geradliniger Morseschrift, sondern umständlich, wie ich es nicht anders kenne.

Eine reuig eingefärbte Einsicht, die nur etwas verschlägt, wenn ich die Lücke fülle und sage: Gemeinsam war den beiden Frauen außer dem gestreiften Kittelzeug und der Wacht hinterm Tresen nichts als die gesteuerte Geläufigkeit, mit der sie erledigten, was erledigt sein wollte. Das zutreffende Wort wird Gleichmut sein. Gleichmut als guter Verwandter der Gleichgültigkeit. Von Sturheit und Mopsigkeit ist diese Haltung weit entfernt. Gleichmut hat die meisten Proben hinter sich. Seine Steigerung heißt Unerschütterlichkeit.

Unerschütterlich ist Isa, siehe ihre Sascha-Zeit, nicht gewesen. Ob danach, weiß ich schon nicht. Aber ihren Gleichmut habe ich gesehen. Und ihre fast unerlaubte Heiterkeit. Ja, unerlaubt. Soweit sich Freiheit aus Freizeit und Sorgenfreiheit baut, war sie fast ihr Lebtag lang eine Unfreie. Ob als Wirtin oder Bedienerin, geschuftet hat sie für zwei bis drei. Ganz gesund wirkte sie nie. Um die Gesundheit ihrer Kasse stand es nicht zum besten. Zum Lesen kam sie kaum, weil sie rechnen mußte. Sie lebte nicht im Elend; es ist nur ein elendes Leben gewesen. Jede Menge Träume, alle geplatzt.

Ich bin es, der das sagt. Sie hat es nicht gesagt und hätte

niemandem erlaubt, es zu sagen. Sie hat ihr beschissenes Leben hingenommen. Nicht mit Demut. Mit Gleichmut. So daß sie fähig blieb, anderen zuzuhören. Eine Kunst, ohne die du hinter dem Tresen nicht weit kommst. Nicht nur hinter der Bar nicht. Auch nicht am Kioskfenster. An jeder Tagesausgabenluke zahlst du drauf, indem du dem zahlenden Gast dein Ohr leihst. Nicht von ungefähr gibt es fünftausend Zeichnungen, die einen späten Kunden zeigen, der dem Barkeeper von seinem überraschenden Leben erzählt. Meine Schwester Isa ist von Eimsbüttel bis zur Sternschanze, in St. Pauli und am Bahnhof Altona die Keeperin und Tenderin von abertausend Brüdern und einigen Schwestern gewesen. Nur die Bauern in Rissen haben sich auch in dieser Hinsicht an ihre Frauen gehalten. Von den Witzen im *New Yorker* unterschieden sich die Live-Zwiesprachen in Isas Lokalitäten, soweit es ihre Gesprächspartner betraf, vor allem durch eine verminderte Witzigkeit.

Ich hörte, kam ich auf Durchreise vorbei, dem nöligen Gesafte manchmal zu. Es ging nicht anders, weil meine Schwester den Geschäften nachging, während sie synchron ihren Bruder nach Weib und Kind und dem Zustand der Welt befragte. Die Annahme, sie könne vor langer Zeit unter nur wenig ähnlichen Umständen mir als einem nur wenig älteren Verwandten ein wenig ähnlich zugehört haben, wenn ich mit viel *dit-da-dit-dit* gehabte, vor allem aber noch nicht gehabte, wenngleich vorgehabte Abenteuer am Morsezeichenstrang beschrieb, ist so zulässig wie vermutlich unzutreffend.

Es kann schon sein, daß wir im Alter Fremde waren. In der Jugend aber sind wir für lange Zeit wirklich unzertrennliche Freunde gewesen. Sie las weniger und andere Bücher als ich und wollte von denen, die ich gelesen hatte, nur in ausgewählten Teilen hören. In sehr, sehr ausgewählten Teilen.

An Karl Mays Gesamtwerk, das ich ihr nahezubringen suchte, interessierte sie außer Hadschi Halef Omars vollständigem Namen nichts. Ähnlich erging es dem Agraringenieur und Reiseschriftsteller Eduard Friedrich Maximilian von

Eyth, der als Max Eyth firmierte. Trotz meiner begeisterten Referate ließ sie sein vielbändiges Œuvre erst gelten, nachdem ich eine Max-Eyth-Geschichte aus *Zwischen Pflug und Schraubstock* überliefert hatte, in der man erfährt, warum ein dreibeiniger Tisch nicht wackelt. Mich wundert nicht, daß ich bei meinen ausgreifenden Lesemärschen durch Wörterlandschaften nach Einzelheiten – man könnte von wackelfesten Tischen sprechen – Ausschau hielt, mit denen sich die Anteilname der Schwester erreichen ließe.

Da konnte der bayerische Offizier Wilhelm Filchner einen sportlichen Ritt über den Pamir unternommen, den Südpol erkundet, den Erdmagnetismus in Tibet vermessen, Bücher wie *Das Rätsel des Matschu oder Hui, Hui – Asiens Islamkämpfe* geschrieben und in mir den heftigsten Propagandisten gefunden haben – das freundliche Zuhören Isas, mit dem sie mir zu Gefallen war, ging erst ins Mehrhörenwollen über, wenn sich etwas wirklich Verwunderliches gefunden hatte. Ein Tisch, der nicht wackelte. Ein Name, der kein Ende nahm. Und mit *Om mani padme hum* ein buchtitelstiftender Zauberspruch, den man praktischerweise auf einen Zettel schreiben, in die Gebetsmühle stecken und durch deren Drehung vervielfältigen konnte.

Besonders gefiel der Verwandten und künftigen Ökonomin, daß sich Wassermühlen und andere gar nicht einfache Maschinen mit Papierstreifen bestücken ließen, auf denen die segenheischenden Worte *Om mani padme hum* standen. Was die Aussicht, dieses Gebet um Erhöhung der Stellung Buddhas in der Welt werde infolge unerhört häufiger Wiederholung Gehör finden, auf mechanischem Wege angenehm verstärkte.

Mir aber gefiel, als ich um sechzig Jahre älter im Leihsack in Hamburgs Centrum lag, der Gedanke, selbst wenn sämtliche Rotorblätter aller Nord- und Ostseewindparks die schräge Formel *dass mei plass du verpiss* in alle Winde würfen, werde mich das nicht von der Stelle bewegen können. Denn nicht nur heißt die Devise meiner Profession und Konfession *Zur Stelle sein*; darüber hinaus ist meine Person, wie mehrfach zu Protokoll gegeben, höchstlich von Neugier und deren Frage *Wie geht denn das?* bestimmt.

Wie das nun gehe, wollte ich, kaum hatte Anni dem fernen Trommeln einen Sinn gegeben, auf jeden Fall wissen. Auch auf den Fall, Herr Bota versuche sich als Flammenwerfer. Wovon ich Anni nichts wissen ließ. Wie geht *Om mani padme hum* in Morseschrift? Wie wird der Spruch mit einem Stift geschrieben, der ein Mehrzweckknüppel aus geschlitztem Bambus ist? Wie ironisch darf es noch kommen, wenn die Klopferinnen, die natürlich nicht aus Bali oder Java, sondern aus Nepal und Umgebung stammen, im Solde einer Softwaremilliardärin stehen? Einer erfinderischen Person, der es ein leichtes wäre, etlichen Megacomputern Befehl zu erteilen, immerwährend und nimmermüde *Om mani padme hum* zu senden. Alle Nanosekunde dreizehntrillionenmal. Bis erwiesen ist, so geht die Sache nicht. Oder Buddha von allen Bannern lächelt.

Vom Spekulativen, zu dem auch die Frage gehört, warum dieses ausgerechnet vor Daniel Wischers Fischbratküche derart geballt auftrat, retour zum Ersichtlichen: Die für gewöhnlich fahrenden Musikanten der Heilsarmee machten Konzert vor dem genannten Gasthaus. Platzkonzert und auf plattdeutsch zuweilen. Ihre Reihen zeigten sich durch Kräfte verstärkt, die erkennbar bei Kräften waren. Ersichtlich stark genug, ihre Schultern gerade zu tragen, den Balg des Bandoneons zugunsten entschiedener Töne zu weiten und zu pressen, die *Morgenpost* zum Zwecke verdeckter Ermittlung durch eine lange Stunde der Mittagskost in den auffrischenden Wind zu halten und mit der Rollmopsgabel am Tresen wie mit dem Teleskopschlagstock unterm Finkenwerder Blusentuch gleichermaßen zur Hand zu sein. Sally, Anni, Hanni und Heini.

Von diesen von mir Ermittelten ließ sich auf andere Verdeckte schließen. Womöglich hatte der Bund weitere Schützen von der Freihafengrenze abgezogen und in der Spitalerstraße Posto fassen lassen. Wer wußte schon, wie viele fahndungshalber im Restaurant placierte Wischer-Gäste ganz entgegen der qualitätsbedingten Gepflogenheit in diesem

Haus seit längerem zeitschindend in der Scholle stocherten, weil ihnen nicht mehr als eine Mahlzeit pro Einsatz genehmigt worden war. Oder woher sollte ich wissen, welcher der unzähligen Passanten zum wiederholten Mal über die Fliesen der Einkaufsstraße flanierte, am Hummel-Hinweisschild eine Kehre vollzog, Ecke Kurze Mühren auch und ähnlich Gene Hackman im Nacken von Fernando Rey in *French Connection* hier den Hut in die Tasche schob, dort seinen Trenchcoat auszog und mit unvermindertem Interesse an der einen Schaufensterfront hinunterschritt, wie er an der anderen heraufgekommen war.

Damals nach Pankow hin auf der Schönhauser Allee, die als ein Verkehrsweg galt, der auch nicht gerade unter Unbelebtheit litt, und an deren oberirdische Untergrundbahn mich der Hackman-Film mit seiner Autoaufholjagd erinnerte, habe ich alle Doppelposten, ob sie nun eilten oder lümmelten, sogar im Vorbeifahren in ihrer Leibschutzeigenschaft erkannt. Es muß wohl doch, wie man liest, am Wesen des Staates liegen, in dessen Auftrag die Leute ihre Wege gehen. Ob du aus freiheitlichem Belang oder zu Zwecken der Undemokratie unter Obhut stehst, wird sich noch aus den Schatten der Schatten lesen lassen.

So gut sich diese Überlegung mit einer Sinnstudie vertragen hätte, sowenig ging ich ihr nach. Die meisten meiner niederen Sinne waren überbeschäftigt und ließen höheren Gedanken keinen Entfaltungsraum. Die Vokal- und Instrumental-Artisten der Vereinigten Streitkräfte boten in der Einkaufsgasse ein Potpourri an, das sich, während es diversen Kompositionen die Treue hielt, diverser Texte nur zu Teilen bediente. An die Stelle der verworfenen Wörter waren Worte gegen das Verwerfliche gerückt. Auf ein weitgefächertes Sortiment aus Leiden und Lastern feuerte die hier mit Bedacht nicht Stalinorgel genannte Heilsarmee-und-Grenzschutz-Katjuscha aus allen Rohren.

Leider befand sich der Herzensbrecher *Katjuscha* nicht darunter. Obwohl sein Auftakt *Leuchtend prangten ringsum Apfelblüten* sehr zum Anfang von Anklage und Ansprache taugte. Des vom Dichter Brecht, der bei geistigem Eigentum bekanntlich als unheikel galt, entlehnten Sinnes etwa: Gut, das ist die Blüte, aber wo bleibt die ganze Frucht? Vermutlich hatten die Programmacher dem Einwand nicht standgehalten, jener Vater der Einheit, der zugleich Enkel des Spalters war, könnte ihn als Anspielung an einen seiner lachhaftesten Sprüche empfinden. Oder das für bewaffnete Organe zuständige Ordnungsamt hatte aus Erwägungen, die von Sündenfall und Feigenblatt hergeleitet waren, einen Apfel-Bezug nicht zugelassen.

Von so Hehrem loszukommen, griff ich auf einige Organe des täglichen Bedarfs zurück, sperrte die Ohren auf und horchte nach den Bambus-Schlägen, deren Bedeutung ich dank Anni nun kannte. Zudem ließ ich meine Nase ermitteln, inwieweit in der Umluft um Wischers Haus etwas vom ständigen Backen und Braten, Rösten und Dünsten zu riechen oder ein Hauch von überständigem Schellfisch, Stint oder Kabeljau zu spüren sei.

Allein schon der geringsten Möglichkeit hatte das Ordnungsamt vorgebaut, indem es abluftsaugende Exhaustoren verlangte und Abluftschlote, die jegliches, was anstatt der Gäste Gaumen zu entzücken, die Riecher der Nachbarn hätte reizen können, durch Filter bis übers Dach hinaus in den Elbwind führten, der alles von da ab Nötige übernahm. Weshalb die Anlieger von keinem strengen Odor belastet oder belästigt wurden. Was sich die Umwelt, die in nächster Nähe zeitweilig Brinckmann hieß und im weiteren Zirkel unter anderem Klopstock-Stiftung oder Great-Lake-South-America-Line oder Hörgeräte-Geers, wohl auch streng verbeten hätte.

Zu schmecken gab es, abgesehen von der Erinnerung an eine Hummersuppe, die eine Erinnerung an einen Hummer war, in meiner Nylonhaut nicht viel. Zu sehen um so mehr. Um die hastende Menge und die rastlose Truppe nicht schon wieder anzuführen, nenne ich einen Ausschnitt, der einen raren Anblick bot. Einen, auf dessen Einzelteile ich aus Überdruß gut und gern hätte verzichten können. Und deren Einheit ich nun befremdet sah. Der verzichtbare Herr Bota und der verzichtbare Herr Heini, die einander angeblich nicht kannten, standen an genau der Stelle beisammen, an welcher letzterer und seine Zeitung seit einer geschlagenen Stunde gestanden hatten.

Wieder einmal wünschte ich, ich hätte statt der Morsezeichen ähnlich Kubricks Computer das Lippenlesen erlernt. Zumal ich den ab und an vernehmbaren Bambus-Text in seinem kargen Wortlaut, wenn auch nicht in seinem vollständigen Sinn schon kannte. Während ich zu den beiden Kerlen zwar von den Gegensätzen zwischen ihnen wußte, nicht jedoch das, was sie jetzt zum Gespräch vereinte.

Ob sie von Wischers frischen Fischen schwärmten oder von Salomes geraden Schultern, ob sie die Insolvenz von Brinckmann besprachen oder den daraus folgenden Zaun, ob sie einander zu entlocken suchten, was der jeweils andere hier treibe, ob sie, ohne von Morse und Buddha zu ahnen, das Knüppeln der Gebirglerinnen einzuordnen trachteten, ob Herr Bota Herrn Heini bat, mich aus dem von ihm für eine arme nasse fremde Frau reservierten Parkraum abzuschleppen, ob Herr Heini Herrn Bota zum Einsatz von Stiefelhacken oder Feuerwaffen gegen mich riet oder ob er ihm meine Rechte in den Grenzen des Ordnungsamtes verlas – es war nicht auszumachen.

Als Schnittpunkt ihrer Blicke aber stand ich fest. Gerade so, als ob es auf der Spitalerstraße nichts anderes zu sehen gäbe, behielten die beiden Hirten mich im Auge und machten mich zum ihnen gemeinsamen Dritten. Welches ein Posten war, dem ich zu entgehen suchte, indem ich das Paar mit Aufwand unbeachtet ließ. Fast wäre mein *Ganichumkümmern* in die Nähe jener astronomischen Methode geraten, bei der man aus Lücken auf Vorhandenes schließt. Was, vorausgesetzt, man setzt an die Stelle von Lücken fehlende Selbstverpflichtungen oder Autogramme, auch ein bewährtes Verfahren von Herrn Pastor und Madame Rosenholz ist.

Doch letztlich seien diese beiden, so ermahnte ich mich in der Hülse, im Vergleich mit Herrn Heini, Herrn Bota und mir arme Schweine. Mußten sie sich doch bis all ihrer Tage Abend im Gepanzerten fahren lassen. Konnten nicht, nur weil ihnen so war, zu Daniel Wischer gehen. Oder bei Thalia in Büchern kramen. Durften nicht Ecke Spitalerstraße in Andacht verharren, wenn das Lied *von de Steenstroot* erklang. Hatten bestenfalls auf Eskorten Anspruch, die aus Herren wie Herrn Heini und Damen wie den Damen Sally, Anni und Hanni bestanden. Keinesfalls gab es für sie ein Recht auf eine Wache aus Künstlerinnen, die wahlweise *Om mani padme hum* aufs Pflaster tickern oder andersdenkenden Köpfen die Botschaft *dass mei plass du verpiss* verklickern konnten. Bedachte man ihr Los in solchem Licht, waren die beiden Aufarbeiter, wenn nicht die Allerletzten, so doch die allerletzten Opfer des Regimes.

Wie mich Erbarmen mit den armen fernen Menschen übermannen wollte, wandte ich mich, um befremdende Gefühle abzulenken, wieder den näheren, wenn auch nicht nahen Menschen Heini und Bota zu. Doch ehe ich aus deren Benehmen Schlüsse ziehen konnte, tauchte vor der Fischbratküche ein Mann auf, den ich längst vergessen glaubte. Er schien nicht allein, sondern, soweit es sich aus ihren Holland-Fähren-Buttons-und-Tüten schließen ließ, der Leiter einer Gruppe zu sein.

Ein Leiter war der Herr Schulz bereits, als ich ihn im Jahr 1 der Neuzeit kennenlernte. Damals stand er dem aufgepfropften Ostzweig des Kredithauses *Steppenblühn* vor und meldete sich mit einem Brief, dem ein Besuch bald folgte. Davon und vom Einfrieren der allzu anstrengenden Bekanntschaft erzähle ich gleich, betone aber, daß ich, als ich ihn nach unserer unausgesprochenen Trennung an die vierzig Leute zu Daniel Wischer einweisen sah, gerade wegen dieser Bekanntschaft nicht glauben konnte, er sei inzwischen zum Reiseleiter abgesunken.

Aber zunächst zu dem, was ich anfangs von ihm über ihn erfahren hatte. Er kam Ende der Sechziger mit den Eltern von Ost-Berlin nach West-Berlin, wurde vorm Abitur neu eingeschult, sollte über ein zuletzt gelesenes Buch schreiben, schrieb den Aufsatz, den er in der alten Schule über einen Roman von mir geschrieben hatte, in der neuen noch einmal und bekam eine Fünf, weil er dem Autor auf den Leim gegangen sei. Seither versuche er, unser beider Werke auf einen Reim zu bringen, sagte er. Überdeute ich ihn nicht, fand er die deutsche Einheit gut, weil sie ihn über den Führungsposten bei *Steppenblühn* hinaus mit einem persönlichen Zugang zu mir versehen hatte.

Da dieser Mann wahrlich von mir geschädigt war, lud ich ihn ein. Seine Arbeit, die er auswendig konnte, ließ mich fragen, was ich mir eigentlich vom Bücherschreiben versprochen hatte. Natürlich sagte ich, von mir hätte er für den Essay eine glatte Eins bekommen. Das half ihm sichtlich. Im erweiterten Unternehmen *Steppenblühn* schien er laut Selbsteinschätzung ein Patriarch zu sein, dessen Mitarbeiter, brave Ost-Leute allesamt, es gut bei ihm hatten. Seine Visite endete so ähnlich wie allzu viele. Herr Schulz gestand, er schreibe auch. Den Anfang seiner ersten Geschichte habe er dabei. Zur unverbindlichen Ansicht.

Ein schreckliches Ding. Um den Verfasser zu schonen, hätte ich ihm, weil es eine Sieben minus war, sagen müssen, nun habe er sich die Fünf redlich verdient. Statt dessen bat ich ihn, nach einer neuen Verabredung wiederzukommen. Meine Hoffnung, er werde sein Werk im Abgehen an sich ziehen, erfüllte sich nicht. Also teilte ich den Computer-Bildschirm, gab links die Originalseiten ein und rechts deren von mir redigierte Fassung. Es ging um Liebe und um die Stunden, in denen Herr Schulz mit seiner Liebsten die Jahre seiner Mühen um meinen Roman besprochen hatte. Und es ging um den existentiellen Schrecken, welcher vom Bescheid des Pädagogen ausgegangen war, der Schüler sei auf einen östlichen Autor reingefallen.

Diesen parteilich besetzten Konflikt gänzlich meidend, erklärte ich dem Leiter von *Steppenblühn*-Ost behutsam, warum ich mir den einen und anderen stilistischen Eingriff erlaubt habe, und gab mich überzeugt, das Restliche werde er fortan allein bemeistern. Herr Schulz war von der gründlich reformierten Geschichte angetan, überreichte mir zwei Flaschen Wein aus eigener Ernte und vom eigenen Hang, förderte vier weitere Manuskriptseiten zutage, versicherte, den Rest werde er anfertigen, sobald er Zeit dafür habe, empfahl mir, die bearbeitete Fassung des einstweiligen Schlusses, in der ich ruhig das Salonmäßige noch deutlicher zum Ausdruck bringen könne, nach ihrer Durchsicht auf die Post zu geben, und kam erneut auf die Nächte seines Lebens zu sprechen, die er über meinem Roman und seiner Fünf zergrübelt hatte.

Weil sich, nachdem Herr Schulz einmal gegangen war, der Tag als ohnedies verbraucht erwies, bearbeitete ich seine neuen Seiten, die viel von den alten hatten, und war am Ende entgeistert oder verbiestert genug, eine Stelle, die bei ihm »halt mal, du« lautete, durch einen der von ihm erbetenen Salon-Sätze zu ersetzen. Er ging: »Dies, meine Liebe, scheint mir der Augenblick zu sein, in dem wir beide ein wenig überlegen sollten.«

Nach längerer Zeit schrieb Herr Schulz einen Brief auf Geschäftspapier. Entschuldigung, Entschuldigung und vielen, vielen Dank! Der Aufbau Ost verschlinge Zeit und Kraft. Wenn nicht das stärkend Literarische wäre, wer weiß. Er wolle mir berichten, wie nützlich ihm seine Geschichte und besonders eine Stelle darin gewesen sei. Ob ich liebenswürdigerweise einmal die *Steppenblühn*-Geschäftsräume aufsuchen könne. Vor Ort mache sich das Schöngeistige leichter. Vielen, vielen Dank und Entschuldigung, Entschuldigung!

Die Neugier hat mich in die *Steppenblühn*-Filiale getragen. Es gab Kaffee und Gedenken an eine Zeit, in der Romane noch böse Rätsel waren. Doch stehe ich bei ihm ausgeglichen da, sagte Herr Schulz. Im geselligen wie im geschäftlichen Sinne. Vor seinen Mitarbeitern zuzüglich deren Gattinnen und bei einem Essen der Rotarier, zu denen er zählte, hatte er sein Novellenfragment vortragen können und wußte sich seither vor Anfragen, wie es denn weitergehe, kaum zu retten. Darüber, und dann bitte ausführlich, könnten wir später reden, aber zunächst über etwas anderes: An dem Platz, an dem ich im Augenblick sitze, säßen sonst die Verhandlungspartner der Firma *Steppenblühn*. Zweimal bereits sei er an kniffligen Stellen hinter seinem Schreibtisch aufgestanden, habe sich auf dessen freie Ecke gesetzt und statt eines harschen Widerwortes, das beim Stand der Verhandlungsdinge erforderlich gewesen wäre, nur versonnen gesagt: »Dies, meine Liebe« – beziehungsweise mein Lieber –, »scheint mir der Augenblick zu sein, in dem wir beide ein wenig überlegen sollten.«

Es lasse sich nicht beweisen, doch gelte für ihn als erwiesen: Mit dem Satz, von dem wir beide wüßten, wer anteilig sein Urheber sei, habe sich eine Verhandlungswende, dieses gewichtige Wort übertreibe nicht, eingeleitet. Der Faktor geistige Überlegenheit sei ins ökonomische Spiel gekommen und habe dem Unternehmen *Steppenblühn* zählbar Gutes gebracht. Weshalb auch mir als Textgehilfen des Unternehmens *Steppenblühn* Gutes zukommen solle.

»Noch einmal, mein Lieber«, sagte Herr Schulz und nahm zwischen zwei gerahmten Großfotos Aufstellung, die einen Weinberg und einen Reisebus zeigten, »dies scheint mir der Augenblick zu sein, in dem wir beide ein wenig überlegen sollten. Ich habe es bereits getan und bitte Sie, es auch zu tun. Wie wäre es, wenn Sie mich auf einer Reise begleiteten, die ich meinen Mitarbeitern und deren Ehegatten versprochen habe? Ziel ist mein Weingut an der Nahe; wir nehmen den Firmenbus, in dem die Belegschaft übernachten kann. Unterwegs sitzen Sie und ich hinter dem Fahrer und bereden bei eingeschaltetem Bordsystem, was so anfällt, Leben, Landschaft, Geistiges, Geselliges, Kunst und Literatur und die Rätsel, die sich aus diesen ergeben. Da schläft der Fahrer nicht ein, und das Personal bekommt einen Zuschliff, der ihm nicht schaden wird. Was Sie angeht, Sie kommen in unserer Heimat herum. Am Ende sprängen gar ein paar Sätze für das Geschäftsleben heraus. Oder für meine Novelle solche, die einer anschließenden Bearbeitung durch Sie nicht mehr bedürften. Was sagen Sie? Könnte es Sie erwärmen?«

»Dies, mein Lieber, scheint mir der Augenblick zu sein, in dem ich ein wenig überlegen sollte«, sagte ich und fügte, meinen Abschied fest im Auge, hinzu, er habe das ja bereits mit gutem Ergebnis getan.

Soweit es mich betraf, hielt der besagte Augenblick – ein Ausdruck, der dem Sinnstudenten ohnedies kaum mehr als eine dehnbare Metapher ist – noch an, als ich Herrn Schulz und seinen Trupp ein Dutzend Jahre nach diesem Gespräch bei Daniel Wischer einrücken sah. Weder er noch ich hatte unseren Kontakt telefonisch oder brieflich aufgekündigt. Auch schien mir jemand, der drei Dezennien lang eine unverstandene Aufsatznote begrübeln konnte, für den Umgang mit jeglicher Zeitgröße gut.

In der Person von Herrn Schulz tat sich mir auf der Spitalerstraße ein Fluchtweg auf. Es galt nur, im Abenteuer-Zubehör des Neffen zu verharren, bis der erste der köstlich satten *Steppenblühn*-Mitarbeiter an Anni vorbei auf die Straße träte. Dann mußte ich, ungesehen von Herrn Bota und Herrn Heini und Frau Anni, das leitende Auge von Herrn Schulz suchen und dem Manne bedeuten, mir scheine dies der Augenblick zu sein, in dem wir beide nicht lange überlegen dürften. Mochte er von mir aus ruhig meinen, ich wollte nach Jahren sorgfältigsten Bedenkens nun doch zu ihm auf den Bock, um den Boden, den wir rollend durchmäßen, die Zeiten, die wir durchmessen hatten, und die Rätsel, denen wir begegnet waren, zu bedenken.

Das ließe sich – erst einmal dem Schlafsack entstiegen, erst einmal diesen eingerollt, erst einmal inmitten der braven Mitarbeiter unter die Obhut ihres Leiters gelangt, erst einmal von Wischers Haus fort und an Brinckmanns Zaun vorbei die obere Spitalerstraße erreicht, erst einmal geachtet, daß die Leute von Herrn Schulz nicht zu lange bei Thalia verhielten oder den Parfümier von gegenüber nach flammablen Wässern fragten, erst einmal jenseits vom Klosterwall am ZOB mit

Sicht auf das Ordnungsamt in Sicherheit, erst einmal in Fahrt durch altes und neues *Steppenblühn*-Land – in Ruhe klären.

Der Versuchung, unverzögert aus dem Nylon zu schlüpfen und mich sofort der Reisegesellschaft zu gesellen, die entlang dem Bauzaun Aufstellung nahm, widerstand ich. Weil es dauern konnte, bis Herr Schulz an ihre Spitze träte. Denn der taugte nicht zum Leiter von *Steppenblühn*-Ost, der sich nicht traute, bei Wischer-West um einen Mengenrabatt zu feilschen und die Rechnung mehrfach durchzugehn.

Ungeduld setzte mir beim Warten auf dem Pflaster nicht zu. Das Sallys-Ensemble überbrückte die Zeit mit vertrauten Melodien und übte sich in angewandter Wortkunst. Morgen früh, so Gott wolle, werde ich wieder geweckt, sangen Damen und Herren, und sie hofften doch, ich habe am heutigen Tag schon etwas in die gemeinnützige Büchse gesteckt. Ganz nach Art der Armee des Bundes scheute auch die des Heils nicht vor Werbung zurück und behauptete mehrstimmig, am Brunnen vor dem Tore träumten zwar manche manchen Traum, doch gegen ein Kampflied im Chore zähle das kaum. Beitrittsformulare seien bei den Soldatinnen und Soldaten zu haben, die nach einem der nächsten Lieder eine kurze Pause machen und während dieser auf Wunsch informieren wollten.

Wenn auch nicht lange, so doch mit einigem Ernst habe ich erwogen, das zunehmend harte und demnächst heiße Pflaster der Spitalerstraße anstatt gegen den Freiplatz bei *Steppenblühn* gegen die schützende Wärme der karitativen Singgemeinschaft einzutauschen. Vor der Wahl zwischen den Herren Schulz-Scylla und Bota-Charybdis, bot sich mir der Chor des Herrn als möglicher Ausweg an. Schon stahl sich die Neugier an meine Seite, um die Frage anzuregen, wie denn das gehe: Ich in der Bandoneonlehre, weil Hanni, kaum hatte ihr Einsatz als Ziehharmonistin geendet, als Heilssolistin ersetzt werden mußte. Ich, nachdem auch die schöne Sally unters Klosterwall-Dach zurückgekehrt war, am Überlegen, ob bei meinen Jahren eine Versetzung von der amateuresken Tugendwache zum professionellen Grenzschutz möglich sei. Ich nach Annis

Rücktausch des gestreiften Kittels gegen gestricktes Grenzstreifengrün im fadenscheinigen Schwarz der Heilsarmee. Ich das Notenblatt vorm spärlichen Leib, wie ich es ähnlich von Herrn Heini und der Zeitungsdoppelseite vor seinem ausladenden Observantenkörper kannte.

Doch hörten alle Fragen auf, als ein Faktum das Sagen bekam: Ob spärlich oder nur altersrank, ob in heilsschwarzes oder armeebuntes Tuch gekleidet, ob mit Biesen, Paspeln, Kordeln, Kokarden versehen, ob ins Gefleckte der Tarnzeug-Couture gesteckt oder in eine Parademontur aus teflonverstärktem Lametta – mein verschlissener Leib war keiner Uniform mehr gewachsen. Meine verschlissene Seele schon gar nicht. Nicht nur aus Jahrgangsgründen wären Ladestock wie Taktstock an mir vertan. Zu morsch meine Knochen, um beim Zusammenreißen nicht auseinanderzureißen. Nicht erst im Zuge des Handgranatenwurfs, schon beim unbedachten Schwenken der schwächstgefüllten Sammelbüchse hielten meine gichtigen Finger diese oder jene womöglich im Griff, doch daß der Arm dabei im Schultergelenk verbleiben würde, konnte ich auf keinen vaterländischen oder heilsarmistischen Eid mehr nehmen.

Der Einwand, alles das könne nicht so recht für einen gelten, der stundenlang im biwak- und zeltbahnverwandten Allwetterpack auf dem oktoberklammen Pflaster der Spitalerstraße verharrte, muß den Gegeneinwand auf sich ziehen, wie so vieles, das mit anderem verglichen wird, lasse sich auch dieses nicht vergleichen. Weil ich in die transportable Höhle aus freien Stücken bei wachem Verstand gekrochen war. In Uniform jedoch, ob nun der einer erdverwachsenen Truppe oder der einer himmelsnahen Armee, müßte ich von vielen freien Stücken lassen. Dabei fällt es mir schon schwer genug, unterm Kommando der Neugier zu sein.

Ich sah also vom Beitritt zur Sallys-Gemeinde ab, obwohl mich der Verzicht dem gemeinen Auftritt von Herrn Bota-Zündel näherbringen mußte. Folglich befaßte ich mich ein weiteres Mal mit dem Gedanken, es lasse sich die längst verjährte Einladung in den Reisebus von Herrn Schulz in meiner tiefen Not doch noch zu neuer Geltung bringen. Auch für diesen Fall würde Umsicht nötig sein. Am besten, ich mäße unserer Begegnung auf der Spitalerstraße oder meiner Bereitschaft, mit ihm über vertraute Straßen zu rollen, keine besondere Bedeutung bei. So lebten wir Vaganten, er und ich, nun einmal. Immer dessen gewärtig, was anderen ungewöhnlich schien. In ein Leben gestellt, das sich aus Zufall und Zufall und Zufall reihte. Man traf sich, trennte sich, ging seinen Kreis um die Erde und traf sich wieder. Was sollte Besonderes daran sein? Wir beide, Herr Schulz und ich, waren in aller Welt wie im Schriftlichen zu Haus. Was hieß da Wunder, wenn wir nach abertausend Stunden an allen Ufern unverabredet in Hamburgs Centrum bei Wischer aufeinandertrafen? Da gab es stärkere Rätsel, wie er und ich es seit langem schriftlich hatten.

Hallo, Herr Schulz, zu Schiff in England gewesen? Im Bordshop, wie an den Tüten ersichtlich, holländische Hostebolchers, wenn auch nicht mehr dutyfree, eingekauft? Oder handelt es sich, haha, um Dynamit? Apropos, was macht, nein, nicht Ihre Grübelei über die Note unter dem Aufsatz zu meinem Buch, sondern Ihre Geschichte? Ehe Sie es mir sagen, sagen Sie mir: Steht Ihr Angebot noch? Falls ja, breche ich die Sinnstudie ab, rücke an Ihre Seite und kehre – wie unser Kollege Hacks dergleichen nannte – die Spitze meiner Schuh der Heimat zu.

Doch als ich dabei war, den Schulterschlußspruch zu entwerfen, der mich in die Deckung durch Herrn Schulz und aus der Bedrohung durch Herrn Bota bringen sollte, fiel mir zum teuren Schlafsack, auf den der Neffe wartete, mein treues Auto ein, das im Parkhaus wartete. Da wäre es mehr als angebracht, beim Besteigen der *Steppenblühn*-Kutsche den eingerollten Nylonsack gar nicht erst aus der Hand zu geben. Weil es sich empfahl, kurz vorm Anfahren des Busses aufzuspringen, händeringend zum Ordnungsamt am Klosterwall hinüberzuweisen und Herrn Schulz zuzurufen, aus unserem mobilen Diskurs werde auch diesmal nichts. Weil ich einer literarischen Angelegenheit wegen, wer verstehe dergleichen besser als er, noch im Verwaltungshochhaus dort drüben vorbei müsse. Alles andere später. Adieu derweil, Entschuldigung, Entschuldigung und vielen, vielen Dank.

Adieu vor allem und nicht Aufwiedersehn. Adieu und allzeit gute Fahrt. – Aufrichtig wünschte ich nicht nur Herrn Bota und mir, sondern auch Herrn Schulz und mir viele, viele Kilometer zwischen uns. Auch wenn mir der eine der beiden zur Flucht vor dem anderen verholfen haben würde, falls ich inmitten des schützenden Ringes aus *Steppenblühn*-Mitarbeitern die *Steppenblühn*-Fuhre erreichte, waren die beiden je ein zwingender Fluchtgrund.

Nur, o je, hatte Herr Bota anders als Herr Schulz meine Neugier auf seiner Seite. Wie es geht, wenn ein sensibler Jungmann zwei Dutzend Jahre lang das Unrecht einer bösen Fünf begrübelt, wußte ich inzwischen weit über Genüge. Nicht zuletzt aus dem Munde des Betroffenen. Worauf es aber hinausläuft, wenn eine Software-Potentatin, die am Dach der Welt zu Hause und mit aller Welt vertraut ist, ihrem Hund bei der Weltfirma Geers die schadhaften Ohren hat bestücken lassen, wußte ich nicht. Ich wußte nur, das Gerät wurde dem Tier im selben Gebäude eingebaut, in dem die Great-Lake-South-America-Line und die Klopstock-Gesellschaft ihr Wesen hatten. Auch wußte ich, die Tüftlerin würde am Mönckebergbrunnen gleich gegenüber von Geers ihre Kinder einsammeln, denen bei Burger King die vertraute Fricadella nepalese serviert worden war, während vom hansischen Pflaster herauf das vertraute *Om mani padme hum* in geknüppelten Morsesignalen erklang. Wenngleich nicht immer deutlich, weil sich der Bambuston zuweilen gegen freche und fromme Töne aus gemischtem Chor und diversen Instrumenten behaupten mußte.

Das alles schien reichlich, doch schien es nicht genug. Antwort mußte auf die Fragen her, weshalb das Heilsmilitär an diesem Tag eine paramilitärische, ja staatliche Verstärkung erfahren und zu welchem fahnderischen Ende die Grenzpolizei ihren Schleier über die Spitalerstraße geworfen hatte. Und warum sich der Chor und die Kapelle der Sallys-Truppe entgegen ihrem üblichen ambulanten Verhalten in stationärer Vigilanz vor der Fischbratküche übten. Und wieso alles dieses, ganz ähnlich dem Verfahren von Mafia und Schwarzer Hand, wie von langer Hand vorbereitet wirkte.

Denn soviel stand fest: Der Mundart-Song *An de Eck von de Steenstroot* sang sich nicht von heut auf morgen, wenn einem kein plattdeutscher Schnabel gewachsen war. Ausgiebig mußte Übung sein, sollte sich das individuelle und leicht frivole Bandoneon in einen kollektiven Armeeklangkörper einfügen. Ohne längeres Training kam ein Suppenausschank, der von freundlichem Spitalerstraßen-Schnack und genauem Wechselgeld begleitet sein wollte, nicht zustande. Eingewöhnung war nötig für die regulären Sänger und Instrumentalisten einerseits und andererseits solche, die sich ihnen nur auf Zeit beigesellt hatten.

Professionellen Militärkadern und Musikanten, die als Soldaten galten, konnte man befehlen, die zeitweilige Verstärkung durch Leute eines anderen Truppenteils als Spezialeinsatz wortlos zur Kenntnis zu nehmen. Ende der Mitteilung, Schnauze. Aber doch nicht dieser Art Armisten. Sängern des Heils und der Erlösung, die selber womöglich die eine Heilung und die andere Erlösung gebrauchen konnten. Verhuschten Tanten, denen sich was erfüllte, wenn auf ihr Bitten und Schütteln hin die Sammelbüchse an Füllung gewann. Langzeit-Untertanen von König Alkohol, dem sie sich, solange sie im Dienst die Festung der harten Herzen berannten, zeitweilig entziehen konnten. Reinen Seelen, weiblichen, männlichen, die trotz ernüchternden Augenscheins der Wirkkraft des rein Menschlichen eine Chance boten. Träumern, männlichen, weiblichen, die beim hohen C oder an der großen Trommel alles gaben, weil sie für möglich hielten, ein Bandleader in allerhöchsten Besetzungsnöten käme just bei ihrem Solo vorbei. Idealistischen Christen, verkrachten Eurokommunisten, Soziologiestudenten, denen angeraten worden war, vor ihrem Aufstieg die Welt einmal ganz unten zu besehen. Frauen und Männern nicht zuletzt, die nichts weiter als öffentlich und zu guten Zwecken singen wollten. Beziehungsweise zweckfrei, aber öffentlich auf die Pauke haun.

Traun, es gab für mich Gründe genug, Herrn Schulz unangerufen auf das stellenweise getrocknete Pflaster der Spitalerstraße treten und an der Spitze seiner Braven gen Osten abziehen zu lassen. Ich ließ sie alle gelten und ließ Herrn Schulz davon. Ließ als einzige die Frage zu, wie ich, wäre einmal meine Neugier gestillt, ähnlich davonkommen könnte. Das letzte mußte vor allem sein, das erste aber galt zuerst. Anders hätte ich eine Studie ohne allen Sinn betrieben. Hätte, wenn auch ohne alles Wissen, ohne allen Sinn eine arme fremde Frau vertrieben und mir ohne allen Gewinn Herrn Bota-Stiefel zum Feind gemacht.

Nicht nur Herrn Bota. Sondern dessen hochmögende Herren nicht minder. Den Ausfall der Münzen konnten sie verschmerzen, meinen Einfall in ihr Reich weniger. Natürlich waren sie nur reich, weil sie sorglich noch die geringsten Kröten zählten, die fehlenden vor allem. Doch galt ihnen das nicht als eigentlicher Verlust. Das Eigentliche hieß Verlust von Macht. Herr Bota in seiner *Tenson*-Jacke war nicht nur gedacht, des Tages Ernte einzusammeln und in nächtliche Scheuer zu liefern. Vor allem sollte er den Acker hüten. Das Viertel, den Kiez, das Revier, den Bereich, das Territorium. Wobei es seine Sache war, ob er, um mit der Landessprache auszuhelfen, wenn es einmal klemmte, ein Zettelchen mit dem angeschrägten Satz *dass mei plass du verpiss* beschriftete. Oder ob er mir begriffsstutzigem Urnenprätendenten erklärte, wozu seine dämlichen Stiefel gut waren. Oder ob er die Redewendung *Feuer unterm Hintern machen* einleuchtend übersetzte. Wenngleich er gut beraten wäre, bei allem nicht zu weit zu gehen. Solange er der Kraft des Wortes vertraute und Erfolg damit hatte, einverstanden. Wenn einer den Arsch einzog, weil Bota der Stiefel mit Andeutungen kam, ging das in Ordnung. Die

Lunte zu legen war ihm erlaubt; sie anzuzünden, nur in gewichtigen Fällen. Und nicht in minder schweren wie diesem.

Dachte ich. Hoffte ich. Wußte es aber nicht. Sah mich nicht genügend vertraut mit dieserart korporativem Denken. Sah dafür deutlich, daß Herrn Bota und Herrn Heini der Augenblick völlig entging, in dem Herr Schulz vom Gasthaus Wischer Abschied nahm. Was ich erkennen konnte, bestand lage- und verkehrsbedingt nur aus Fragmenten, doch reichten sie zum Gesamtbild hin. In Begleitung zweier *Steppenblühn*-Mitarbeiter orderte deren Chef am Tresen etwas, das der Verkäufer nicht zu verstehen schien. Vielleicht wurde Herr Schulz darüber laut; jedenfalls griff Anni vom Stand gegenüber ein. Packte mit an, füllte unter Assistenz ihres Kollegen einige Tragebeutel mit Extraportionen Kartoffelsalat, fügte ein Päckchen Gäbelchen hinzu, bedeutete Herrn Schulz, der die prallvollen Tüten seinen Leuten übergeben hatte, die Rechnung möge er am nahezu abgeräumten Tresen begleichen, und wandte sich wieder ihrem eigenen zu. Gleichmütig, wie nicht anders zu erwarten. Vom Arsenal am Gürtel unterm Kittel sah ich diesmal nichts.

Insgesamt ließ mich der Versorgungsvorgang wieder bedauern, nicht in Deckung der bereits abgerückten *Steppenblühn*-Leute das Weite gesucht zu haben. Ich sah der Nachhut und ihrem Einkauf mit leisem Herzziehen zu. Nicht nur des mir entgehenden Gaumengenusses wegen. Aber durchaus auch wegen ihm. Denn schön mußte es sein, heimwärts durch den Sachsenwald zu rollen und eine Wegzehr in sich einzugabeln, die mehr als eine Wegzehr war. Wenn nicht Leibgericht, weil es nur als Beilage zählte, so doch Leibbeilage. Leitbeilage zugleich; eine, an die sich halten kann, den wer fragt, wo seine Heimat liege.

Kam der Hunger hinzu. Er rührte sich heftig, als ich die Gehilfen von Herrn Schulz, angeführt von diesem, zirka vierzig Pro-Kopf-Rationen Salat im Spätmittaglicht die Spitalerstraße hinauftragen sah. Andererseits sagte ich mir, ein Schächtelchen allein hätte das kaum ausfüllen können, was mir durch Nichteinkehr und Nichtverzehr entgangen sein würde. Zumal ich oft einen doppelten Schlag der gefälligen Kartoffelspeise bestelle. Was Wischers Umsatz hebt und sich angesichts der niedrigen Frequenz meiner Besuche ökonomisch vertreten läßt.

Der versäumte Genuß und das ungestillte Bedürfnis waren nicht alle Gründe, die mich mein Verweilen auf dem Pflaster als schmerzlich empfinden ließen. Besonders setzte mir die Einsicht zu, daß Herrn Schulz und mich nicht nur das Unrecht vereinte, welches er wegen eines Aufsatzes von ihm über ein Buch von mir ertragen mußte. Vielmehr ließ sich der Ansatz zu einer Wertegemeinschaft zwischen uns erkennen. Was mir seit seinem Versuch, mit meiner Hilfe eine Geschichte zu schreiben, unmöglich schien, erwies sich dank seiner Entscheidung für das Speisenhaus Wischer und des damit verbundenen Ankaufs von Carry-on-Kartoffelsalat als wahrscheinlich.

Gewiß, er war heute ein leitender Mann, und ich genoß es längst, keiner mehr zu sein. Aber er hatte eine Entscheidung getroffen, die auch ich getroffen hätte. Er war nicht auf dem kürzesten Weg von Hoek van Holland nach Berlin gerollt und auch nicht mit langem Umweg an seinem Weinberg an der Nahe vorbei. Vielmehr, und obwohl sie im Restaurant der Fähre recht Anständiges reichen, hatte er den Buslenker angewiesen, den Bus über Hamburg zu lenken und in der Nichtlinienbucht vom ZOB vor Anker zu gehen. Zwar nicht in Sichtweite der Spitalerstraße, aber doch mit dem Klosterwall vor Augen. Und nicht, weil er des Gehörs seines Hundes wegen bei Geers in der Mönckebergstraße haltmachen wollte, sondern weil er des Hungers seiner Mitarbeiter wegen Einkehr bei Wischer plante.

Natürlich hätte sich dieses Bedürfnis auf dem Weg durch die Niederlande stillen lassen. Zumal man dort dem Frischfisch nicht fern ist. Bestimmt wird beim Ritt von der See durchs Westfälische und Niedersächsische ein Imbiß gereicht worden sein. Doch dürfte Herr Schulz vorgeschlagen haben, den eigentlichen Biß dem Gebackenen und Gewürzten in

Hamburg vorzubehalten. Vermutlich leuchtete es nicht allen ein, da sich die Wege vom Kanal zum Elbfluß strecken. Doch einmal dann glänzte das Krustengold vom Barsche und das goldene Gelb vom Salat. Das sollten, so war ihnen und ihm zu wünschen, die Leute von *Steppenblühn* ihrem Leiter nie vergessen.

Ich täte es, wäre mir ähnliches widerfahren, ihnen ähnlich. Und tue gut daran, jetzt für möglich zu halten, ich hätte Wichtiges versäumt. Hätte wegen einer akuten Brenzligkeit die Chance ausgelassen, Schulter an Schulter mit dem in Nennenswertem Gleichgesinnten auf der Bank hinter dem Fahrer durch Hamburgisches und Holsteinisches und Lauenburgisches und Mecklenburgisches und Prignitzsches und Havelländisches ins gemeinsam Hauptstädtische zu rollen, um, die Freisprechanlage umgeschnallt und eingeschaltet, dem Leben als solchem und unserem derzeitigen Leben im besonderen das Ihre zu zollen. Den einen oder anderen freigesetzten Gedanken, den einen oder anderen salonmäßigen Satz, das eine oder andere Wort zwischen zwei geprüften Männern, die einem weiteren Schnitt ihrer mäandernden Kausallinien die Einsicht verdankten, wieviel unter dem nicht allzeit grauen Himmel der Heimat ihnen doch gemeinsam war.

Als Herr Schulz und seine Getreuen schon an jener Spitalerstraßenstelle sein mußten, die früher von Mövenpick und später von T-Mobile eingenommen wurde, also fern der Ecke noch, die bald statt eines bezaubernden Papiergeschäfts den Schlappenladen von Nike Hamburg beherbergen sollte, tat sich in meiner Nähe Bemerkenswertes. Nicht nur fiel mir auf, daß die Bambusstöcke neuerdings pausenlos ihr *Om mani* schlugen – ganz als stünde beim Hummel zwischen Wolsdorff und Görtz die Rückkunft der Megabyte-Maharani und ihres nunmehr hellhörigen Hundes sowie die Vereinigung der beiden mit den bei Burger verköstigten Kindern in Aussicht. Nicht nur intonierten Chor und Orchester die alte Weise *Horch, was kommt von draußen rein*, womit sie aber nicht das

Geschehen am Bürgermeisterbrunnen, sondern das Eintreffen zahlloser reingeschmissener Münzen in ihren Sammelbüchsen meinten. Wichtig vor allem schien mir, daß Herr Bota und Herr Heini einander, als gelte es, einen Pakt zu besiegeln, die Hände schüttelten und sich gleich darauf in Bewegung setzten. Herr Bota tat es, nicht ohne zwei Finger an den Schirm der extraflachen Seglermütze zu führen; Herr Heini nicht ohne eine Gebärde, die seine eingerollte *Morgenpost* zum Marschallstab machte. Dann wandte sich Bota zur Mönckebergstraße, und Heini wandte sich zu mir. Mit wenigen Schritten war er heran, nach herzlich wenig Umstand hockte er, das Marinadentönnchen meidend, im Schneidersitz auf dem hochwertigen Pflaster.

Wie ich die eingelernte Bewegung sah, mit der er knapp vor der Landung den Mantel unter sich zog, war mir um die Unverletzlichkeit unserer uns nunmehr gemeinsamen Außengrenze nicht bange. Auch die Bänglichkeit, mit der ich seinen Anflug zunächst begleitet hatte, legte sich. Man drehte niemandem eine Yogafigur, wenn man ihn vertreiben wollte. Ruppige Kommandos wie *Hörnsezu, Stehnseauf, Haunseab* standen von einem nicht zu erwarten, der einem beim Erreichen der redensartlich allgegenwärtigen Augenhöhe so entgegenkam.

Natürlich konnte der Vorgang Frau Anni nicht entgehen. Natürlich kleidete sie ihre Hinwendung zu mir in eine Gebärde, die einem Kunden galt. Natürlich fuhr sie nicht combatbereit herum, sondern ließ bei ruhiger Schulterdrehung den Löffel aus der Rechten in die Linke wechseln. Natürlich zuckte ihre Schützinnenhand nicht unter die Rückenpartie der Bluse ans Schießgeschirr. Doch schien von alledem etwas eingetan in eine Körpersprache, die vom gleichmütigen Übergang der robusten Anni aus der Bedienung in die Bedeckung kündete.

Umgekehrt ging es zu, als die abkommandierte Beamtin erfaßte, wer neben mir am Schlafsack saß. Umgehend bekam statt der Knarre die Kelle wieder das Sagen. Kein Zeichen, nicht das geringste Morse-*Dit*, ging von ihr zu ihrem Kommandeur. Doch wußte der wie ich, wir waren in Annis Lageskizze aufgenommen. Nicht, daß er sich das anmerken ließ. Wie vorher die Zeitung, hatte er jetzt seine Züge in der Hand.

Ehe ich ihn für verblödet hielte, sollte ich wissen, er wüßte, wann und wo und unter welchen Umständen wir uns zum ersten Mal gesehen hätten, bekundete er. Weder er noch ich müßten wiederholen, was im September gesagt worden sei. Dem, was dem folgte, werde er freilich einige Wörtchen widmen. Freundliche. Vorher müsse er etwas klären. Mein schriftliches Statement auf dem Schlafsack und das mündliche gegenüber einem Kontrolleur des Ordnungsamtes, ja, dem Kollegen mit dem Genehmigungsproblem vorhin, schön und gut. Doch müsse er mich von Person zu Person fragen, ob mein ungewöhnliches Verweilen an diesem zentralen Punkt der Hansestadt tatsächlich in keiner Beziehung zu gesetzwidrigem Betteln stehe.

In keiner Beziehung könne man sowenig sagen, wie man sagen könne, der Grenzschutz stehe in keiner Beziehung zum Grenzverletzer, erwiderte ich.

Dies sei für Spitzfindigkeiten der Augenblick nicht, erwiderte Herr Heini.

»Wohl sowenig wie der Ort«, sagte ich und fügte gereizt hinzu: »Nein, ich bettele nicht.«

»Zu jedermanns Sicherheit frage ich Sie: Weder aktiv, was gegen die Ordnung verstieße, noch passiv, was unsere hohen Richter als erlaubt bezeichnet haben?«

»Wie geht denn passives Betteln?« fragte ich ihn. Und mich fragte ich erschrocken, warum mich der Brainguard in meinem Kopf nicht vor einer solchen Frage bewahrte.

»Indem man zwar erkennen kann«, sagte Herr Heini, »daß Sie ein Bedürfnis haben, Sie aber nicht kundtun, was Ihres Erachtens dagegen unternommen werden sollte. Sie können sich aufs Pflaster legen, aber keinen Zettel mit dem Hinweis daneben, ein paar Piaster hülfen Ihnen auf.«

»So gesehen bettele ich weder in meinem noch im höchstrichterlichen Sinne«, sagte ich. »So gesehen tue ich es nicht nur nicht aktiv, sondern auch nicht passiv. Es handelt sich nicht nur um Nichtbetteln, es handelt sich auch nicht nur nicht um passives Nichtbetteln, es handelt sich vielmehr um aktives Nichtbetteln. Wir haben es nicht nur mit Nichtbetteln durch Unterlassen, sondern mit, beachten Sie bitte die Aufschrift auf meinem Lager, Nichtbetteln durch Untersagen zu tun.«

Er finde es erfreulich, sagte er, wie sehr uns die Ablehnung von Spitzfindigkeiten, aktiven oder passiven, gemeinsam sei.

»Auch ich finde es erfreulich«, sagte ich. »Statt wilder Spekulationen liegt mir altersmildes Überlegen mehr. Als ich im September, in dem wir uns kennenlernten, eine Frau auf dem Spitalerpflaster liegen sah, fragte ich mich sofort, wie um Gottes willen das Ordnungsamt herausfinden solle, ob da passives, also erlaubtes, oder aktives, also verbotenes Betteln vorliege. Wissen Sie es vielleicht?«

»Wenn einer den Hut hinhält, ist es klar.«

»Ich verstehe. Wenn einer ein Schild hinhält, auf dem etwas von Spende steht, auch. Aber nehmen Sie den Fall, es liegt nur eine Mütze da. Liegt da wie hingerutscht.«

»Wie hingerutscht machte es schwierig«, sagte Herr Heini. »Zumal, wenn die Person aufpaßt, daß kein Geld in ihrer Kopfbedeckung liegt. Als Anreiz, als anreizendes Beispiel. Anreizen wäre, denke ich, aktiv.«

»Darauf will ich zurückkommen«, sagte ich, »aber lassen Sie mich die hingerutschte Mütze ausbauen. Nehmen Sie statt ihrer eine Hand. Die kann durchaus wie hingerutscht daliegen. Man liegt müde auf dem Pflaster, schläft ein, die Hand ruht mit dem Rücken auf den Steinen und öffnet sich allmählich. Der Eindruck könnte entstehen, da werde wem eine Hand hingehalten. Jetzt lassen Sie nur wen vorbeikommen, der denkt, es bitte ihn hier wer um eine milde Gabe. Und denkt dann, auf die paar Cent komme es nicht an. Was passiert an diesem Punkt? War das der Übergang aus dem passiven Betteln ins aktive? Wo es in Wahrheit nur eine müde Hand und das Vorurteil eines vorübergehenden Mannes gewesen sind?«

»Gefällt mir, wie Sie die hingerutschte Mütze ausgebaut haben. Und Vorurteil eines vorübergehenden Mannes gefällt mir auch«, sagte Herr Heini. »Da fragt man sich, ist es aktiv, ist es passiv? Geschieht einem etwas aus einem Vorurteil heraus oder setzt man aus diesem ein Geschehen in Gang? Letztgenanntes scheint ein aktiver Modus zu sein. Aber ist es das? Ist es aktiv, wenn Sie Hände auf dem Pflaster sehen und denken, sind so kleine Hände. Natürlich, wenn Sie dann denken, is doch bloß 'n Fuffziger und sind doch so kleene Hände, dann wird es aktiv. Aber Sie sagten, Sie wollten auf die Frage des Anreizes zurückkommen.«

Es sei nicht mehr nötig, versicherte ich, doch mache es mich froh, persönlich über aktive Mützen und passive Hände nicht entscheiden zu müssen. Ob ich fragen dürfe, worüber er im Augenblick hier in der Spitalerstraße entscheiden müsse. Betreibe er Schleierfahndung oder sehe der Grenzschutz lediglich darauf, daß die Heilsarmee das Urheberrecht der Autoren nur in einem sozialverträglichen Maße verletze?

»Sachte, sachte! Diese Leute retten, wenn nötig, auch Sie.«

»Das nimmt letzthin überhand«, sagte ich. »Retten die mich auch vor Bota dem Stiefel? Und vor wem retten mich Ihre Kolleginnen? Die Schöne mit dem schönen Pullover, die Wache am Bandoneon und die Robuste an der Suppenkelle. Und vor wem retten Sie mich?«

»Daß unsere Mädels bei den alten Mädchen sind, das haben Sie gesehen?« sagte er und klang so verschlagen bewundernd wie Eddie Murphy in *Nur 48 Stunden*, wenn er Nick Nolte die einbehaltene Pistole übergeben muß.

»Habe ich«, sagte ich. »Und habe entzückt gehört, wie der durch den Grenzschutz verstärkte Armeechor *An de Eck von de Steenstroot* sang. Die Armee darf zwar nicht Polizei sein, aber diese Polizei darf dieser Armee helfen – klare Sache. Haben Sie den von mir erwähnten *Steenstroot*-Song an die karitativen Kameraden weitergereicht? Oder hat Ihre Kollegin das getan?«

Herr Heini schien, wenn ich in seinen wetterfesten Zügen richtig las, einem Annäherungsprozeß nachzudenken, bei dem unterm Dach der Klosterwall-Behörde aus Begierde Begehren geworden war. Einmal beim Ergebnis, rezitierte er ein wenig zackig, aber nicht ohne alle Andacht: »Das macht, es hat die Nachtigall / Die ganze Nacht gesungen; / Da sind von ihrem süßen Schall, / Da sind in Hall und Widerhall / Die Rosen aufgesprungen.«

Ich sagte: »Gratuliere! Sie und Ihre Kollegin Salome, das verstehe ich. Sie und die frommen Sänger, das verstehe ich zumindest halbwegs. Sie und Bota, den man den Stiefel nennt, das verstehe ich nicht.«

Er fragte: »Den Rest verstehen Sie?«

»Den schon gar nicht«, sagte ich.

Dabei sei der am einfachsten, sagte Herr Heini, schlug aber vor, mit Bota dem Stiefel zu beginnen. Dem dürfe ich nicht verübeln, daß er mir meine Anwesenheit verüble. Zwar besitze er keine territorialen Rechte, aber einen gewissen moralischen Anspruch. Nein, moralisch, das treffe die Sache nicht, jedoch könne man von Gewohnheit sprechen. Bota sage, was alle in solchen Fällen sagten, nämlich, er sei schon immer hier gewesen. Das stimme natürlich in kaum einem Falle. Ob die Keltischstämmigen es in Australien sagten oder die Buren in Afrika oder die Wolgadeutschen an der Wolga oder die Schwaben in Schwaben – es stimme nie. Ältere wüßten noch von Zeiten, in denen die Albaner den Spitaler-Kiez beherrschten; daß aber Bota der Stiefel ein Albaner sei, behaupte keiner. Bota sei nicht schon immer da, jedoch lange genug, um keine Rätsel aufzugeben. Wer mit wem auf der Spitaler, das gelte im allgemeinen nicht als Sache des Bundesgrenzschutzes. Nur im gegebenen Sonderfall sei sie das. In diesem besonderen Falle erweise sich, wie richtig es von befreundeten Dienststellen war, Bota und seine Struktur gewähren zu lassen. So gebe es in der Gleichung mit vielen Unbekannten eine Unbekannte weniger. »Unsere Kollegen wissen«, sagte er, »welche Wege Bota läuft; also wissen wir es auch. Man muß sich nicht erst kundig machen, wenn die Lage kommt. Man ist kundig; die Lage kann kommen.«

Sie scheine schon da zu sein, sagte ich.

Ja, sie sei da, und die vereinigten Ordnungskräfte seien es

auch. Polizei, Bundesgrenzschutz, andere einschlägige Dienste – alles zur Stelle, alles bereit. Bereit im Sinne von kundig. Man kenne sich, man verstehe sich, eins greife ins andere. Im Grunde habe das Gewebe nur einen Riß, soweit es Bota den Stiefel und mich betreffe.

Es sei freundlich von ihm, mich in solche Gesellschaft zu tun, sagte ich, aber nach seiner Darstellung stelle doch einzig ich einen Riß im Gewebe dar. Bota und seine Struktur gälten als integriert; ich hingegen liege hier rum. Lose, locker, unverbunden.

»Lose und locker vielleicht. Unverbunden kaum. Bota als Mann der Struktur schließt Ihr Alleinsein mit Bestimmtheit aus. Unser Computer ist noch unentschlossen.«

»Sehr menschlich von Ihrer Kiste. Woher weiß sie eigentlich von mir?«

»Ich bitte Sie«, sagte Herr Heini, und ich kam beschämt auf Bota mit der Frage zurück, ob der Mann von der Struktur und der Mann von der Kommandantur mein Profil gemeinsam angefertigt hätten.

Im Gegenzug wünschte Herr Heini zu erfahren, wie er diese Erkundigung bewerten solle – als aktive, als passive Provokation oder als Teil einer Sinnstudie?

Ich empfahl ihm, es für eine historische Reminiszenz zu nehmen. Im Großen Abendländischen Krieg habe bekanntlich eine Struktur, die Mafia hieß, den Amerikanern in Sizilien an Land geholfen, und auf Kuba sei jene von diesen auf Fidel angesetzt worden.

»Was gegen Hitler richtig war …«

»… kann gegen Castro nicht falsch sein?«

»Sie hätten mich mal *Che, Che* rufen hören sollen!« sagte er.

»Und Sie mich *Stalin*«, sagte ich.

Herr Heini empfahl uns beiden, aus so gehobenen Sphären in die Fußgängerzone des Centrums zurückzukehren. Die erwarte den Besuch einer hochgestellten Persönlichkeit. Einer privaten zwar, aber sehr, sehr hochgestellten Person. Wie hoch, könne er nicht sagen.

»Ich hörte etwas von einer hochgestellten Zahl hinter ihrem Kontenstand«, sagte ich. »Das hebt die Person in die Persönlichkeit. Ob da nun aber gleich der Grenzschutz anrücken muß, weiß ich nicht. Ich bin noch neu hier.«

»Für den Anfang ist es schon ganz gut«, sagte Herr Heini. »Weil ich von Ihnen etwas möchte, teile ich, soweit ich darf, mit Ihnen, was ich weiß.«

»Erst sagen Sie bitte, was Sie von mir möchten. Möchten Sie, daß ich verschwinde?«

»Ich sehe schon, Sie möchten nicht verschwinden. Dann teile ich trotzdem«, sagte Herr Heini und ließ mich wissen, wir hätten es mit einem Grenzfall zu tun. Bota der Stiefel habe berichtet, wieweit ich von ihm ins Bild gesetzt worden sei. In der Hoffnung wohl, ich verschwinde dann. Ich sei nicht verschwunden, wisse aber dank Bota, das Centrum werde von einer Software-Göttin besucht. Weil ihr Hund schlecht höre, sei sie mit dem Tier zur Firma Geers gegangen. »Sie«, warf Herr Heini an dieser Stelle ein, »dann müßten aber viele von uns zu diesem Geers!« Immer helfe das auch nicht. Was nichts daran ändere, daß die Harthörigen aus allen Himmelsrichtungen kämen, aus Amerika und vom Himalaja. Dazu jede Menge Komsomol-Sekretäre a. D. Manche hätten schon mit ihrer Hochseeyacht im Freihafen geankert und sich in die Mönckebergstraße fahren lassen. Danach seien sie mit verbesserten Ohren bei Daniel Wischer eingekehrt und mit der Flut wieder ausgelaufen. Freudig, vermute er, weil sie nun jedes Nebelhorn hören konnten.

»Und jede Nachtigall«, sagte ich.

»Ja, überhaupt in Hall und Widerhall alles.«

Das verstehe ich, und das mit Wischer verstehe ich von Herzen auch, sagte ich. Wie gehe die Sache weiter?

Er sage es gleich, sagte Herr Heini, aber vorher sage er mir, es habe sich nicht ermitteln lassen, auf welche Weise der heute fast bindende Brauch eines an die Geers-Besuche anschließenden Wischer-Besuches entstanden sei.

Das komme mir nicht weiter rätselhaft vor, sagte ich, irgendein Begleiter habe sich, während seinem Chef oder seiner Chefin das Ohrstück angepaßt wurde, in die Fischbratküche verlaufen, habe Goldbarsch mit Salat verzehrt und sich darüber beim Bericht für seine Bosse gar nicht eingekriegt. »Die haben auch Hunger, gehen der Sache nach, erzählen davon beim nächsten Termin bei Geers, und einmal ist die Abfolge ein Muß.«

»Könnte so gewesen sein«, sagte Herr Heini.

»Gibt aber dem Einsatz von Bundeskräften im Bunde mit der Heilsarmee sowie anderen Strukturen beim Besuch einer Privatperson noch keinen Sinn.«

»Ah, hier kommt die Sinnstudie«, sagte Herr Heini.

»Die galt einer mutmaßlich armen Frau, nicht einer unermeßlich reichen.«

»Ah, hier kommt der Sozialklimbim«, sagte Herr Heini.

Das solle er ja nicht die Heilsarmee hören lassen, riet ich. Die hole sonst die Katjuscha aus dem Geigenkasten und orgle ihm was, anstatt wie jetzt *Schlafe, mein Prinzchen, schlaf ein* zu säuseln.

Herr Heini tippte mit seiner Zeitung an die Hutkrempe, wie Herr Bota mit zwei Fingern an die Mütze getippt hätte. Dann summte er gleich allen Menschen in diesem Teil der Spitalerstraße, soweit sie nicht geschäftig und stumm vorübersausten, das Wiegenlied mit, schien aber, wenn ich mich auf so was verstand, mehr an ein Prinzeßchen zu denken.

Mir sei in seinem Alter auch eher nach Mozartzöpfen als nach Zwiesprache mit alten Pennern gewesen, sagte ich, dennoch verlange es mich nach Auskunft. Nein, ich verlange sie nicht von ihm, mich verlange nach ihr. – Ein Unterschied wie zwischen aktiv und passiv. – Mich verlange nach ihr, da ich annähme, ähnlich Herrn Botas Struktur habe sein Dienst mich von Anbeginn im Auge gehabt. Also seit dem Mann mit der elektronischen Lupe am Gertraudenfriedhof.

»Falsch«, sagte Herr Heini, »einen Monat früher. Im September. Seit Ihrem Besuch am Klosterwall.«

»Seitdem ich an Ihrer Bundesgrenzschutztür war?«

»Falsch«, sagte Herr Heini, »weiter unten im Haus. Seit Ihrem Gespräch am Stummen Portier mit einem beredten Besucher, der wohl Ihr engerer Landsmann oder Ihr Leser gewesen ist. Gute Nase, der Mann. Er konnte nicht wissen, daß Sie zu uns kommen, hat Sie uns aber als Vorkommnis gemeldet.«

»Demnach hätten Sie mich erwartet?«

»Falsch«, sagte Herr Heini, «wir waren auf Sie eingerichtet. Oder glauben Sie, ich singe jedem diese Freihafen-Arie? Oder lasse mir von jedem mundartliche Lieder singen?«

»Oder Nachtigallen-Gedichte aufsagen? – Nein, das glaube ich nicht. Ich glaube nur, Sie enthüllen Vergangenes, damit Gegenwärtiges unter Schleiern bleibt. Ich fange an, mich zu überschätzen.«

»Wie ginge das?«

Ich sagte, ich müsse für möglich halten, meine Neugier habe mich hier auf der Spitalerstraße zwischen Wischers Theke und Brinckmanns Zaun in einen Zusammenhang gezogen, in den ich nicht gehöre. In dem ich aber merklich störe. In ein Potemkinsches Dorf, in das ich Trottel mich verlaufen habe. In eine Geisterstadt, in der ich *Hallo, ist da wer?* rufe, dieweil hinter leeren Fensterhöhlen Lee Van Cleef, Borgnine und Konsorten ihre Winchester lüden. Wegen der Postkutsche und nicht wegen mir. Ob er wisse, fragte ich, welchen Film ich meine.

Er meine, ich meine etliche, sagte er.

Vor der Fischbratküche, so fuhr ich fort, sei mein Erscheinen allem Anschein nach doppelt unglücklich gewesen. Das nehme ich an, weil sich die Heilsarmee entgegen ihrer Gepflogenheit, also wohl auf jemandes Geheiß, auf den Punkt vorm Hause Wischer versteifte. Und weil Herr Bota, von dem ich von besagter Mobilitäts-Gepflogenheit erfahren habe, so versessen auf die Stelle sei. Wenn ich von der Anwesenheit an ihr, ob nun ordentlicher Mitglieder der Heilsarmee oder außerordentlicher, auf ein Interesse an ihr schlösse, legten drei bis vier sehr unterschiedliche Gruppen viel Wert auf diesen Platz. Zwei von ihnen hätten ihn, regulär oder irregulär in Heilsarmeeuniform, in Finkenwerderdrillich oder in Zivil und Zeitung gekleidet, bereits eingenommen. Die dritte Gruppe habe sich von mir, einem Akteur, der allerdings ursprünglich unwissentlich handelte, daran hindern lassen, den offenbar strategisch wichtigen Fleck mit einer Person ihres Vertrauens, sprich: einer hilflosen Person, zu belegen. Ich sei insofern als vierte Kraft anzusetzen, als sich meine existentielle Frage *Wie geht denn das?* für den Augenblick in eine punktuelle gewandelt habe. Sie laute *Was geht hier vor?* Auch auf sie gebe es Teile einer Antwort. Ziehe man das Brauchtum an, aufgrund dessen die Kunden von Geers zu Gästen von Wischer würden, und verlängere man den Fußweg der Megabyte-Fürstin vom Hörgeräte-Haus übers Burger-Haus und über die Stockschlägerinnen am Hummel-Zeichen und über die Häuser von Görtz und Wolsdorff hinaus, führe er geradenwegs in den gepflegt gepflasterten Raum, der den Torraum einer namhaften Fischbäckerei bilde.

Ihm sei so, sagte Herr Heini, als hätten wir das bereits geklärt. Tatsächlich basiere die derzeitige Kooperation unterschiedlicher Kräfte auf der Annahme, daß die *Zielperson* genannte Person mit dem von mir skizzierten Brauch nicht brechen und in der mir bekannten Gastwirtschaft in dem von mir charakterisierten Bereich einkehren werde. Aufgrund mehrerer Expertisen gelte eine Abweichung von den Erfahrungsmustern als ausgeschlossen.

Unabhängig voneinander hätten Gutachter die Frage, ob sich die Zielperson unvermutet bei Burger zu ihren Kindern setzen könnte, um sich aus deren Pommestüten gütlich zu tun, mit einem entschiedenen Negativ! beschieden. Eine ähnliche Abstinenz dürfe hinsichtlich der Kioske und Bistros am Wege angenommen werden. Ansonsten stütze sich die Analyse nicht nur auf hergebrachte Daten, sondern zu gleichen Teilen auf jüngste Erkenntnisse. Er überdehne damit zwar seine Befugnis, gleichwohl deute er an, daß sich das Interesse der Zielperson an diesem Teil der Spitalerstraße nicht zuletzt an vorausgegangenen Immobilienmanövern zeige.

»Will sie das Centrum kaufen, wie es steht und liegt, und Sie sollen es mir mitteilen? Ehe Sie das tun: Fungiert die

Grenzpolizei nebenbei als Baupolizei? Geben die Grenzvermesser heute den Grundstücksvermesser? Darf ich sagen, mir sei schleierhaft, wo da die Schleierfahndung sei? Oder kommt in Schleierhaft, wer so etwas fragt?«

Weil Herr Heini zur äußeren Yogahaltung auch eine innere eingenommen hatte, hörte sich ruhig an, was er sagte: »Man hört von einem Kauf auf Zeit. – Aber Vorsicht! Beim Wort *Schleierhaft*, großgeschrieben, wären Sie schnell bei einem anderen, das ich Ihnen nicht durchgehen ließe.«

»Und recht täten Sie«, sagte ich. »Nur paßte ein Zugriff nicht in die Lage. Wenn er paßte, hätten Sie mich längst abgeräumt. Sie sollen aber der weitreichenden Dame den Weg freiräumen, ohne daß es jemand merkt. Andererseits sorgt sie selber dafür, daß sie nicht übersehen wird. Oder überhört. Es läuft auf ein Prachtexemplar von Widerspruch hinaus.«

Worauf er mich, nicht ohne zu betonen, sein Mikrophon sei abgeschaltet und ich habe seines Wissens keines dabei, wissen ließ, ich meinerseits laufe auf ein Prachtexemplar von Arschloch hinaus. Er müsse nun laufen, da sein Im-Ohr-Gerät, das er nicht abgeschaltet habe, ihm soeben die Vereinigung der Megahertz-Dame mit ihren Kindern melde. Was ab nun geschehe, stehe bei mir. Ich könne immer noch aufstehen und vom usurpierten Platz gehen. Zumal ich mich in wenigen Minuten für wenige Minuten im Sichtschatten der aufmarschierenden Himalajatruppe befinden werde. Obwohl ich ein Prachtexemplar sei, werde ich aus jedermanns Augenmerk wandern, sobald die attraktiven Knüppelmädchen herangewandert kämen. Taktschlagend und taktisch gruppiert um die vermutlich reichste Frau der Welt mit ihren beiden Kindern, welche, messe man es an deren trägen Bewegungen, von denen der Kollege im Ohrknopf gerade spreche, am Brunnen bei Burger reichlich zugelangt hätten. Und – die Rede sei noch einmal von der Reichsten der Reichen – nicht zu vergessen mit ihrem einzigen Hund, der jetzt beidseitig besser höre.

Auch wenn es frevelhaftes Denken war, kam mir seine Art und Weise, sich von mir zu entfernen, wie die Art und Weise von Herrn Bota vor. Bevollmächtigten-Ton sprach aus den beiden Kerlen. Ich wußte, wovon ich sprach, auch wenn die Vollmacht längst der Ohnmacht gewichen war. Noch so ein prächtiger Widerspruch: Vollmacht weicht Ohnmacht. Da konnte die Logik nur lachen.

Herr Heini verhielt in der Spur, als ich fragte, ob sein Kollege zum Benehmen des Hundes Näheres gemeldet habe. Wie andere Leute mit lautem Hals hatte er ein Ohr für die in gewisser Hinsicht stumme Kreatur. Er wandte sich mir zu und ließ wissen, in der Tat verhalte sich das Tier eigenartig. Obwohl es als Teil des Schutzapparates seiner Herrin gelte, benehme es sich verstörend verstört und zucke in just dem Takt, in dem die Begleiter mit den Stäben aufs Pflaster schlügen. Dabei diene laut Auskunft der Hundeführerin die Hündin bereits im sechsten Jahr und habe sich noch nie so angestellt.

Da ich nicht wußte, ob Frau Anni Herrn Heini in Sachen des Textes unterrichtet hatte oder nur hinsichtlich der Morseschrift, die beide dem Taktschlagen der Leibgarde zugrunde lagen, sah ich von der Bemerkung ab, das arme Vieh verstehe womöglich zum ersten Mal den bislang nur undeutlich wahrgenommenen Wortlaut. Vielmehr diente ich Erfahrungen als Hörgeschädigter an. Auch ich habe, als ich mich, wenngleich nicht vom damals noch fernwestlichen Herrn Geers, technisch ausgestattet im Straßenlärm wiederfand, mit starken Schwierigkeiten der Adaption zu kämpfen gehabt. Von dem Inhalt mancher Parole abgesehen, habe mir ihre Lautstärke schwer zugesetzt. Was wolle man da von einem Tierchen verlangen, dem befremdlich riechende Personen in den Ohren gefummelt hatten, um es danach dem doppelten Schallterror von moderner Großstadt und archaischer Bambusknüppelei auszuliefern. »Mein Jokko – so hieß mein leider längst verblichenes Hundchen –«, erzählte ich erinnerungsselig, »hätte auf der Spitalerstraße happige Bambule gemacht, wären ihm nach den Hörtechnikern die Schutztechnikerinnen dieser ROM-RAM-Genia aufs Trommelfell gerückt. Der drehte schon durch, wenn die Tropfen aus der eben aufgehängten Wäsche für sein Empfinden zu laut ins Trockenplatzgras unter der Leine fielen.«

Auch in den mich betreffenden Unterlagen werde der Hund als neurotisch bezeichnet, sagte Herr Heini. Mir aber gebe er den amtlichen Rat, abzuziehen, ehe die geniale Genia heran sei. Zwar verfügten die beknüppelten Ladies lediglich über die Erlaubnis, ihre hochwertige Lady zu schützen, doch nun lasse mal einer eine von ihnen neurotisch sein. Höchste Stellen hätten höchste Augen höchstlich zugedrückt, um in den Bambusstöcken, geführt von professioneller Hand, keine tödlichen Waffen zu sehen. Mit dem Gerät, müsse ich wissen, hätten die Sikhs im Dienste der Briten den indischen Subkontinent vom Hochgebirge bis zum Ozean in Schach gehalten. Doch sei der Schlagstock nur eine der unzähligen Verwendungsarten des Bambus. Ob nun bei Leiterwagen, Feuerleitern oder Wasserleitungen, allerorten, wo nach Durabilität gefragt werde, stoße man auf dieses Material.

Er möge die Musikinstrumente nicht vergessen, sagte ich. Mein Gott, wenn ich an die Peruaner in der Spitalerstraße und ihre Bambusflöten dächte! So etwas stünde auch der Heilsarmee und ihren Hilfskräften gut zu Gesicht. Ob er die *Brücke am Kwai* mit Guinness als Colonel gesehen habe? Bei diesem Film, besonders bei seinem martialischen Marsch hätte ich mich nicht gewundert, wenn nicht nur die Schwellen der Bahn, sondern auch die Schienen aus Bambus gewesen wären.

Eben diese natürliche Härte solle ich bedenken, sagte Herr Heini, solange mir die gardistischen Damen noch Gelegenheit dazu ließen. Wie das Abkommen mit unserer Entwicklungs-Hoffnung nun einmal laute, stehe es den hiebfesten Girls, die ein witziger Kollege *Bambis* getauft habe, absolut frei, ihre tropischen Knüttel einzusetzen, sobald nach ihrer Meinung Gefahr im Verzuge sei.

Im Tonfall eines Mannes, dem wegen ein und desselben Deliktes über Preshave-Flammen hinaus nun auch noch mit prähistorischen Schlagstöcken gedroht worden war, also so herrisch, wie es sich vom Boden aus machen ließ, begehrte ich zu erfahren, welche der inländischen Kräfte ich mir als zweite der hohen vertragschließenden Seiten vorstellen solle, wenn die erste in der Computerhoheit zu sehen sei, die sich von zwanzig rabiaten Hartholzmädchen schützen lasse. Seit ich eine Freiheit genieße, die ein bedenklicher Mensch unter Berufung auf mich und meinesgleichen ausgehandelt habe, der seither mit seinem Geschäftsgebaren etliche Gerichte beschäftige, bestreite ich allen, die ihre Unterschrift in meinem Namen leisteten, zumindest ein Recht auf Anonymität. »Also, sagen Sie bitte, wer hat einen Vertrag mit der zugereisten Fachkraft geschlossen? Ist der Unterzeichnende im Bundesgrenzschutz zu vermuten? Signierte die Heilsarmee? Oder Herr Bota? Vielleicht in Schrägschrift und namens der Struktur?

»Mensch«, zischte Herr Heini und ging noch einmal in die Hocke, »was haben Sie immer mit Struktur und Schrägschrift? Es geht hier um Vaterländisches; da muß jeder ran. Ein kleines Konstrukt wird erlaubt sein, wo pamirhohe Gewinne winken. Winken könnten, wenn diese Frau, die kein Haar in der Suppe finden und der keines gekrümmt werden darf, mit ihrem Können und ihren Konten zu uns käme. Sobald sich ihr Sachverstand und Kassenstand in die Chipfabrik an Ihrer Oder ergießen, muß keinem von uns beiden bange sein.«

»Meine Oder ist jetzt auch Ihre«, sagte ich, »nur nicht genieren, dafür ist jetzt Ihr Main auch meiner. Stellen Sie sich das bei Volkseigentum vor. – Was für ein Konstrukt wäre erlaubt?«

»Es wird Zeit für mich, die Stöcke schlagen schon mit aller Kraft ...«, sagte er und zeigte, als habe er beim epischen Theater gedient, wie man besorgtes Aufhorchen zeigt.

»Die Trommeln schlagen mit Macht«, sang ich mit aller Macht und hätte mich gern daran gehindert. Doch konnte ich mich lediglich hindern, *Und nach Ivry zum Fischen gehn wir*

das nächste Jahr hinterherzusingen. Es war wirklich Zeit. Zumal mich Frau Anni mit einem mehr robusten als gleichmütigen Blick bedachte.

»Na schön«, sagte Herr Heini, »damit Sie es raffen, gerafft: Die Zielperson ist eine Privatperson. Natürlich ist sie infolge ihres Könnens und ihrer Konten mehr als das. Doch spreche ich von ihr als einer Rechtsperson. Der Bundesgrenzschutz hingegen ist weder Person noch privat. Er ist ein staatliches Instrument, das von keiner Privatperson zu Privatem herangezogen werden kann. Von keiner, komme sie nun aus Nepal oder aus einem Andental. Wohl aber von einer aus Neandertal. Weil das als Bundesgebiet BGS-Gebiet ist. Wegen der Wertigkeit der Zielperson wurde eine weiträumige Centrums-Sperre geplant und erst spät verworfen. Grund: Es hätte uns schutzpsychologisch in die Nähe von Güstrow gebracht. Aber auch an Güstrow war nicht alles schlecht: Hat gelehrt, daß die Zielstadt nicht ganz geleert aussehen darf. Weshalb wir, solange die Ganzleerung nicht verworfen war, eine Teilfüllung vorbereiteten. Also mit Passanten, die unsere Beamten sind. Touristen, die nur aussehen wie Touristen. Dazu Heilsarmisten mit Polizisten versetzt. Diverses Personal mit dem Arsenal fürs business as usual. Als von oben die Totalleere verworfen wurde, standen wir mit unseren trainierten Leuten da. Hätten wir sie zurück in die Standorte schicken sollen? Wir kamen auf eine Mischlösung. Wer seine Rolle beherrscht, darf sie spielen. Ich wette, nicht einmal Sie haben jeden ausgemacht. Doch manche, die Sie für unecht halten, sind in Wahrheit echt.«

»Wenn Sie es verfilmen, rate ich zum Dixie als Leitmotiv«, sagte ich. »Denken Sie an *Der Clou*. Vielleicht ist Komponist Hamlish frei, und Ihre Zielperson zahlt ihm die Gage.« Die Anregung, der Künstler könne bei dieser Gelegenheit den Knüppelmorsetext vertonen, behielt ich für mich. Auch ein Schwärmen für Paul Newman als Großen Gondorff konnte ich, wenngleich nur knapp, vermeiden. Denn auf die Frage, wieso der Bund im Bunde mit allen möglichen überweltlichen und unterweltlichen Strukturen für die Wohlfahrt einer privatreisenden privatvermögenden Privatperson einstehe, hatte Amtmann Heinis längliche Antwort keine hinlängliche Antwort gegeben. Womit er sichtlich zufrieden war. Er nickte mir im Davonschreiten huldvoll zu, pfiff gar dabei und nahm wohl an, ich werde seinen Fingerzeig Richtung Hummel und Mönckeberg richtig deuten. Zu Recht nahm er das an. Denn dort, wo die Knüppel jetzt energisch sprangen, spielte die Musik.

»Du hast es vermasselt«, klagte ich laut und deutlich und meinte nicht ihn, sondern mich mit dem Befund. Ganz anders als De Niro, der mit diesen Worten Costner verhöhnt. In *Die Unbestechlichen*, jenem Werk, das ergreifend von Capone und Ness handelt und mich mit Connery und Garcia wieder und wieder entzückt. »Du hast es vermasselt«, wiederholte ich und kriegte des Gangsters Tonfall so täuschend hin, daß Anni den Löffel senkte und mich nahezu amtlich besah. Sie rief ihrem Tresen-Gegenüber etwas zu und gewann neben mir eine Position, von der her sie viel Spitalerstraße überblicken konnte.

Ihr sei, als habe ich gerufen, sagte sie in einer Weise, die einen Irrtum ihrerseits nicht ausschloß. Meine Einlassung, sie habe richtig gehört, hätte sie, soviel ließ sie erkennen, lieber nicht gehört. Ihren Bescheid, es tue sich endlich etwas, begleitete sie mit einem Nicken Richtung Brunnen. Der entgegengesetzten Richtung Bahnhof galten ein weiteres Nicken und ein weiterer Bescheid: Auch da tue sich endlich etwas.

Das mußte ich ihr glauben; sehen konnte ich es nicht. Was sie verstand, da sie mich mit der Auskunft versah, der Bauzaun komme demnächst ins Rollen. Ich versuchte, nicht so hochgradig unwissend auszusehen, wie ich war, und wurde unterrichtet, die Zugmaschine werde bereits angespannt, das Sperrseil schon gezogen. Der Nachricht ließ sie die Meinung folgen, es sei auch höchste Zeit.

Weil ich zu alledem nichts zu sagen wußte, nahm sie wieder das Wort. Nach ihrer unmaßgeblichen Ansicht übertreibe ich ein wenig, wenn ich an der von mir gewählten Stelle liegenbleibe. Aber wie sie den Manövrierraum der Zaunmonteure taxiere, behindere ich das Manöver weder, noch werde ich von ihm gefährdet.

Gern hätte ich Näheres zum Technischen erfahren, doch lag mir das seit Herrn Heinis Abgang offene Rechtsproblem weit näher. Nur konnte ich Anni, die mich im Besitz aller Antworten wähnte, damit nicht kommen. Weshalb ich mein Heil im Vagen suchte und sagte, die ganze Sache scheine verdammt knapp auf Kante genäht. Der Grenz-und-Heils-Sängerbund. Der sizilianische Schulterschluß. Ihr Doppel-Nebenjob als Bratküchencop und Suppenschildwacht. Der Kollege Heini in Ganovenkluft, ich im kunstseidenen Kokon. Die Überstunden unterm Kapotthut und am Bandoneon. Die Überwochen beim Überwachen. Vor allem aber die Tuchfühlung zwischen Fahnderschleier und Hochgebirgsfilz. Verwucherung von Eiche und Bambus. Wie der ungewohnte Lärm den reparierten Hund der Bit-und-Byte-Königin verstöre, störe mich der ungewohnt ungenierte Giga-Einsatz öffentlicher Mittel zu privatesten Zwecken. Klar, man sei dem Eigentum verpflichtet und könne nicht immer so dem Allgemeinen dienen, wie man es wünsche, doch gerade großherzige Gaben wollten eingebettet sein. Anders laufe es auch nicht in allen Fällen, in denen der Gebrauch von Eigentum gemäß dem seltsam luftigen Grundgesetz-Satz zugleich dem Gemeinwohl dienen solle.

In einem früheren Leben sei ich Elektriker gewesen, erzählte ich Anni, die trotz ihrer Robustheit ein wenig angegriffen dreinsah. Mein erhellendes Wirken habe zu einer Zeit stattgefunden, in der sich der Übergang von kupfernem Material zu solchem aus Aluminium vollzog. Den späteren Umstieg von Alu auf Zink nicht zu erwähnen. Den von Zink auf ordinäres Eisen schon gar nicht. Die Wechsel hätten wirtschaftliche Vorteile, aber auch technische Nachteile mit sich gebracht. Einer davon habe in der Korrosion bestanden, die einsetzte, wenn unterschiedliche Metalle stromführend verbunden waren. Ein Kabel aus Alu mit einer Schelle aus Kupfer zum Beispiel. Das mochten alle beide nicht. Sie verrotteten und ließen keinen Strom mehr durch. So schlug die Stunde eines Erfinders oder, damals noch selten, einer Erfinderin. Ich wisse, Madame Curie aus Polen/Frankreich habe das Radium gefunden und Baekeland aus Belgien das Bakelit erfunden, aber wer sich das Alkukabel oder die Kualklemme ausgedacht habe, Werkstücke jedenfalls, in denen Cu und Al zwecks Korrosionsvermeidung innigste Einheit eingehen mußten, wisse ich nicht. Ich wisse nur, das Unternehmen, an dem Anni und so manche Kameradin und so mancher Kamerad beteiligt seien, müsse ohne jede Art Kual-Vermittlung auskommen. Niemand dürfe sich wundern, wenn Interruption und Nichtleitung die Ergebnisse seien. Von Korrosion und Korruption zu schweigen. Eine Folge der Machtvollkommenheit von Hochkommissaren und Höchstkommandeuren vielleicht. Mißmanagement im besten Falle, Amtsmißbrauch im schlimmeren.

Von Mißbrauch, das müsse ich doch wissen, sei nie die Rede gewesen, sondern stets nur von unamtlicher Amtshilfe beim Anbieten einer Genehmigung, sagte Anni und sah mich an, als erwarte sie von mir miesem verdeckten alten Innenrevisions-Kerl, ich werde sie im nächsten Augenblick um ihren Dienstausweis und um Abrüstung ihres Gürtels unterm Wischer-Kittel ersuchen. Weshalb ich mich beeilte, sie zu beruhigen. »Nun ja«, sagte ich und klopfte mit der flachen Hand auf das Aufgeklebte auf des Neffen Schlafsack, »das sind so Sinnstudien. Und nun wollen wir uns beide wieder brav ins Joch begeben.«

Was Anni tat, indem sie sich an ihre Hummersuppe trollte, und ich, indem ich liegenblieb. Passend zu unser beider Handeln intonierten Chor und Orchester jenen Mahngesang des alten Landmannes an seinen Sohn, der mit den hochherzigen Worten *Üb immer Treu und Redlichkeit* anhebt. Soweit ich den Text verfolgen konnte, war Höltys Dichtung vor ihrem Einsatz an der Heilsfront keiner Armeetauglichkeits-Manipulation unterworfen worden. Soweit ich sah und hörte, schien auch die Popularität des Werkes ungebrochen. Wie vorhin beim Prinzchen, spitzte zum alten Landmann und dessen Sohn so manche Person beim Durcheilen der Spitalerstraße die Lippen, um den von geheimnisvollen Knüppelrhythmen unterlegten Erziehungsauftrag *Üb immer Treu und Redlichkeit / Bis an dein kühles Grab / Und weiche keinen Fingerbreit / Von Gottes Wegen ab* ein weiteres Mal in die Welt gehen zu lassen. Von jenem Mittelpunkt der Welt aus, der Hamburg-Centrum heißt.

Wo exakt Hamburgs Zentrum, sprich sein geodätisch nach Regeln der niederen Geodäsie, mithin ohne Berücksichtigung der Erdkrümmung ermittelter Mittelpunkt liege, hat sich letztlich nicht ermitteln lassen. Von einschlägiger Neugier getrieben, bin ich nach einigen fehlgeschlagenen Versuchen mit Hilfe einer kompetenten GEO-Frau zu kompetenten Leuten vom Landesbetrieb für Geoinformation und -vermessung vorgedrungen, die statt des einen gesuchten Punktes drei Gesichtspunkte nannten, unter denen man meine Frage beantworten könne. Erstens liege die zentrale Stelle Hamburgs dort, wo sein Rathausturm stehe, zweitens befinde sie sich im alsternahen Uhlenhorst beim Gymnasium Lerchenfeld, in dessen Nähe sich die Ost-West- und Nord-Süd-Achsen der hansischen Großsiedlung kreuzten, und drittens sei sie, so man sie als Schwerpunkt auffasse, an der Billhorner Brückenstraße einhundertfünfzig Meter westlich der Eisenbahnüberführung gelegen.

Weil aber Hamburgs Rathaus letzthin Mittelpunkt genug gewesen ist, mir die Billhorner Brückenstraße zu entlegen scheint und ich dem besitzstolzen Uhlenhorst die Attraktion einfach nicht gönne, war ich drauf und dran, die drei genannten Örtlichkeiten zu einem, zugegeben sehr flachen, Dreieck zu verbinden und dessen Zentrum zum Punkt der Punkte auszurufen. Nur konnte weder die angenehme Möglichkeit, Wischers Fischbratküche habe Anspruch auf diese Ehre, noch die unangenehme Möglichkeit, das Ordnungsamt räkele sich dort, ausgeschlossen werden. Weshalb ich es offenließ und den Geodätern überlasse. Oder für die Zeit, in der er Geometer sein wird, meinem Neffen, der eigentlich mein Großneffe ist. Oder den Lerchenfeld-Schülern für den Unterricht in angewandter Geometrie, bei dem sie sich ohne Berücksichtigung der Erdkrümmung oder anders krummer Dinger mit dem Ausmaß der Stadt befassen, die ihren Verwandten und eines Tages ihnen gehört.

Über die Zukunftsmusik legte sich mit Chor und Orchester das gegenwärtige Tönen der Heilsarmee. Es sprach für den Geschmack ihres Leiters, daß er es bei der ersten Strophe des Landmann-und-Sohn-Liedes beließ. Denkbar, er hatte sich zu einer aktualisierten Version keinen Vers machen können. Speziell zu dem Schluß, der besagt, welch Lohn derer harrt, die immer Treu und Redlichkeit üben: *Dann suchen Enkel deine Gruft, / Und weinen Tränen drauf, / Und Sommerblumen, voll von Duft, / Blühn aus den Thränen auf.*

Angesichts der Floristentarife nicht zu verachten, aber der Taktgeber wußte sicher, um wieviel schneller sich die Beträge durch ein wenig weniger Treu und Redlichkeit hereinbringen ließen. Auch mußte ihm keiner sagen, daß lockere Texte und flotte Weisen dem Publikum die Cents flotter entlockten. Was sich selbst dann bewährte, als technische Vorkehrungen längs des Bauzauns den Passantenraum mehr als vorher einschränkten. Die Eingriffe bremsten den Teil des Fußgängerstromes, der eine Verengung vor sich wußte, und beschleunigte jenen, der sie hinter sich hatte. Ob aber gedrängt oder beeilt, beschwingt schritt man zum Orchester-Medley aus, das von *Mein Mann, der fährt zur See* über die *Rote Laterne von Sankt Pauli* bis zu *In Hamburg sind die Nächte lang* viele Weisen enthielt, die vorzüglich älteren Teilen der Population die Glieder strecken. Daß gleichzeitig im Hummel-Bereich scharf geknüppelte Rhythmen den Spitaler-Granit erzittern ließen, schien den bewegten Leuten weder ins Gebein noch ins Gemüt zu fahren.

Infolge der engen Passage und der drängelnden Passanten hatte ich weniger Durchblick als vorher. Nur Herrn Heini sah ich für einen Moment, in dem er ein weiteres Mal vorgab, die *Morgenpost* zu lesen, aber in Wahrheit nur Blickverbindung zur Nachtigall Salome hielt. Der optische Strang, der die beiden verband, hätte in seiner Stärke gereicht, James Caan als jungen Meisterdieb – wie ich mehrmals beglückt und unglücklich in *Thief/Der Einzelgänger* gesehen hatte – ins Glück und ins Verderben hangeln zu lassen. Die musikalischen Streiter fürs Menschenheil wußten mich ähnlich zu erreichen. Als sie *Fohr mi mol röber, fohr mi mol röber* intonierten, rührte mich ein Seufzer vom kehligen Bandoneon in der Tiefe meines Herzens an.

Weil ich aber zuviel auf einmal hörte, hörte ich von keinem genug. So erdachte ich mir, was ich erlauschen wollte, und erfand, was ich nicht sah. Erdichtete, was ich gern erlebt hätte, und versah jene, die an mir vorübermarschierten, mit Namen, die nicht ihre waren, und mit Gedanken, die ich von anderen Märschen, anderen Rasten kannte. Oder gar solchen, von denen ich erst erfahren würde. Einmal wähnte ich, es liege, derweil gelbe Damenstiefelchen mich passierten, ein Hauch von Zitronenseife in der Luft. Dem folgte, nächstes Gerücht, ein Bündel von Düften, das an den Probierfingern meiner einstigen Dorit hing. Mehr dämlich als herrisch fragte sie, was zum Henker ich immer noch hier mache. Doch kamen vor meiner Antwort die Gorleben-Treter von Harri Poohbär ins Bild, und ich richtete mich ein, vertraute Redensarten in völlig anderen Dienst gestellt zu hören. Es blieb bei meiner bangen Erwartung, wie auch anderes in Anfängen steckenblieb. Weshalb ich begann, das Defilee mit Worten und Sätzen zu versehen, die mir auf Märkten, im Park, bei Paraden und im Biwak zugeflogen waren.

Ob er wenigstens diesmal an die Briefmarken gedacht habe, ließ ich eine einen fragen und weiß bis heute nicht, hat er oder hat er nicht. Es sei ein Scheißbefund, legte ich einer anderen in den Mund. Von ihrem Tonfall her gab es keine Zweifel, es war ein Scheißbefund. Ein armer Hund, den ich dazu verführte, als wär ich Hannibal Lecter, übte den verzweifelten Versöhnungssatz, ab nun wolle er im Haushalt alles übernehmen, was ihr nicht so zu liegen scheine. *Nie und nimmer!* mußte laut meiner dringlichen Einflüsterung ein mitteljunger Mann einem jungen Ding an seiner Seite beteuern. Ob es dabei um Abschied oder Abseits ging, ließen wir offen.

Kam hinzu, daß ich bald genug von solchen Allerweltsbefunden hatte. Wenn schon bei geschürztem Handlungsknoten derart blickreduziert, wenn schon vom Aufprall unverbundener Laute fast betäubt, wenn schon in niemandes Augenhöhe, sondern mit den Augen selten über die Höhe von Knien und Waden anderer Leute hinaus, dann sollte es halbwegs gehobenes Sinngut sein, was in den Köpfen, die ich zumeist nicht sah, an mir vorbeigetragen wurde.

Ohne Rücksicht, ob sich die Menschen in der Wegverengung vorm Hause Wischer darauf eingerichtet zeigten, ließ ich sie sagen und fragen, was als Sage oder Frage in mir allein oder allgemein in der Welt war. Oder nunmehr ist. Z. B.: Gewiß, die Normen damals hätten einem zu schaffen gemacht, aber die Reformen jetzt seien auch nicht ohne. Wann denn nun wohl der Beitritt Tschetscheniens und Taiwans zur Europäischen Union fällig werde. Wo doch der Name *Eurasien* seit langem vorliege und es hundsföttisch russisch und typisch chinesisch sei, bei Annäherungsversuchen gleich Schlechtes zu denken. – Um den einfachen Mann auf der Spitalerstraße nicht mit so Globalstrategischem zu überfordern, ließ ich ihn erwägen, ob er seines Tennisarms wegen auf Golf und seines Schaltknüppelarms wegen auf einen Golf Automatic umsteigen solle. Zwei jungvermählten Intellektuellen gab ich scholastisch zu rätseln auf, wie viele ihrer Enkel noch auf der Spitze der Alterspyramide tanzen könnten. Ein Generationsgefährte von mir, der Brinckmann nicht wiedergefunden hatte, mußte auf mein Geheiß seine Altersdemenz für möglich halten und fragte sich, ob er das gesuchte Geschäft nicht vielleicht doch zuletzt in den Colonnaden gesehen habe. Oder am Schulterblatt. Größere Teile des Ummarsches hieß ich immerfort *Jackpot* sagen, andere ebensooft *Talkshow*. Einen Hageren richtete ich am Gemüte so ein, daß ihm wie christian geissler zumute war: *er sehnt sich nachhaus / ins regenplatschen / ins ofenbullern / ins gänsegeschrei überm tee.* Ein mageres Mädchen verlachte mit meinem Zutun die Wahlfrauen und Wahlmänner der kleinen Linkspartei wegen ihres Großrechts, zwischen einem ehemaligen Ostgeldwäscher, der nie einen Roman gelesen hatte, und einer Antikommunistin, die immerhin *Sonnenfinsternis* kannte, in aller Freiheit zu wählen. Danach und um den unzeitgemäßen Blick voraus durch einen zeitgemäßen Blick zurück auszugleichen, stachelte ich eine vorüberschlurfende Nachbarin an, ihrer Nachbarin zu versichern, ein historischer Rest vom tränentreibenden Biß der Zwiebel bewahre sich in der Schalotte. Angestiftet von mir, um nicht bestochen zu sagen, disputierte ein Trupp zu Fuß gehender Autopendler, ob sich als Mittel aus dem Verfall des Kaffeepreises und dem Anstieg des Ölpreises ein Treibstoff ziehen lasse, der auf ein genetisch stabilisiertes Coffeinbenzin hinauslaufe.

Dann jedoch, ich war im Begriff, auch dieses Spiels müde zu werden, geschah zweierlei. Zum einen fragte ein sehr junges Mädchen ein anderes sehr junges Mädchen, und es war keinerlei Zutun von mir dabei, wieso denn nun ein Kerl dort liege, wo sonst immer die Frau gelegen habe. »Sparst 'n Euro«, sagte die Gefährtin, und ihre Gefährtin nickte. Mir aber gab sie einen Blick, der mir so gut wie nichts ersparte. Gleichzeitig mit ihm und gleichsam wie abgestimmt, nahmen um uns her Bewegung und Töne ab.

Von der sanften, aber zwingenden Autorität der Heilsarmee ließ sich ahnen, als die Menge in der Gasse dem Beispiel der Choristinnen und Instrumentalisten folgte und ihre Köpfe und Körper dorthin wandte, wo am Bauzaun ein hochgewachsener Mensch mit signalgelbem Schutzhelm und signalgelber Jacke eine weißrotkarierte Signalfahne schwenkte. Leicht begriff ich, er schwenkte sie für jemanden, der weiter unten mit einer weiteren Fahne am Zaune stand. Sowenig der hintere Synchronschwenker zu sehen war, so verläßlich sah ich, was der vordere machte. Er half gleichgewandeten Kollegen, vier herbeigekarrte Pfeiler in meiner Nähe auf das Pflaster zu setzen. Zweie an des Bauzauns Enden, zweie nahe beieinander in seiner Mitte. Eine rote Kordel wurde mittels glitzernder Karabinerhaken so in glitzernde Ösen an den Pfeilern geklinkt, daß rechts und links eine Sperre und zentral eine Art Eingang entstand. Zur Routine der Männer hätte die Nachricht gepaßt, hier seien städtische Feuerlöscher oder eine Taucherbrigade aus Bundesmarinesoldaten im Einsatz. Am Ende aller Zurüstungen war die Häuserfront, hinter der man bis vor kurzem Brinckmanns Wundertüte finden konnte, um einen weiteren Meter von der glücklicherweise nicht allzu schmalen Spitalerstraße abgegrenzt.

Von deren anderer Seite, vom Brunnen her, näherte sich mit rhythmisch klatschendem Schlagen das Detachement rüstiger Frauen, die einer geistig und monetär hochgerüsteten Oberfrau mit Leib und Seele dienten. Mit dem Leib, um den der Chefin zu schützen; mit der Seele, um dem Glaubensspruch ihrer Herrin auf unerhörte Weise Gehör zu verschaffen. Indem sie einer ellenlangen Zahl, der sich, wäre sie nur bekannt gewesen, hätte entnehmen lassen, wie oft die Losung bereits in die Welt gegangen war, weitere Zahlen hinzufügten. Schlag für Schlag verstärkte sich der zauberische Anruf, dieweil ihn zwanzig Begleiterinnen mit ehernem Bambus auf Hamburgs Centrumspflaster zwischen Mönckeberg- und Spitalerstraße klopften.

Auch wenn es weder gegenüber dem einen noch gegenüber dem anderen gerecht sein konnte, fiel mir, barer Unfug, zu diesem Umzug jener ein, mit dem meine erste Geschichte, die übrigens *Krönungstag* hieß, an ihr Ende gelangte. Es ging um die Kür meiner Schwester zur Schulfestkönigin und um den schönen Brauch, eine so Geehrte feierlich abzuholen. Nach mächtigen Kinder- und Erwachsenenwirbeln in unserem Häuschen und in unserem Garten heißt es gegen Schluß: »Dann wogten Fahnen und Kränze und bunte Kleider auf der kleinen sandigen Straße, und eine gelbe Kutsche hielt vor unserer Haustür.«

Womit sich mir, der ich immer noch im Schlafsack im immer noch passablen Freiraum der Passage auf dem härter und bald heißer werdenden Pflaster vor der Fischbratküche lag, die unwirsche Frage stellte, was um Himmels willen den beiden Aufzügen gemeinsam wäre. Nichts, was ich wüßte, dachte ich, und nichts, das ich wüßte, sage ich. Nur weil ich nicht verläßlich weiß, was das Gegenteil einer Milliardärin ist, füge ich nicht hinzu, zu dem einen Auflauf habe eine Milliardärin den Anlaß gegeben und zu dem anderen meine Schwester, die als Gegenteil einer Milliardärin gegolten hat.

Gewiß, beide Vorkommnisse spielten in Hamburg. Das eine kam in der Fischkistensiedlung an dessen westlichem Rande vor, das andere vor Wischers Haus im Centrum, wo sich durchaus – maß man es richtig, wog man nur recht und wurde die Erdkrümmung ins Kalkül gezogen – sein höheres geodätisches Zentrum befinden könnte. Aber der Sommer des ersten Falles liegt fünfundsechzig Jahre zurück. Beim zweiten hatten wir Oktober und vergangenes Jahr. Soweit ich sehe, gibt es, den Fisch beiseite, zwischen beiden keine Verbindung außer mir.

Mit meiner Rolle als Verbindender hätte ich mich gern näher befaßt, doch mußte ich mich zunächst mit Bota dem Stiefel befassen. Ein wenig hatte ich gehofft, er dürfe abgeschrieben werden. Doch sah es danach nicht aus. Vielmehr sah es aus, als bewege er sich vor dem Zug der Trommlerinnen auf eine Weise, die ihn zwar allen Blicken freigab, aber keinen Blick auf ihn zog. Man nahm ihn hin wie zugehörig. Wie einen Fotografen, der zu Bildundblickwinkelsbehufen den nahenden Prominenten vorangeht. Wie einen Lotsen vom Protokoll, dessen Wegerecht im Bahnen der Wege für seine Herrschaften besteht. Mit einem Wort, es schien mit Herrn Bota lachhafterweise seine Ordnung zu haben. Was mich nur wenig lachen ließ.

Alles was recht war, als Mann der Struktur machte er Figur. Weil der Mob die leere Drohung zu den größeren Übeln zählt, schickte er sich an, seinem Versprechen durch ein mittleres Verbrechen einen Inhalt zu geben. Geschickt hielt er das Tempo, das von dem so muskulösen wie graziösen Schutztrupp der Datenkönigin vorgegeben wurde. Muskulös ohnedies, ließ er es an Grazie nicht fehlen, als er die mittlere Passage zwischen den Passanten westwärts und denen ostwärts fand. Bildeten die Damen einen schützenden Bogen, bildete Herr Bota einen dem Bogen vorgeschobenen Punkt. Just so, daß alles Augenmerk den Schlägerinnen galt und keines diesem Schläger. Alles Ohrenmerk ohnehin. Meine Hoffnung, er werde einmal an den Sperrlaserstrahl zwischen Herrn Heini und der Grenzgardistin Salome geraten, erfüllte sich nicht. Als minderten die Spitzen seiner Schuh und deren Stilettohacken kaum seinen Halt auf dem städtischen Granit, untertauchte Bota das Band zwischen Heini und Salome und nahm, während er letzte Meter überwand, ungesehen von beiden mit mir Blickkontakt auf.

Wenigstens eine Beziehung, hätte ich in meiner Verlassenheit denken sollen. Oder unter Bezug auf ihr Schießzeug um Schutz bei Frau Anni einkommen. Oder Bota dem Stiefel mitteilen, daß mein Neffe der eigentliche Eigner des wertvollen Schlafsacks sei, den er anzusengen plane. Oder dem hochwertigen Gelaß beeilt entsteigen, um einzufallen in den gerade erschallenden Heilsarmeegesang *Heil sei dem Tag, an dem du hier bei uns erschienen.* Zumal ich das dreifache *Dideldum* verläßlicher als das *Heil* zu gestalten wüßte.

Für alles das war es zu spät. Bis auf einen Schlängelpfad entlang der Häuserfront, die gleich hinter Wischer in die kordelgeschützte Bretterfront überging, führte nicht Weg noch Steg über die Spitalerstraße. Wer sie unbedingt passieren wollte, konnte es auf dem Randstreifen versuchen. Kam er vom Bahnhof, mochte er durch einen der Klamottenläden hindurch die sacht abgespreizte Mönckebergstraße gewinnen. In den Zeiten vor dem sperrenden Bauzaun wäre es ebenso durch Brinckmann hindurch auf die Lilienstraße gegangen.

Doch der Zaun war da und die Kolonne nah. Näher als sie mußte nur Herr Bota gelten. Weil seine Stiefelspitzen fast das

Eigentum meines Großneffen berührten, stand er steil über mir. So daß ich als einziger sehen konnte, was ich sehen sollte und was geschah. Botas Hand erschien innen dort, wo eine Tasche in Botas offener Jacke war. Eine bodenlose, weil aufgetrennte Tasche in seiner teuren *Tenson*-Jacke. Eine Hand, die ihre Kraft nicht nur dem Segeln auf der Elbe verdankte. Eine gebräunte Hand, die ein handlanges Fläschchen hielt. Ein Plastikgefäß, welches, wenn ich nicht irrte, auf rotem Grund ein schlankes Boot mit vollen Segeln zierte. So hart am Wind, wie Bota hart im schrägen Geben war. Seine Hand, geübt im Einhandsegeln und eigenhändigem Halsabschneiden, schraubte den Verschluß von der Flasche und ließ beide fallen. Zwischen Schlafsackrand und Stiefelspitzen trafen sie, mir aus den Augen, auf dem Pflaster ein. Wo eine schmale, aber ausreichend breite Stiefelsohle den Behälter, wie sich vermuten ließ, allsogleich verdeckte. Falls sie ihn zugleich drückte, mußte sich unter dem Nylonwulst der Leihbehausung eine Lache aus hundert Millilitern duftender Haarsträuberessenz bilden. Ein Meer aus einem Zehntelliter brennbarer Flüssigkeit. Aus flammablem Wasser, das auf den zugunsten der Stadthygiene angeschrägten Platten der Fußgängerpassage nicht abfließen konnte. Wegen seiner an sich geringfügigen Menge und weil ich ihm und damit meiner Rettung, sprich: mir selber, im Wege lag. Dieweil rascher Verdunstung die Oktoberkühle im Wege stand. Bota und ich hatten es mit einem Methylalkohol-Erzeugnis zu tun, vor dessen Verwechselung mit ähnlich klingenden Produkten nicht genug gewarnt werden konnte. Erblinden mußte, wer davon genoß. Fühlen auf spitzfindige Weise, wer einfach nicht hören wollte.

Mein kinogelenktes Auge erfaßte die nächste Sequenz. Die rechte Hand des Herrn Bota, den man den Stiefel nannte, passierte ein weiteres Mal die bodenlose, weil zu Zwecken des getarnten Fläschchenwurfs aufgetrennte Tasche, griff suchend um sich, klopfte eine Gegend ab, in der Herrn Botas Hosentasche zu vermuten stand, und wurde in dieser Bewegung synchron von der linken Hand begleitet, deren Forschungsreise der linken Hosentasche galt. Nachdem beide Hände beide rückwärtigen Jeanstaschen abgetastet hatten, tasteten sie auch die unteren äußeren *Tenson*-Taschen ab und fuhren schließlich bei gekoppelten Bewegungen und mit gespreizten Fingern zu den oberen äußeren Jackentaschen hinauf.

Vom *Schatz der Sierra Madre* bis zum *Dritten Mann* hatte ich der hoffenden Hände und fundbereiten Finger genügend viele gesehen, um lesen zu können, was die fahndend fahrigen Bewegungen besagten. Als präziseste Übersetzung könnte Hitchcocks *Bei-Anruf-Mord*-Szene dienen, in der Ray Milland den alles entscheidenden Schlüssel sucht. Weshalb ich die obgleich kühle, so doch verzweifelte Frage Herrn Botas, ob ich Feuer habe, gut verstand.

Was nicht hieß, sie zu verzeihen. Dazu stand mir das sengende Wasser zu nah am Hals. Dazu machte mir sein brennender Wunsch zu sehr zu schaffen. Dazu hatte er mich zu heiße Verheißungen hören lassen. Auch bin ich vor dreißig Jahren vom Rauchen abgekommen. Zudem langte die Zeit nicht mehr.

Weil das Oval aus schützenden Schlagzeugerinnen fast heran war. Sein vorderer Bogen erreichte die Höhe von Herrn Heini und verhielt dort auf eine Weise, die nicht vorgesehen schien. Die eher kleinen als großen Wächterinnen traten auf der Stelle; dank ihrer langen Gewänder sah ich von ihren Füßen nichts. Aber die langen Schlegel aus Bambus sah ich, die den Heilstext nur verhalten ins Pflaster rieben. Während die Schlegel der Heilsarmee verhalten über die Felle der Trommeln trieben.

Soweit sich erkennen ließ, ging zwischen Herrn Heini, der die Salome-Linie aus diesem Grund einmal unterbrochen hatte, und einer der Damen, die durch zwei Bänder an der Kappe als höhere Wächterin ausgewiesen war, Frage und Antwort hin und her. Mich wunderte nicht, daß sowohl die Sprecher als auch ihre Sätze auf mich zu zielen schienen. Der Grenzkommandant zeigte mit abräumenden Armbewegungen meine Entbehrlichkeit an, nachdem die Sherpa-Kommandantin mit Bambusschwung den Aufstellraum umrissen hatte, auf den sie, wie es aussah, für die Hütepersonen und die behüteten Personen dringlich Anspruch erhob. Die Gesten der beiden umrissen das Teilstück der Spitalerstraße, in dem ich, kein Zweifel, beide merklich störte. Woran mich besonders störte, daß es sich um ein mir seit langem besonders liebes Teilstück dieser beliebten Straße handelte. Um meinen Platz, wenn man so will.

Auch Herrn Bota schien derselbe Abschnitt nicht einfach von der Struktur zugeteilt worden, sondern herznahe gewesen zu sein. Anders erklärt sich die Tat nicht, die er seinen vielen Worten folgen ließ. Tatsächlich muß er einen der oft annoncierten Stiefel auf die Flasche mit der Vor-der-Rasur-Tinktur gesetzt haben, um ihm gleich darauf sein ganzes Gewicht zu leihen. Nur so wird verständlich, wieso mir inmitten aller centralen Belebtheit nach den Augen und Ohren nun auch noch die Nüstern übergingen. Und zwar von einem würzgespickten Hauch, der sonst mit Morgenfrühe und Tatendurst einhergeht. Einem dezent parfümierten Dunst, der diesmal einer indezent programmierten Feuersbrunst vorausschwebte. Einer kosmetischen Wolke, auf der ich, ginge es schief, wenn nicht in den Kosmos, so doch in den Himmel reisen konnte.

Zwar lautete Herrn Botas Behauptung, er wolle mir lediglich Feuer unterm Hintern und nicht an demselben machen, doch wußte ich nicht, ob dieser Mensch die pyrotechnischen Prozesse besser als sich in der Hand hatte. Nach meinem Urteil war sich der Mann der Struktur in einem Maß entglitten, das mich an seine Zukunft in dieser nicht glauben ließ. Legte Dynamit und Lunte und hatte kein Schwefelholz dabei. Betrieb Zerstörung, die Selbstzerstörung einbegriff. Standhafter Zinnsoldat zwar, doch – Gott behüte, mein bester Andersen – einer ohne Feuerzeug. Das dürfte dem Leutnant über die Sterne hinaus auch die Taler kürzen.

Was mich nicht bekümmerte, wohl aber beschäftigte. Konnte ohne weiteres sein, die Aussicht auf solche Minderung minderte des Mannes Besinnung noch mehr. Trieb ihn in eine Wut, die ihn mit den Hufen scharren ließ und ihn hieß, seinem Beinamen alle Ehre zu machen und mit angeschärften Stiefeln übers feinkörnige Pflaster zu ratschen. Mit gestählten Treterspitzen, mit stählernen Stilettohacken, mit Sohlenrändern aus gezähntem Stahl. Auf eine funkenschlagende Weise, die aus der Lache beziehungsweise aus dem Dunst über ihr eine Lohe machte. Was nicht nur dem Wässerlein, sondern auch mir in einen anderen Aggregatzustand hinüberhülfe. Ich weiß, ich weiß, Herr Bota hatte eine wärmste Empfehlung geplant und nicht meine gleißheiße Verschwelung oder kaltblütige Verpuffung. Aber ein Brändestifter, der sein Feuerzeug zu vergessen imstande war, konnte sich ebensogut beim Zündelplan vermessen haben.

Der Gedanke, man werde demnächst im Zusammenhang mit mir von bedauernswertem menschlichen Versagen beim Umgang mit mir sprechen müssen, gab mir derart zu tun, daß ich erst im letzten Augenblick gewahrte, was nunmehr unter aller Augen geschah. Unter aller, also nicht nur unter Heinis, Sallys, Annis und Hannis Augen sowie denen der namenlosen, wenngleich keineswegs glaubenslosen Heilsarmeeschaffenden, sondern auch unter den erwartungsvollen Blicken der Menge, die uns von beiden Seiten der Spitalerstraße umgab und entschlossen schien, einmal wenigstens einem Ereignis beizuwohnen, ehe es in der Zeitung stand – im Blickfeld all dieser Leute vollzog sich etwas, das ich, obwohl ich unter ihnen als Meistbetroffener gelten mußte, weniger sah als fühlte.

Genauer gesagt, fühlte ich es mehr, als daß ich es gesehen hätte, aber auch wenn das Fühlen überwog, blieb genug zu sehen. Aus dem Kordon von zwanzig nach entlegenen Mustern gewandeten Damen lösten sich sechs mit schnellen Schritten, formierten zwei Dreierreihen, klemmten die Knüppel auf imperiale Colonel-Art unter die rechten beziehungsweise linken Arme, so daß ihre linken beziehungsweise rechten Hände frei für einen kollektiven Zugriff waren, erschienen zu meiner Rechten und Linken, ergriffen den Schlafsack meines Neffen, der eigentlich mein Großneffe ist, hoben das Gehäuse und mich in ihm an, achteten des Herrn Bota nicht und nicht der kostbaren Lache unter mir, die Bota der Stiefel und nicht ich angerichtet hatte, trugen mich, obwohl ich aus Leibeskräften *dass mei plass!* dazu schrie, im Nylonsack auf die andere Passagenseite und legten mich mit untadeliger Sechs-Punkt-Landung an einer Stelle ab, an der ich nicht nur die Grenzbeamtin Salome als zeitweilige Flügelfrau des Heilsarmeechors auf Posten fand, sondern von der aus ich außer Herrn Heini, Herrn Bota und Frau Anni auch Wischers Eingang und Brinckmanns Zaun vergleichsweise unverstellt im Auge hatte. So daß mein weitgehend unbehinderter Blick, soweit er nicht auf Sallys verstörend nahen Waden ruhte, von der bahnhofszu gelegenen Kordellücke bis zum rathauszu gelegenen Ende des ausgesparten Ovals schweifen konnte. Bis dort mithin, von wo sich die Königin der Chips und Stärkste der Datein mit ihrem dröhnenden Gefolge näherte.

Anlaß genug, noch einmal zum Satz »Dann wogten Fahnen und Kränze und bunte Kleider auf der kleinen sandigen Straße, und eine gelbe Kutsche hielt vor unserer Haustür« zurückzukehren. Nur erwies sich, was kurz zuvor ein personengebundener literarischer Anflug war, im nachdrücklichen Oktoberlicht vor Daniel Wischers Haus als lachhafte Schimäre. Keine Rede von Fahnen und Kränzen und bunten Kleidern. Die bläßlichen Gewänder der Bambusschlägerinnen standen für derart starke Worte nicht ein. Und sandig war die Spitalerstraße – die frühe Nachkriegszeit, in der Trümmergeröll sie bedeckte, nicht gezählt – schon seit hundert Jahren nicht mehr. Die Kutschen andererseits, von denen es, ob nun motorisiert oder von Pferden gezogen, zwischen Bahnhof und Rathaus und auf dem Wege vorm Spital etliche gegeben haben wird, waren längst zugunsten unbehinderter Fußgängerströme aus dem Centralbereich verbannt. Einzig der Eingang zur Fischbratküche hätte um eine Rangbezeichnung einkommen dürfen, die in die ideelle Nähe des hohen Namens *Haustür* gehörte.

Wo schon die Rede davon ist, gebackenen Fisch haben wir hinter der unseren nicht gekannt. Dieser Zubereitungsform begegneten wir, selten genug, bei Daniel Wischer, damals noch Altona. Weder gebacken noch gesotten, vornehmlich gebraten kam Fisch hinter unserer Tür auf unseren Tisch. Zu meinem unausschreitbaren Glück lag er nur bei wenigen Gelegenheiten gekocht auf den Tellern. Besuch von Verwandten stand an, die ihn so mochten. Er hieß dann Schellfisch und veranlaßte meine Schwestern und mich, das Lied *An de Eck von de Steenstroot* mehrfach zu Gehör zu bringen. Von seinem Aussehen, seinem in der Tat schuppenförmigen Fleische und den Gerüchen, die seine Zubereitung begleiteten, abgesehen, war dieser mir der ungebetenste Gast an unserer Tafel. Nicht zuletzt, weil er nur in Begleitung von ordinären Salzkartoffeln erschien.

Doch zurück aus unserer sandigen Straße, die Haselbusch hieß, in die geflieste Straße, die nach dem Spitale hieß: Vom Outfit des Knaben und dem der jungen Dame zu seiten der Dame mit dem hohen Daten-Output wie auch vom Burger-Besuch und vom Brauchtum ihrer Generation auf ihre Eßgewohnheiten zu schließen, standen Salzkartoffeln, die längst auf die Rote Liste der untergehenden Arten gehören, als ihre Lieblingsspeise nicht zu vermuten. Davon abgesehen, stellte das Gebaren der Jugendlichen und im Einklang damit das ihrer Mutter eines dar, das von Untergängen und Roten Listen nichts weiß. Der Junge maulte, das Mädchen zickte, die Mutter litt und versuchte krampfhaft, mit Scherz, Satire, Ironie und tieferer Bedeutung sowie kurzfristigen Droheinlagen bei mühseligem Überspielen allen Krampfes ihre anders programmierten Kinder zu erreichen.

Unter den Müttern, mit denen ich Umgang hatte, war keine EDV-Majestät, doch das Gewese zwischen Kumpanei und Tyrannis, mit dem jugendliche Frauen ihre Brut zu halten suchen, kenne ich. Da wird angestrengt gespaßt und vorsichtig gestichelt, wüst geflucht und sanft gelockt. Manchmal hilft es, meistens nicht. Messe ich es an einem Erbarmen, mit dem das junge Volk sein Mütterchen vor Lächerlichkeit bewahren könnte, nenne ich ein in bestimmtem Maße junges Volk erbarmungslos. Um es von moralphilosophischen Höhen zu sagen:

Es ist die Phase, in welcher der Mensch der Behauptung, er sei gut, am wenigsten entspricht.

Einmal dabei, vermute ich, die ungebärdigen Kinder der hochmögenden Herrin vertrackter Rechneranwendungen waren ein bißchen verzogen. Kein Vorwurf; wer weiß, wie unsereins sich betrüge, wäre er in einen Ring aus zwanzig Morseartistinnen eingespannt und hätte einen Hund, dessen Hörgeräte von Geers in der Mönckebergstraße stammten. Und eine Mummy, die sich im ovalen Vakuum bewegte, wenn sie zu Wischer auf Salat mit Backfisch ging. Wer weiß denn, wie man selber sich hätte, hätte man Macht über eine, die Macht über alle anderen zu haben schien.

Wie ich es sah, war es kein uneingeschränkter Vorteil, von einem mobilen Bambusvorhang umschrankt zu sein. Der konnte der Person in seiner Mitte den einen oder anderen Mörder vom Halse halten, doch stellte sich mit dem gleichbleibenden Abstand aller Teile des Kreises zugleich ein Schnittpunkt aller Blicke her. Oder wenn nicht Schnittpunkt, da die Blicke nicht weiterflogen, sondern sich an einer eng umgrenzten Stelle verzehrten, einen Brennpunkt.

Die halbwegs junge Königin des jüngsten Zweiges uralter Rechenkunst schien das längst nicht mehr zu stören. Vielleicht bemaß sie den Wert ihres Wissens und ihres Geldes an der Menge von Freiraum, der dafür zu haben war. Nicht eben der verächtlichste Verwendungszweck, zumal, wenn die Operation zugleich dem Gemeinwohl diente. Falls dieser Grundsatz nicht an ihrem Wohnsitz galt, so galt er doch an meinem. Ich konnte dessen Obrigkeit nicht tadeln, wenn sie auf Prinzipien sah und Maßnahmen aus ihnen machte. So gesehen, war das Gemeinwohl auch meines. So gesehen, hatte mein Wohlwollen der Chipshoheit zu gelten, die samt überhörigem Hund und ungebärdigen Kindern über die Spitalerstraße schritt und sich an Wischer vorbei und zu Brinckmann hin bewegte, als befänden sie und der Hund und die Kinder sich nicht hinter einem Verhau aus Hegern und Gaffern inmitten frommen und frömmelnden Radaus, sondern wären ganz allein.

Obwohl ich meine, das glaubhaft gemacht zu haben, betone ich: Das sind sie sowenig gewesen, wie ich der einzige war, der zum unhörbaren Teil des Films als Kinoerklärer den Text hätte aufsagen können: Die Kinder wollen nicht zu Daniel Wischer. Nicht nur, weil sie gerade von Burger King kommen, sondern überhaupt. Der Hund wird nicht gefragt und einer Special Agentin übergeben. Die Mutter läßt, ganz nach Programm, Resignation erkennen. Also gut, dann wird sie eben bis Nepal nichts mehr essen. Das ist der Tochter sichtlich egal und dem Sohn sichtlich nicht. Der übliche Streit zwischen beiden; die Mutter, Königin elektronischen Werkzeugs, steht leidend dabei. »Ach, wie dumm«, sagt sie endlich, und nicht nur der Geräusche wegen, die von Bambus, Hornblech, Kalbfell stammen und aus Choristen- wie Passantenkehlen kommen, kann es außer den dreien keiner hören, »beinahe hätte ich die Überraschung vergessen. Na, das wäre was gewesen: Auf dem Rückflug fällt mir kurz vorm Himalaja ein, daß ich, als wir mit dem Hund zum Ohrtechniker wollten, etwas vorbereiten ließ. Damit es nachher nicht wieder heißt: Ja, ja, der Bonzo kriegt immer was! – Nur gut, Kinder, daß ich noch drauf gekommen bin. Euer altes Mütterchen wird eben alt.«

Nun könnte man, könnte man Sherpaisch und könnte man zu dessen Gunsten alles andere zum Schweigen bringen, Ohrenzeuge eines diplomatischen Manövers werden, bei dem das Ziel gar nichts und der Weg alles ist. Das Ziel insofern nichts, weil es längst erreicht wurde. Der Weg insofern alles, als er der erfinderischen Mutter und mythischen Softwareerfinderin Gelegenheit gibt, die Register der Beredsamkeit zu ziehen, um dem halbwüchsigen Mädchen und dem viertelwüchsigen Knaben zusammenfassend zu sagen, was sie ihr bedeuten.

Nämlich alles. Was sie ihnen schon oft habe andeuten wollen, doch sei es dahin nie so recht gekommen. Ihre Schuld und nicht ihre! *Mummy hat zu tun!*, das müsse ihnen ja fast wie *Om mani padme hum* in den Ohren klingen, so oft, wie sie es von ihrer Mutter hören mußten. Es habe immer gestimmt, hätte aber nicht immer bestimmen dürfen. Ja, der Auftrag damals aus Brasilia war wichtig, aber wegen des Regenwald-Programms durfte das Familienleben nicht austrocknen. Ja, nach der Risikostrukturausgleichs-Utility, die das Familienoberhaupt entwickelt hatte, schrie faktisch die ganze Welt, doch durfte man darüber den Ruf der eigenen Kinder überhören? Ja, die Deutschen immer mit ihrem Schul-Schock, gegen den ihnen Mummy mit einem Schulungs-Ruck auf die Sprünge helfen sollte. Ja, die Amis immer mit ihrem antiballistischen Schutzwall. Das war alles schön und gut, war nur für ihre schönen Kinder nicht gut. Da mußte erst der Lieblingshund schwerhörig werden; da mußte es erst heißen, an einem Ort namens Hamburg gebe es einen Spezialisten für hohe Tiere; da mußte erst eine Beraterin raten, den Sohn und die Tochter mitzunehmen; da mußte man erst nach all der Softwaretüftelei einmal auf einen wirklichen Einfall kommen; da mußte man erst einigen Aufwand treiben, finanziellen, organisatorischen, diplomatischen, juristischen, ordnungsamtlichen, kaufmännischen, immobilistischen Aufwand; da mußte man erst ein Programm schreiben, dank dessen sämtliche Faktoren zusammenwirkten; da mußte man erst in Glaubenssachen den einen oder anderen Dispens erwirken, was sich unter Pfeffersäcken so schwierig anließ wie in einem Land, in dem der Bambus wuchs; da hätte man ums Haar überm digitalen Leben Vitalstes versäumt, doch sei es dahin, wie die Kinder sähen, nicht gekommen. Vielmehr sei ein Moment gekommen, der alles glücklich zusammenfasse. Der Hund höre wieder den Bambus wachsen; die Behörden hätten unter Einbeziehung gesellschaftlicher Kräfte gezeigt, wie sicher und problemlos es sich in ihrem Wirkkreis für Auswärtige leben lasse; die Mutter und umworbene Erfinderin werde in einem berühmten Restaurant gebackenen Fisch mit einem berühmten Kartoffelsalat verzehren, dieweil auf Tochter und Sohn nach der Lieblings-Speisenketten-Mahlzeit als Überraschung zwei weitere Lieblinge warteten. Doch vorerst kein weiteres Wort und Abschied für eine Weile; die Zeit, in der Mummy

Fisch und Salat genieße, werde den Kindern schön vergehen; sie würden schon sehen.

Weil ich aber weder Sherpaisch kann noch den wohllautenden Spitalerlärm einschließlich der Bambuswirbel und des Heilsgejauchzes zum Schweigen bringen könnte oder möchte, war ich bei diesem Appell auf mein Innenohr angewiesen. Auf mein Innenauge ebenso, da sich nicht alle Gesten und Bewegungen ohne weiteres erschlossen. Nur erfaßte ich sogleich, daß der Junge und das Mädchen trotz aller Gespanntheit auf die mütterliche Surprise beinahe einen Rückfall in ihre Unnahbarkeit hatten, als ihre Frau Mutter von der Absicht sprach, Fisch mit Salat zu ordern. Da hätte ich gern Sherpaisch gekonnt und den beiden, die sich eben voll Pommes geschaufelt hatten, aus einem Spionenbuch die Geschichte vom britischen Botschafter in Moskau erzählt, dem der listige Stalin huldvoll erlaubte, an den neuen Einsatzort Washington seinen kosakischen Diener mitzunehmen. Zwar mußte der Lord diesen Leibknecht nach massivem kollegialen Mobbing entlassen, doch hinterließ er dem stillen Mann vom Don genug, daß es für ein gutgehendes Chip 'n Fish-Geschäft in Schottland reichte.

Was andererseits den Kartoffelsalat betraf, dessen bloße Erwähnung die Jugendlichen schaudern machte, hätte ich mich mit dem Hinweis auf *Manche mögen's heiß* begnügt, in dem unser aller Marilyn dieses Gericht gegenüber Tony Curtis lobend erwähnt. Dabei wird sie kaum von der Spitalerstraßen-Variante gewußt haben. Es sei denn, sie war zwischenein wie einst in Warschau in Hamburg. Schließlich ist ihr B-Movie-Kollege, wie ich dank des Geers-Fotos weiß, auch dagewesen. Ob ebenso bei Wischer, ist mir nicht bekannt.

Sehr wohl ist mir bekannt, was im Fußgängerbereich, der zu nennenswerten Teilen für drei nennenswerte Fußgänger freigehalten wurde, des weiteren geschah. Ich sah dem Treiben mit wechselnder Beteiligung aus des Neffen Schlafsack zu. Zum einen gab mir, kaum hatte ich den Speisenplan vom

Gebaren der Königin abgelesen, mein Speichel derart zu tun, daß ich wußte, Pawlows alter Hund lebte in mir altem Hund. Zum anderen mußte ich meiner Neugier vieles verübeln, doch daß sie mit *Wie geht denn das?* auf Vorhang und Ende brannte, gehörte nicht dazu.

Im Trialog langten Mutter und Kinder dort vorm Bauzaun von Brinckmann an, wo zwischen der Sperrkordel rechts und der Sperrkordel links mit Hilfe zweier Säulen ein offenes Tor angedeutet war. Eines freilich, das sich nach zwei Schritten geradeaus als verriegelt erwies. Als verplankt mit dem Holz der Einfriedung. Dessenungeachtet führte die Beherrscherin jener Algorithmen, die Abu Ja'far Mohammed Ibn Musa Al-Charismi vor eintausendeinhundert Jahren in Persien ersonnen hatte, ihre Tochter und ihren Sohn vor die zunächst nicht viel versprechende Lücke, trat zwei Schritte zurück und gab dem hochgewachsenen Marinetaucher ein Zeichen, das er in ein Zeichen seiner Signalflagge übersetzte.

Wie von Geisterhand heißt es an Stellen wie dieser oft, und *Wie von Geisterhand* soll es auch hier nun heißen. Wie von Geisterhand setzte sich der Bauzaun in Bewegung, rollte auf den Rollen, auf die sich seine Stützbalken stützten, von links nach rechts, vom Rathaus her auf den Bahnhof zu, von der Mönckebergstraße gegen den Glockengießer- und den Steintorwall, von Görtz zu Thalia, von West nach Ost, vom Hummel-Zeichen her in die Richtung, in die sich in weiter Ferne ein *Steppenblühn*-Bus bewegte, in dem es stark nach Nahe-Wein und essigvermähltem Salatöl roch.

In ähnlich betulichem Tempo, in dem sich der Bauzaun verschob, stimmten die vereinigten und verstärkten Heilsmusikkräfte das abgenutzte Lied vom alten Kameraden an: *Ich hatt' einen Kameraden, / Einen bessern findst du nit. / Die Trommel schlug zum Streite, / Er ging an meiner Seite / In gleichem Schritt und Tritt.* Obwohl es mich befremdete, stimmte ich ein. Wobei ich merkte, wie lange ich Uhlands Trauerflor nicht gesungen hatte. Wahrscheinlich sang ich ihn zum ersten Mal seit einer Zeit, in der mir Kameraden durch Pulver und Blei und Scheißerei abhanden kamen. Auch Heini und Anni und an ihrer Seite Herr Bota öffneten zu diesem Text die Münder. Sally über mir nicht anders, wobei sie schneidend wie Salome klang.

Mir war alles recht, was die Spannung verzehrte. Der Ablenkung froh, sah ich der Fortbewegung des Bauzauns zu und dem Prozeß, durch den seine Segmente kurz vorm Thalia-Haus gebündelt wurden. Willkommen hieß ich die technische Operation, weil sie meine Neugier hinderte, mich gafferisch in die Nähe der Königin und der Kinder der Königin zu drängen. Die letzteren standen wie Kinderlein da; ihre Mutter strahlte wie ein Mütterchen nach besonders gelungenem Kuchen. Zweimal, wahrlich, haben sich der Junge und das Mädchen nach der Frau umgesehen, ehe sie die Augen wieder gegen die wandernden Planken wandten. Beide waren den bewegten Hölzern zu nahe, als daß sie früh hätten erkennen können, was hier zur Enthüllung kam. Ich hingegen lag in einer Entfernung, die mehr Übersicht ermöglichte. Doch hat man mich erzogen, nicht vor denen, denen eine Überraschung gilt, von dieser erfahren zu wollen. Weshalb auch ich bis zum Schluß nicht ahnte, was die Bretter verbargen, die an den Royals und mir vorüberfuhren.

Einmal jedoch und endlich, ich sah es an den Bewegungen der jungen Leute, ich sah es an der Bewegung der jungen Frau, lagen ihre Blicke auf dem, was eben noch hinterm Zaun gelegen hatte. Eine edle Fassade zeigte sich ihnen, zeigte sich mir, zeigte sich allen, eine Spitalerstraßen-Front, die auch dem Hause Brinckmann angestanden hätte. Breite Auslagen links, breite Auslagen rechts, und rechts und links vom überbreiten Eingang in korrespondierender Höhe mit dem Logo der Fischbratküche die weltumgreifenden Firmennamen *Legoland* und *H&M*.

Beinahe unmerklich hatten die Wächterinnen inzwischen ihren Bogen so ausgespannt, daß er auf den Enden des veränderten Hauses und denen der Sperrkordeln fußte und in seine Wölbung die Kinder vor dem Doppeleingang und deren Mutter einschloß. Beinahe unmerklich rührten die Hütefrauen ihre Bambusstäbe. Beinahe unmerklich schlurften die Trommelstäbe der Himmelsmusikanten über Trommelfelle. Merklich zeigte sich das gedämpfte Tönen gedacht, dem verehrten Publikum ringsum von einem feierlichen Sonderzustand zu künden. Was insofern verschlug, als keiner der Kauflustigen in der Kaufmannsgasse die Angelegenheit als Kaufgelegenheit verkannte. Sie warteten, bis Brüderlein und Schwesterlein die jüngsten Filialen des Herrn Lego und der Herren Hennes & Mauritz betreten hatten, und rührten sich erst, als die kunstfertige Mutter der Kinder gleich nebenan in Daniel Wischers Fischbratküche eingetreten war.

Danach schalteten sich die Garde ins Folkloristische und die Kapelle ins Karitative zurück. Die Gelbhelme von Hoch und Tief aber hievten ein Schild vorm umgewidmeten Haus Brinckmann hoch, auf dem in unaggressiven, unschrägen Lettern von derzeit laufenden Filmaufnahmen zu lesen stand und von einem bewährten Spitalerstraßen-Verständnis, um das Bürger wie Besucher wieder einmal herzlich gebeten würden. Auf das kalmierende Wort *Sinnstudie* schien niemand gekommen zu sein, was mich mit leisem Stolz erfüllte.

»Frau Salome«, sprach ich zu Sally hinauf, »weiß Ihr Dienstplan, der vom Bund oder der vom Chor, etwas vom Zeitpunkt, an dem sich diese Familie wieder vereinigt?«

»Warum?« sprach Sally zu mir herunter. »Stürzt Ihr Computer immer ab, oder wollen Sie die Zielperson fragen, wie sie an einen Kunst- und Gewerbeschein gekommen ist?«

Ich überhörte Herrn Heinis Widerhall aus ihr und beschränkte mich auf die natürliche Erkundigung, ob sie mir sagen könne, wann die neuesten Niederlassungen von *H&M* und *Legoland* dem allgemeinen Publikum offenstünden.

Ihres Wissens überhaupt nicht, sagte Salome, ihres Wissens werde der Film, den ich soeben gesehen habe, gleich nach Abmarsch der Nepal-Kids und ihrer begehrten Mutter zurückgespult: Diese zwar satt vom köstlichen Fisch und jene behängt mit coolen Disco-Fetzen beziehungsweise mit dem neuesten Bausteinsatz *Nordfriesischer Bauernhof um*

1900 versehen, aber ansonsten retour in den Umkreis ihres Rohrschläger-Ensembles und noch am Abend samt Hund und einem Bonus-Satz Geers-Batterien auf Rückflug Richtung Gaurisankar.

Soweit sei sie eingewiesen worden; für den Rest gelte nur Hörensagen: Der Bauzaun komme erneut vors Haus; die Pioniere begäben sich mit Pfeilern, Kordeln, Zugmaschinen und Drehort-Schildern in ihre Ausgangspositionen, die Klamotten-und-Klötzer-Dependancen würden zum Altbestand Brinckmann zurückgebaut und das berühmte Haus dann wieder eingeräumt.

»Mein Gott, welch ein kostenträchtiger Augenblick!« entsetzte ich mich.

»Nicht nach einer höheren Kosten-Nutzen-Rechnung«, erwiderte Sally und hängte sich mit ihrem Leuchteblick bei Herrn Heini ein. Und mit einem etwas harten, aber schönen Sopran in das *Lied vom kleinen Trompeter*, das zu mildtätigen Zwecken an diesem Tag das *Lied vom großen Sanitäter* hieß.

Überdeute ich es nicht, war sie versucht, mir beim Aussteigen, Aufstehen und Einrollen zu helfen, doch forderte die Textstelle *Wir saßen so friedlich beisammen* ihre volle Konzentration. Ich kam auch so zurecht, obgleich das Nylon an einem der Sinnstudien-Aufkleber Falten schlug, die vorher nicht dagewesen waren. Nun, mein Neffe, der künftige Geometer, würde wissen, was dagegen zu unternehmen war.

Von den Unentwegten abgesehen, die auf das vorerst noch wirksame Filmdrehortschild starrten, als müsse gleich George Clooney oder, Gott hab ihn selig, Paul Newman oder, Gott behüte, Ronald Reagan darunter erscheinen, nahmen die Spitalerstraßendinge den gewohnten Verlauf. Die Damen in blaßfarbenen Gewändern klopften ihren Spruch und wußten sich dem leuchtenden Ziel noch fern, aber mit jedem klatschenden Schlage näher. Die Recken vom Geniekorps standen unter gelben Helmen auf Wacht und hätten es verdient, von ihren Kameradinnen mit *Lilli Marleen* bedacht zu werden. Oder, wenn das nicht ein Stummfilm gewesen wäre, mit der Titelmusik zu *Potemkin*. Nach einer Bearbeitung durch Morricone vielleicht. Einer für Maultrommel und Bambusflöte. Herr Heini hielt weiter seine Zeitung, als habe er etwas zu verbergen. Herr Bota hingegen verhielt sich, als habe er nicht das geringste zu verbergen. Er schrägte mir zum Gruß zwei Finger gegen den unteren Rand seiner kleinen flachen Elbseglermütze. Mit anderen Polizisten verharrte auch Frau Hanni im Chor des christlichen Wehrverbandes und war höllisch auf der Hut. Doch als sie *Muß i denn, muß i denn* aus dem Wanst des Bandoneons zerrte, lag Abschied in der Luft. So daß ich statt *und du, mein Schatz, bleibst hier* nicht ohne Wehmut *und du mei plass bleibst hier* gesungen habe. In der trüben Gewißheit, auf die Frage *Wie geht denn das?* allenfalls erfahren zu haben, wie es hochwohlgeboren mir anstelle der zerregneten fremden Frau auf dem Pflaster der Spitaler erginge, suchte ich den Weg zum Parkhaus am Gertraudentor. Natürlich via Daniel Wischers gastlichem Haus.

»Soll's losgehn?« fragte Anni gleichmütigen Tones und war auf mein Nicken zwar bereit, mein sperriges Gepäck hinter der Theke zu verwahren, meinte aber, drinnen sei es derzeit recht voll. Was sie damit sagen wollte, verstand ich, als sie die Suppenkelle in die Linke nahm, um mit der Rechten recht robust auf das Rüstzeug unterm Finkenwerder-Tuch zu klopfen. In diesem Falle, sagte ich, wolle ich heute den Goldbarsch lassen und nur einen neugierigen Blick in die Kultstätte werfen. Ich bat sie, mir zwei oder besser noch drei Portionen Salat einzupacken und auf den Schlafsack zu legen, zahlte und betrat das traditionsbeladene Unternehmen.

Über der Szene war nach all dem Hall und Widerhall das Vorhangwort ENDE zu ahnen. In der Tat schienen starke Kontingente camouflierter Bundesgrenzer wie auch anderer Schutzorgane in den Gastraum eingesickert zu sein. Halbwegs im Oval um den Tisch der Zielperson saßen sechs Begleiterinnen an sechs Tische verteilt. Ihre aufgespleißten Bambusknüppel klemmten senkrecht zwischen Rücken und Rückenlehnen und dienten auf traulich zivile Weise den Kappen der Gardistinnen als Garderobenständer. Angesichts der Ewigkeit kam es wohl auf eine kurze Morsepause nicht an. Man sprach nicht viel und sprach nur gelegentlich den Gerichten zu. Die Frau, von deren Wohlgefühl zugleich so viel für das Gemeinwohl abhing, verzehrte ihren Fisch wie eine, die sich in Sicherheit und ihre Kinder in vertrauter Nähe wußte. Ähnlich Scarlett O'Hara in *Vom Winde verweht* und anders als Vivien Leigh in der Kinofassung war sie nicht eigentlich schön zu nennen. Und allein auch nicht so ganz.